ガウディの遺言

下村敦史

LA VOLUNTAD DE GAUDÍ

ATSUSHI SHIMOMURA

PHP

ガウディの遺言

球の歩き方　バルセロナ 1999～2000 年版』（「地球の歩き方」編集室、ダイヤモンド・ビッ
）の巻頭地図を参考に作成

バルセロナ『ガウディの遺言』関係図
グエル別邸
ミラーリェス邸の石門
アシャンプラ地
シネス地
サンタ・クルス病
モンジュイック地区

プロローグ

一九九一年　バルセロナ

雨が夜明け前の旧市街を絶え間なく叩《たた》いていた。飛沫《しぶき》が水煙《すいえん》となり、バルセロナの街を霞《かす》ませている。中世の面影《おもかげ》を残す石の建物は濡《ぬ》れ、水浸《みずびた》しの石畳《いしだたみ》は街灯の明かりでいぶし銀に輝いていた。

灰色一色に薄暗く沈んだ世界だった。路地に響くのは叩きつける雨音だけだ。

佐々木志穂《ささきしほ》は赤い傘の柄《え》をギュッと握り締め、ため息を漏《も》らした。長い黒髪は湿っていた。シャツの肩口には無数の染みがあり、ジーンズの裾《すそ》は濡れている。靴底から染みる雨水は冷たい。

父は一体なぜ帰宅しないのか。もう三時間になる。

不安を抱きながらカタルーニャ音楽堂の前を抜けた。重厚なゴシック様式のアパートに挟まれた通りを進む。

浅黒い外観の画材店が見えてきたときだった。前方にある建物の角——路地裏のほうから、水たまりを踏み抜く音が駆《か》けてきた。

警戒心が跳《は》ね上がり、志穂は足を止めた。雨の幕を破って女の影が飛び出てきた。そのままアーチ下にもぐり、雨水のしたたる漆黒《しっこく》の髪を掻《か》き上げる。

目を凝《こ》らすと、知った顔だった。アニータだ。びしょ濡れのシャツが乳房に貼りつき、ショートパンツから伸びやかな脚が見えている。

志穂は安心感を覚え、近づいて「慌《あわ》ててどうしたの？」と声をかけた。アニータが振り返り、目を細める。

「シホ？　久しぶりね」

アニータは微笑《びしょう》を浮かべた。朱色の唇《くちびる》が二十九歳の年齢相応の色香《いろか》をたたえている。

「また男にでも追われてるの？」志穂は訊《き》いた。「平気？」

「無賃乗車されかけてね」

「私が前に紹介したカフェはどうしたの？」

「……金持ちの客を食ったらクビさ」

「だから危ない娼婦《しょうふ》稼業に戻ったってわけ？」

「あたいにゃこっちのほうが向いてるんだよ。小皺《こじわ》は増えてきたし、肌の色も悪くなってきたけど、まだこの体は売り物になるからね」

アニータの口癖《くちぐせ》は、『あたいは十四歳で大人になって、二十歳《はたち》で老いたのさ』だった。

「どの道、あたいにゃ他に生きる道はないからね」

「旦那《だんな》さん見つけてカフェを開く夢は？　話してくれたでしょ？」

アニータは朱色の唇を嚙《か》み、視線を落とした。濡れて鏡になった石畳を雨粒が打ち砕いていた。汚水があふれ出る側溝《そっこう》からは、小動物の死骸《しがい》や汚物の悪臭が立ちのぼっている。ときどき、遠雷が交じる。

間《ま》をおいてからアニータが顔を上げた。

「ドブの奥底から見る表社会は綺麗《きれい》に見えたけど、現実はどっちも同じだったのさ」

「何の話？」

「何でもないよ。あたいのことより、あんたは何してんだい？」

「私は……父を捜《さが》しに行くところなの」志穂は二十五歳の誕生日に恋人から貰《もら》った腕時計を見た。「もう四時半なのに帰ってこなくて。守衛所に電話しても誰も出ないし」

「へえ。父親を大切に思ってるんだね」

「……別に。父が出掛けたままだと、玄関にチェーンができないから仕方なく捜しに来たの」

「嫌いな父親でもいるだけましさ。まあ、本当に嫌いならチェーン程度で捜しに出ないだろうけどね」

自分でも分からない。三十分以上歩くうちに父と行き違いになる可能性もある。アパートで帰りを待つほうが正しいだろう。しかし、自分は捜しに出ることを選んだ。この雨の中、夜が明けるのを待たずに。

なぜだろう。昨夜、父が思い詰めた顔をしていたことが気になっているのかもしれない。

「さあさあ、あたいなんかと話してないで捜しに行ってやりな」

志穂はうなずき、別れの挨拶《あいさつ》をして背を向けた。

ゴシック地区を抜けてアシャンプラ地区に入ると、碁盤《ごばん》の目状に道路が延びていた。石造りの建物が整然と並ぶ市街は、雨に溶けた岩の塊《かたまり》に見える。ときおり、傘をさした人影が早足で行き交う。車がタイヤの横に水の翼を広げ、濡れた路上を切り裂くように走り去る。

雷の音は間近に迫っていた。

マリョルカ通りを右に曲ると、雨に煙る市街の先には、サグラダ・ファミリア贖罪《しょくざい》聖堂の四本の尖塔《せんとう》が薄っすらと見えていた。今の時期、夏場は連日ライトアップされるはずの聖堂は闇に沈んでいる。大雨の影響で配電設備に異常でもあったのかもしれない。

歩を進めるたび、雷の轟《とどろ》きが大きくなった。腹の底に響く。

サグラダ・ファミリア前の広場に進むと、無人の屋台に一時避難した。傘を足元に置き、ぐしょ濡れの肌にハンカチを押し当てる。

闇の中、山のように巨大な影を見上げた。

サグラダ・ファミリア――。

建築家、故アントニオ・ガウディの未完の大作だ。百年以上前の着工にもかかわらず、いまだに工事が続けられている。生誕の正面《ファサード》の四本の尖塔は、闇夜を突き刺す黒いシルエットになっており、百メートルの高みから周囲の建物を睥睨《へいげい》している。

半ば無意識的に拳《こぶし》を固めた。バルセロナに住んで十三年、当地で最も有名な建築物であるこの聖堂を見に来たのは数回だけだ。父が傾倒するサグラダ・ファミリアを、そうと知るからこそ避けてきた。

生誕のファサードの入り口に視線を下げると、外灯に照らされた門の周囲を飾る石灰色の彫群が屍蠟《しろう》に見えた。黒灰色の空から大量の雨粒が降《ふ》り注ぎ、螺旋《らせん》模様の柱を流れ落ちている。

身震《みぶる》いしながら辺《あた》りを見回した。

父は一体どこにいるのだろう。行き違いになっていなければ、ここに来ているはずだ。父は夜中、雨が降る前に、『サグラダ・ファミリアに行ってくる。一時間で戻る』とアパートを出ていった。

父がいるかどうか、とりあえず守衛に尋《たず》ねてみよう。

赤い傘を取り上げ、まばらな通行人の横を抜けた。守衛所に歩み寄ろうとした瞬間、稲妻《いなずま》が走った。真っ白い閃光《せんこう》が枝分かれし、聖堂の輪郭《りんかく》が闇に映《えい》じる。雷鳴が鳴り渡る。

反射的に顔を上げた。傘が後方に下がり、雨粒に瞳を打たれた。前腕で目を拭《ぬぐ》う。

豪雨の幕の先では、四つの巨大な墓石を思わせる尖塔が霞《かす》んでいた。そのうちの一本に視線が吸い寄せられた。地上から数十メートル付近に小さな影がある。揺れている。

一体何だろう。

目を凝らしたとたん、再び稲妻が光った。街全体の色彩が焼き尽くされ、サグラダ・ファミリアが白黒に明滅《めいめつ》した。尖塔の影の正体が浮かび上がる。

志穂は思わず息を呑《の》んだ。轟音《ごうおん》も雨音も遠のいた。傘を打つ雨すら忘れた。

サグラダ・ファミリアの尖塔に、首を縛られた人間が吊《つ》られていた。

1

気づいたら雨に沈むアパートの前にいた。

まるで気絶したまま帰ってきたようだった。辛《かろ》うじて覚えているのは、パトカーのサイレンだけだ。他の発見者が通報したのだろう。

志穂は解錠し、オリーブ材のドアを開けた。真横のスイッチを入れると、裸電球が仄《ほの》明かりを放った。二メートル四方の玄関ホールの正面に薄汚れた階段があった。スペインのアパートは全《すべ》て似た構造になっており、建物の内部に住人の各部屋がある。

動悸《どうき》がおさまらない胸を押さえ、何度も深呼吸した。目の奥に死体がちらつき、骨の髄《ずい》に寒気を感じた。折り畳《たた》んだ赤い傘の先端からは、血がしたたるように水が伝い落ちている。

死体。尖塔に吊り下がっていた死体。あの死体は――。

何度も雷光に晒《さら》されるうちに分かった。見間違いだと思いたい。思いたいのに現実は変わってくれない。

あれはアンヘル・カバニエロだった。間違いなかった。

父と十年の付き合いがあるアンヘルは、しばしばアパートを訪ねてきた。伯父《おじ》のような存在で、優しかった。クリスマスにはベレンの人形（イエス・キリストが生まれたベツレヘムのシーンを模したクリスマス飾り）をプレゼントしてくれたし、誕生日にはパーティーの盛り上げ役になってくれた。そのアンヘルが一体なぜ？

下唇を噛み締めたとき、突然、狭苦しい玄関ホールが真っ暗になった。視界が闇に覆《おお》われ、志穂は悲鳴を上げた。

裸電球が二分で自動的に消えることを思い出し、暗闇の中でスイッチを手探りした。明かりをつけ、階段を駆け上がる。四〇二号室のドアに鍵を突き刺す。二度、三度と開け損ないながら解錠する。

部屋に飛び込むと、電灯のスイッチに手のひらを叩きつけた。流し台に駆け寄り、蛇口《じゃぐち》を思いきりひねった。飛沫が飛び散る。両手で水をすくい、顔にかけるようにして喉《のど》を潤《うるお》した。スペインで一番まずいバルセロナの水道水も今は生命《せいめい》の水同然だった。

気持ちが落ち着くと、念のため、父が入れ違いで帰っていないか室内を確認して回った。真鍮《しんちゅう》製のベッドがある父の寝室、石膏《せっこう》模型が並ぶ父の作業部屋、浴槽横に石の洗濯台が置かれた手狭なバスルーム――。だが、父の姿はなかった。

一体なぜ？

まさかアンヘルが殺された事件に巻き込まれた？

アンヘルの死にざまが脳裏を埋める。

志穂は赤茶色のタイルが敷き詰められた床に膝《ひざ》をつくと、ソファにしがみついた。額に滲《にじ》んだ汗を腕で拭い、ソファに倒れ込んだ。そのまま漫然と時間だけが過ぎていく。

気がつくと、窓から朝日が射し込んでいた。日本語講師のアルバイトは休ませてもらうことにした。

午前十一時になっても父は帰ってこなかった。

アンヘルの死体が瞳に焼きついている。バルセロナの街の悪意に押し流されそうだった。父はなぜ帰宅しないのか——。

決して仲がいいわけではないが、アンヘルの異様な死にざまを目《ま》の当たりにしたこともあって、心配が勝《まさ》った。警察に通報するべきなのか、しばらく様子を見るべきなのか。

そのとき、腹が鳴った。体が栄養不足を訴えていた。脳にエネルギーが回らず、頭痛がしている。未明から飲まず食わずだったことを思い出した。

志穂はアパートの一階にあるパン屋に顔を出した。街の条例で、建物の一階は必ず店舗だ。日常で役立つ店が真下にあるのはありがたい。

「元気がないね」パン屋の主人は人懐《ひとなつ》っこい笑《え》みを見せた。「私は毎朝見せてくれるシホの笑顔が活力源なんだが」

志穂は焼きたてのパンを受け取りながら、笑顔を返そうとした。しかし、唇の片端が引き攣《つ》っただけだった。

志穂は代金を払い、踵《きびす》を返した。対面の建物の前に、『Tengo hambre（おなかが空いています）』と書いた箱を抱いて座っているボロボロの服を纏《まと》った男がいた。落書きだらけの石壁に華奢《きゃしゃ》な背中をもたせて、期待に満ちた眼差《まなざ》しを向けてくる。

何度か食べ物を手渡したことがあった。

——今の私にそんな余裕はないのよ。

志穂は男に背を向け、アパート内に戻った。ドアを閉める間際にチラッと振り返ると、男の悲しげな目があった。視線を振り払って階段を駆け上がる。部屋に飛び込み、外界を閉め出すようにドアを閉じる。安堵感《あんどかん》で一杯になった。

食事をしたい気分ではなかったものの、エネルギーを摂《と》らないと頭も回らない。息を整えると、気を取り直してキッチンに立った。

パンをカットし、半分にしたトマトとニンニクを断面に擦《こす》りつけ、オリーブオイルと塩をかけてパン・コン・トマテを作った。最も簡単なカタルーニャ料理だ。無理やり腹に詰め込み、栄養を補給した。多少気持ちに余裕が生まれた。

志穂はテレビを点《つ》けた。カタルーニャ語で放映されるTV3《テー・ウベ・トレス》は無視し、国営放送のTVE《テー・ウベ・エー》を選ぶ。

昼のニュースでは、サグラダ・ファミリアの死体吊り下げ事件が報道されていた。灰色の髪のレポーターが現場で『TVE』のロゴ入りマイクを握り締め、大仰《おおぎょう》な単語を駆使して詳細を語っている。

「――という状態でした。本当に信じがたい事件です。被害者はサグラダ・ファミリアの模型職人アンヘル・カバニエロ、五十二歳」

スタジオにカメラが戻ると、法医学の権威が語りはじめた。

「――死因は石による頭部への一撃です。髪の毛にモンジュイック産の石片が付着していました。硬膜下血腫《こうまくかけつしゅ》で即死です。死亡推定時刻は昨日の午前八時から十時のあいだと見られています」

「もっと絞《しぼ》り込めませんか？」司会者が訊く。

「無理でしょうね。二時間に絞れただけでも上出来でしょう。死亡推定時刻は主に直腸温度の低下を調べて算出するわけですが、実際には死体の置かれていた状況や、被害者の体型を含めて計算する必要があります。夏場は直腸温度の低下が緩やかなため、外気温も考慮しなくてはいけません。しかも今回のケースでは、三時間も雨に晒されていましたよね。すると、直腸温度の低下が早まるため、その分も計算に入れるわけです」

「しかし、それでは暖房や電気毛布やドライヤー、あるいは冷房や氷を使って死亡推定時刻を錯《さく》誤《ご》させられませんか？」

「法医学はそんなに甘いものじゃありませんよ。死亡推定時刻の算出には腐《ふ》敗《はい》速度も調べますからね。例えば器具で死体を温めたとしましょう。その場合、確かに直腸温度の低下は緩やかになりますが、逆に腐敗速度が早まります。すると、腐敗が進んでいるのに直腸温度が高い、という矛《む》盾《じゅん》が起きます。死体を土中に埋めて空気に晒されないようにした場合、腐敗速度は緩やかになりますが、直腸温度の低下速度はそれほど変わりません。このような矛盾が起きるため、一発で偽装工作だと判明します」

「分かりました」司会者はうなずいてから言った。「しかし、殺害が昨日の朝となると、犯人は観光客でにぎわっている昼間を避け、半日以上経ってから死体をわざわざ聖堂に運び込んだということになりますね。犯人は夜中、守衛のセニョール・リウスを背後から襲って気絶させていました。怪《け》我《が》したセニョール・リウスには毎晩アルコールを嗜《たしな》む習慣があり、当夜も酔いが回っていたため、襲われた正確な時刻は覚えていないそうです」

口調に非難の色はなかった。守衛といっても、金目のものを守っているわけではないから、退屈な夜にアルコールを楽しむのは当然だと言わんばかりだ。

「問題は動機ですね。犯人はなぜこのようなことをしたのか。死体を吊り下げたのには、何か意味があったのでしょうか」

司会者の言うとおりだった。犯人は何のためにアンヘルを尖塔に吊り下げたのだろう。

情報の速さとスクープが特徴のＴＶＥは、このセンセーショナルなニュースに時間を割いた。司祭を招き、聖書の解釈を通して死体を聖堂に吊り下げた動機を議論した。

途中でアンヘル・カバニエロの遺体の録画映像が映されると、志穂は視線を逸《そ》らした。心臓が高鳴っていた。スペインのテレビは当然のように死体を映す。

その後はサグラダ・ファミリア建設委員会の重鎮《じゅうちん》が記者会見し、殺人事件は聖堂の建築問題とは無関係だと訴えた。

聖堂の建築問題とは一体何だろう。殺人の動機と思われかねない何かがあるということだろうか。そうでなかったら、わざわざお偉方が記者会見に登場してまで否定しないだろう。

ニュースを観ていると、ドアがノックされた。

ドアスコープで確認すると、恋人のホルへ・カサルスが立っていた。地中海の太陽に灼《や》かれた顔に、戸惑い交じりの笑みを浮かべている。

「心配で様子を見に来たんだ。話もある。入れてくれ」

志穂は少しためらった後、「ええ」と応じた。

ホルへは黒髪を無造作に伸ばし、口の周囲にうっすらと不精髭《ぶしょうひげ》を生やしている。チェック柄のプルオーバーシャツに濃紺のスラブデニムパンツというラフな格好だ。

志穂は両頰《りょうほお》へ挨拶のキスをした。唇にはしなかった。

籐製のテーブルに案内した。ホルヘは椅子《いす》に座り、指を組み合わせた。

「ニュースは観た?」

「……聖堂の事件なら、知ってる」

平静を装ったつもりだったが、声に震えが交じってしまった。気取《けど》られなければいいのにと願う。

「顔が青ざめてるよ、シホ」

「……私は平気よ」

「無理するなよ。僕がついてる。アンヘルのことはショックも大きいだろうけど、誰かと一緒なら気持ちも楽だ」

「……ありがとう」志穂は深呼吸すると、ホルヘに訊いた。「アンヘルに一体何があったの?何であんなふうに殺されなきゃいけなかったの?」

「……僕にもさっぱりだよ。朝、仕事場に顔を出したら大騒ぎだった。警察や、野次馬で一杯だったんだ」

「父は?」

「今日は会ってないよ」

「……そう」

不吉な予感がする。それはきっと母のことがあるからだ。

父も、もしかしたら——。

思い出したくないのに、忘れていたいのに、それなのに記憶の奔流《ほんりゅう》を堰《せ》き止められなかった。

十五年前――十歳のころだった。日本に住んでいた当時、母と二人でバルセロナを旅行した。母にとっては二度目の渡欧だった。両親は大学の彫刻科で知り合って大恋愛し、結婚したと聞いている。母はガウディに興味を抱いてスペイン語を勉強していたから、新婚旅行にもバルセロナを選んだらしい。

しかし、家族旅行になるはずの二度目のとき、父は日本彫刻コンクールに応募するための作品を彫るのに忙しく、一緒に来なかった。母は「大切な時期だから我慢しましょうね」と繰り返した。自分自身に言い聞かせるように。

バルセロナに着くと、真っ先にサグラダ・ファミリアを見学した。聖堂は天を突くようにそびえ、圧倒的迫力で街に居座っていた。入り口の前には日本人の男女がいた。ガウディの作品は不気味《ぶきみ》だとか、偉い誰かが酔っ払いの建築と言ったとか、悪口を言っていた。

「聖なる家族を表現している教会なのよ」

そう言った母の表情は曇っているように見えた。子供心にも、日本人男女の言葉にではなく、別の何かに悲しんでいるのが分かった。今思えば、聖家族を象徴する大聖堂を家族全員で見られなかったことを悲しんでいたのだろう。

観光三日目はグエル公園に足を運んだ。同じくガウディの作品だ。入り口の階段にあるトカゲの彫刻は、子供を頭から呑み込めそうなほど大きかった。「怪物に食べられそう」と怯《おび》えたのを覚えている。母は「ほら、平気よ」と彫刻の背を撫《な》で回した。

「志穂も触ってみたら？」

「絶対にいや」

猛然とかぶりを振った。トカゲの彫刻は生きている怪物に見えた。母はクスクス笑うと、「じゃあ、広場に行きましょう」と手を引いてくれた。広場で休憩し、洞窟のような陸橋下を歩き、異文化を楽しんだ。

サン・ジャウマ広場の近くにあるホテル『リアルト』に帰ると、母が「サグラダ・ファミリアへ行ってくるから、おとなしく待っていてね」と出ていった。

異国の部屋は自宅の私室よりも広く、慣れた畳のにおいもしない。他人の家に置き去りにされた人形の気分だった。

不安に耐え切れなくなったとき、母が戻ってきた。笑顔で「ごめんね」と頭を撫でてくれた。我慢できず母の腰に抱きついた。両腕が簡単に腰に回ったのは自分が成長したのか、半年前から母が口にしていたダイエットの成果だったのか。

二人でレストランに行って珍しい料理を楽しんだ後は、様々な話題で盛り上がった。夜は日本にいるとき以上に母が恋しく思え、同じベッドで抱きついて眠った。翌日も翌々日も母に甘え、まさに夢のような日々をすごした。なのに、その楽しい夢が悪夢に変わった。

旅行六日目だった。レストランで現地料理を食べ、ホテルに帰る途中——路地裏から帽子を目深《まぶか》に被《かぶ》った男が飛び出てきた。煙草《タバコ》のにおいが鼻についた。右手にはナイフの刃《やいば》が光っている。

男は何かを叫び立てた。悪魔の言語に思えた。

反射的に母の背中に身を隠した。母は二度、三度とうなずき、財布を取り出した。男はそれを引ったくると、中身を取り出し、再び刃の先端を母に突きつけた。母が首を振る。男は低い声で「ディネロ、ディネロ」と繰り返す。母がスペイン語で何かを言った瞬間、男が腕を突き出した。光る刃が母の腹に呑み込まれる。ナイフが引き抜かれると、母は石畳に両膝をついた。

「お母さん！」

母の前に回り込んだ。母は脂汗《あぶらあせ》まみれの顔を歪《ゆが》めていた。見慣れた笑顔はそこになかった。

何が何だか分からなかった。気がつくと、強盗は姿を消し、大勢のスペイン人に取り囲まれていた。

母は異国の病院のベッドで三度意識が戻り、そのたびに父の名を呼び続けた。父が現れたのは、大使館が連絡した日から五日後——母の死の直前だった。父は作品の仕上げに打ち込んでいたらしい。

バルセロナ旅行の思い出にあるのは、最愛の母の死だけだ。路上強盗は捕《つか》まっていない。

帰国後は毎晩、事件の悪夢にうなされた。強盗に自分まで殺される夢が多かった。母の死から二カ月は、いつ眠ったのか、何を食べたのか、何をしていたのか、全く分からない日々が続いた。小学校から帰宅した記憶もないほど混乱していた日もある。

季節が変わっていくのが苦しかった。母を置き去りにし、自分一人の時が流れていた。

家族揃って出歩いている同級生に会うのがつらくて、初詣《はつもうで》やクリスマスの日は家に籠《こ》もった。誕生日も嫌った。母は毎年手作りケーキで祝ってくれたのに、もうそれは叶《かな》わない。

自分を責める感情ばかり込み上げてきた。母を助けられなかった無力感、後悔《こうかい》——。幼い自分に何ができたというわけでもないのに、最愛の母の死は自分の責任である気がした。

だから自分は人生を楽しんではいけない——。

笑いたいし、面白いテレビも観たいし、美味《おい》しいものも食べたい。しかし、そうしてはいけないと思う気持ちが勝《まさ》ってしまう。

父がバルセロナへ行くと言い出したのはそんな時期――。小学校を卒業した直後だった。

「俺はバルセロナで仕事をしようと思う」

父の言葉は頭の中を素通りした。バルセロナで仕事？　母を奪った土地に住む？　路上強盗がのさばっている土地に？　まさか一緒に来いと言うのだろうか。

半月以上、自宅の柱にしがみつく勢いでいやがった。しかし父の決意は固く、十二歳の娘としてはついていくしかなかった――。

追想の中に電話のコール音が割り込んできた。

志穂は我に返ると、受話器を取り上げた。

スペイン語が聞こえてきた。一瞬誰なのか分からなかったが、すぐに声の主に気づいた。

「一体どこで何してるの、お父さん！」

志穂はスペイン語で返した。

「……心配してくれているのか？」

当たり前でしょ、という言葉が喉に詰まる。

「ニュースで驚いているかと思って電話した」

「昨日、聖堂で何があったの？　今どこ？」

「……詳しいことは言えない。盗聴されている可能性が高いからな。アパートの電話は危ない」

「一体誰に盗聴されるっていうの？」

「アンヘルを殺した奴にだよ」

「犯人を知ってるの？」

「今は何も言えない」

志穂は日本語に切り替えた。

「じゃあ、日本語で話せば？　もし盗聴されてても、それなら相手に分からないでしょ」

父はスペイン語のままだった。

「いや、日本語でも駄目《だめ》だ。事態はお前が考えている以上に深刻で、切迫している。日本語を解する者を雇うくらい、米粒を潰《つぶ》すより簡単なんだ」

「でも――」

「俺を信じてくれ」

父の声は張り詰めていた。

「信じろって言われても――」

頭に蘇《よみがえ》るのは、先ほどのニュースの内容だった。

「ねえ、お父さん。アンヘルが殺されたことはサグラダ・ファミリアに関係があるの？」

「……何も言えない」

一瞬の間が答えだと思った。サグラダ・ファミリアの背後で何かが起きている。父は一体何を隠しているのだろう。

「とにかく、お前も身辺には注意しろ」父が言った。「サグラダ・ファミリアにもガウディにも、絶対、関わるな」

2

父からの電話が切れた。

「あっ」と声が漏れる。

受話器を握り締めたまま顔を上げると、ホルヘが困惑顔で立っていた。会話の内容を話し、意見を求めた。

「僕には何も想像がつかないよ」ホルヘは首を振った。「聖堂での仕事は普通だった。喧嘩《けんか》もない。でも、今回の事件は個人的なトラブルなんかじゃない気がする。親父《おやじ》さんはガウディにも関わるなって言ったんだろ。何十年も前に死んだガウディの名前が出てくる――。これは異常だよ。聖堂の背後で何が蠢《うごめ》いているのか。ドン・キホーテの物語ほど面白い事態じゃないことは確かだ」

「一体何が起こっているの――?」

そのとき、ふいに記憶の蓋《ふた》が開いた。

二週間ほど前だった。父がアンヘルを招いて、三人で夕食を食べた。酔いが回って赤ら顔のアンヘルが急に真顔《まがお》になり、父に話しかけた。

――内密の話がある。

二人は父の作業部屋へ消えた。しばらくして二人は神妙な顔で戻ってきた。

父がトイレに立ったとき、作業部屋で何の話をしていたのか、志穂は深い意味もなくアンヘルに尋ねた。

たしかアンヘルは――――。

――サグラダ・ファミリアを知らないと分からない話さ。

――どういうことなの？

――ガウディの建築を知って、サグラダ・ファミリアの暗部、負の歴史を知らねば事の深刻さは分からんよ。

アンヘルは『シホはサグラダ・ファミリアに興味がないだろう？』と言って笑ったが、その表情は暗く沈んでいた。彼は最後に『今夜のことはラモンには内密にしてくれ』と頼んだ。

あのときの話がアンヘルの死と無関係とは思えない。

「私、ラモンに話を聞いてみようと思うんだけど……」

ラモンはサグラダ・ファミリア建築の現場監督だ。アンヘルは生前、ラモンの名前を出した。探りを入れるなら――ラモンしかいない。一体何が起きているのか、話を聞くなら最適だろう。

「親父さんに忠告されたんだろ。シホは首を突っ込まないほうがいいんじゃないか？」

「でも、父には何かが起きてるわけだし、無視はできない」

「……うん。心配するシホの気持ちは分かる。僕も親父さんにはお世話になってるし、気になる。こっちはこっちで職人仲間に話を聞いてみるよ」

「ありがとう」

「僕にできることがあったら何でも言ってくれ」

五歳年上のホルヘは今までずっと支えてくれた。出会った六年前のことは今でも鮮明に思い出せる。

父が新たな若手の職人仲間としてホルへをアパートに招待した。当時は父と同じ石工全員に敵意を抱いていたから、彼の自己紹介にも素《そ》っ気《け》なく応じ、相槌《あいづち》も適当で、食事中に退席するという非礼も演じた。

しかし、出会った日の翌日、ホルへはアパートを訪ねてきた。

「やあ。君が地中海の底に独りぼっちでいるような瞳をしてたのが気になったんだ」

その日以来、ホルへは積極的にアタックしてくるようになった。根負けしたのは一年後だ。

「親父さんから聞いたよ。もし石工が嫌いなら、君の前ではただの男になる。聖堂の話も仕事の話もしないよ」ホルへはワインの瓶《びん》を掲げた。「葡萄酒《ぶどうしゅ》は独り寝には似合わない」

彼の熱意に胸が高まり、部屋に招き入れた。

ベッドを共にした後、彼が言った。

「僕は君の不安をなくすために、唯一必要な存在になりたい」

唐突に涙がとめどもなくあふれてきた。

ホルへは力強く抱き締めてくれた。彼を信じられるようになり、交際をはじめたのはその日からだった。サグラダ・ファミリアや石工への反発は日々薄まった。

ホルへが帰った後、夕方になると、志穂は黒いスモックブラウスと白のハーフパンツに着替え、二〇三号室を訪ねた。

人の手の形のノッカーを鳴らすと、ドアが半分ばかり開いた。隙間《すきま》からラモンの妻であるルイサが左半身を覗《のぞ》かせる。短めに切り揃えた黒髪が揺れている。

以前、彼女は言っていた。

――私くらいの年齢で髪が長いのは女優か娼婦だけよ。

ショートボブにカットした黒髪はルイサの自慢だ。

「……今日はどうしたの、シホ？」

「一緒に夕食を食べようと思って。どう？」

ドアの縁《ふち》を握るルイサの指に力が入ったのが分かった。一瞬、愁眉《しゅうび》が寄ったのを見逃さなかった。

「都合悪かった？」

「いいえ。全く問題なしよ」

「都合が悪いなら無理には――」

「問題ないわ、何も。じゃあ、どうぞ」

ルイサはドアを開け放し、両手を広げた。頬を寄せ合って右、左と挨拶のキスをする。

体を離して何げなく視線を落とすと、ノースリーブから伸びる彼女の右腕に包帯が巻かれているのに気づいた。

「怪我したの？」

ルイサは視線を落とし、「これは何でもないの」と右腕を隠した。言葉とは裏腹に表情が曇っている。

案内されるままリビングへ移動した。車椅子に座った少女がハビエル・マリアスの『世紀』を読んでいた。十歳のマリア・イサベルだ。艶《つや》やかな黒髪がふっくらした頰の横を流れていた。二重まぶたの大きな瞳をしている。

志穂は小声でルイサに訊いた。

「脚はまだ治らないの？」

階段を下りようとした時に足を滑《すべ》らせた事故と聞いている。新学期がはじまるのは九月からだから、後一カ月で車椅子が不要になればいいのだが。

「お医者様がおっしゃるには、もう完治はしているらしいの。後は気持ちの問題なんだそうだけど……」

マリア・イサベルは本を読みながらも、ときどき、親指の爪を噛み、虚《うつ》ろな表情で窓の外を見ていた。

「夕食の準備をするわね」

ルイサはダイニングへ向かった。背中を向けた彼女の右脚――ふくらはぎに青アザが刻まれていた。鏡でも見ないかぎり、自分では気づかないような位置にくっきりと。

瞬間、頭の中に映像が走った。ルイサの腕の包帯、ふくらはぎの青アザ、マリア・イサベルの脚の怪我――。

ラモンの顔が脳裏をよぎる。

志穂はダイニングに行き、推測《すいそく》を口にしてみた。

「もしかしてラモンから暴力を振るわれてない？」

ルイサは包帯を巻いた右腕を抱え込んだ。罪の証《あかし》を隠すように。

「……私たち家族はうまくいっているわ」

「マリベルの脚の怪我は本当に事故だったの？」

マリベルはマリア・イサベルの愛称だ。

「……お願いだから、間違っても、あの人の前でそんな冗談は口にしないでちょうだい」

ルイサは背を向け、巨大なパエリア専用の黒い鍋を取り出し、冷蔵庫を開けた。

背中が語っている。

――これ以上、私を苦しめないで。

志穂はマリア・イサベルに視線を向けた。黒髪の隙間から星型のピアスが覗いている。病院で女の子が生まれると、数時間も経たないうちにピアス屋が現れ、「開けますか？」と訊いてくる。幸せになれるように願って母が娘に初めてあげるプレゼントだ。

果たして今、マリア・イサベルは幸せなのだろうか。

志穂は「私にも手伝わせて」と話を変えた。

得意のサルスエラを作った。木の実とニンニクの香りが漂《ただよ》うロメスコソースで海老《えび》、イカ、タラを煮込むブイヤベースだ。

サフランとオリーブオイルを入れたとき、ルイサが口を挟んだ。

「それ、入れる量が多すぎない？」

「これは私の味付けなの。大丈夫。完璧《かんぺき》よ」

志穂は努めて明るく答えた。そうしなければ、不安に呑み込まれ、どこまでも落ちていきそうだった。

「……シホの腕前を信用してるわ」

「任せておいて」

誰かのために料理するのは久しぶりだと気づいた。ホルヘが結婚を口にしてから、彼を食事に呼んでいない。

夕食の準備が終わったころ、玄関のドアが開く音がした。

ダイニングに現れたのはラモンだった。黒髪はポマードで後ろに撫でつけられている。銀縁眼《め》鏡《がね》の奥の瞳は理知的だ。真夏だというのに真新しい専門書のように皺《しわ》一つない紺の三つ揃いに身を包んでいる。ルイサの甲斐甲斐《かいがい》しさが窺《うかが》える。

ラモンの視線が滑ってきた。

「久しぶりだな、シホ」

昼食時に帰宅するスペイン人が多い中、ラモンは夕方まで仕事で外出している。彼に会うのは約一カ月ぶりだった。両頬に挨拶のキスをする。

「夕食をご一緒することになりました」

「そうか。好都合だ。私も訊きたいことがあるしな」ラモンは渋い顔のまま銀縁眼鏡を外《はず》し、胸ポケットに差し込んだ。「正直、私も困っていてね。聖堂は大変な騒ぎになっている」

現場監督であるラモンは、職人に指示を出す立場にいる。記者や刑事から散々質問攻めにあったのだろう。

「パパ、お帰りー！」

マリア・イサベルが車椅子のハンドリムを一生懸命漕《こ》ぎながらやってきた。父親の帰宅を待ち侘《わ》びていた娘の笑顔だった。緊張感や作り物めいた不自然さはない。

ラモンは娘をそっと持ち上げると、両頬にキスをした。小柄な体をいたわるように車椅子に戻す。

虐待《ぎゃくたい》は思いすごしだった……？

ダイニングに移動すると、ラモンはマリア・イサベルを抱え上げて椅子に座らせ、ルイサと並んで腰を下ろした。志穂は少女の隣の椅子を引いた。

王冠柄刺繍《ししゅう》のクロスがかけられたテーブルに料理が並んでいる。

メインはパエリアだ。皿型の鍋一杯にサフランで黄色く染められた炊き込みごはんが敷き詰められ、真っ赤に茹《ゆ》で上がったロブスターやイカ、ムール貝などの魚介類が花火のように広がっている。

隣の皿には、レタス、トマト、タマネギなどの野菜にハムやソーセージが添えてあった。各々《おのおの》の皿ではサルスエラがトマトとニンニクの香りを発している。

志穂はそれとなく三人を観察しながら食事した。バルセロナに不慣れだった時期、ルイサは頻《ひん》繁《ぱん》に食事に呼んでくれたり、異国の習慣を教えてくれたり、色々と世話を焼いてくれた。その彼女が今苦しんでいるなら助けたい。

ラモンが「おい」と呼ぶと、ルイサの肩がビクッと震えた。剝《む》き出しの神経が体の周囲に張り巡らされているも同然の反応だった。

「オリーブオイルを取ってくれ」

ルイサは「ええ」とうなずき、赤い服の女性が描かれたボトルを手渡した。ラモンはオリーブオイルを野菜にかけ、フォークで口に運んだ。ルイサは上目遣《うわめづか》いに夫の顔を窺っていた。ラモンが喉を満足げに上下させると、彼女は握っていた両拳を開いた。

虐待の傷痕《こんせき》だろうか。

横目でマリア・イサベルを見やる。少女の顔に緊張はなかった。

普通、子供のほうが人の感情を敏感に察する。もし母が父の言動にびくびくしていたら、マリア・イサベルはそれを感じ取り、顔に緊張が出るだろう。しかし、少女の顔は食事を楽しんでいる。表情が硬いのはルイサだけだ。

志穂はルイサの張り詰めた空気を破るため、「美味しいですね」と正直な感想を口にした。ラモンは柔らかい表情で妻を見た。

「ルイサの料理は天下一品だからな」

ラモンはサルスエラのタラを口に運んだ。咀嚼《そしゃく》して飲み込み、ルイサを見る。

「これも最高だ。相変わらずお前のサルスエラは私の口に合う」

ルイサの黒く細い眉が揺れた。

志穂は思わず言いたくなった。

――サルスエラを作ったのは私ですよ。あなたは本当に妻の料理の味を覚えているんですか？

言葉を呑み込み、ロブスターの身を口に運んだ。ラモンの虐待を追及するのは場違いだろう。

ルイサは緊張していても、マリア・イサベルは楽しげに食べている。

十分ばかり夕食を堪能《たんのう》したころ、ラモンが切り出した。

「ところで、シホはソウイチロウの居所に心当たりはないかね？」

志穂はスプーンを置くと、彼の顔を見た。

「……分かりません。私にも何があったのか」

真実かどうか探るような眼差しが志穂の顔に注《そそ》がれた。

「父は何か事件に関わっているんですか?」

志穂は逆に訊いた。この話の流れなら、この質問も不自然ではないだろう。

ラモンは肩をすくめた。

「ソウイチロウはアンヘルと親しかったのだろう? アンヘルが殺され、ソウイチロウが無断で休んでいる。だから現場監督として気にしている。それだけだ」

「アンヘルはなぜ殺されたんでしょう? 聖堂で何があったんですか」

「……軋轢《あつれき》ならいくらでもある。石工や模型職人やモルタル職人、図面係――。誰もが聖堂建築に携《たずさ》わっている自負があり、プライドが非常に高い。自分の意見を押し通そうとする。内部には様々な人間関係がある。嫉妬《しっと》、敵意、ライバル心、エゴ――」

「聖堂自体の問題はどうです?」

アンヘルの生前の言葉から考えれば、内部の人間関係より、聖堂自体が事件に関係している気がする。怨恨《えんこん》や痴情《ちじょう》のもつれで、死体をわざわざ尖塔に吊り下げはしないだろう。

「聖堂自体の問題と言われても、な」

「建設委員会の人たちが記者会見で口にした台詞《せりふ》が気になるんです。事件は建築問題とは関係ない、って。その建築問題って何ですか?」

「……別に秘密でもないし、専門家には知られている話だ。まあ、話しても構わんだろう」

「教えてください」

「問題の中でも特に切実なのは、財政面だ。経済問題は深刻化していてね。職人と建設委員会の間には重苦しい空気が流れている。サグラダ・ファミリアがバルセロナの象徴的建築物になっているとはいえ、特定の宗教の建物には違いないからな。国は一ペセタも援助できん。だから信者の献金と観光客の入場料によって賄《まかな》われながら、何とか進んでいる状態だ。まあ、年々観光客が増えているのが救いだろう」

父がサグラダ・ファミリアの石工になった一九七八年当時は、彫刻を作るための石を買うこともままならず、給料の支払いが滞《とどこお》ることもたびたびあった。職人の数も二十人程度にまで減っていたと聞いている。

「苦しい状態なんですね」

「だが、財政難はなにも現在だけの問題ではなかった。建設開始当初――百十年も前から続いている。当時のことを知っているか？」

黙って首を横に振ると、ラモンはワインを口に含み、博識ぶりを自慢するように説明した。エリートとして誰もが憧れるアーキテクトのタイトル――日本でいう一級建築士の資格――を所持している矜持《きょうじ》が見え隠れしている。

カタルーニャの守護聖人サン・ホセ（ヨセフ）を信仰する信者団体を作ったボカベーリャは、サグラダ・ファミリア――イエスとその両親であるマリアとヨセフの聖家族――に捧げる聖堂を建設しようと決心した。社会が混乱していた時代だったため、基盤となる家族を大切にしようという思想を基本精神に掲げ、その理想として聖家族を選んだ。養父ヨセフは、処女のまま神の子を身ごもった聖母マリアを守り、イエスが誕生した後もローマ兵による虐殺《ぎゃくさつ》などから聖家族を守り続けた理想的な父親だった。

「だからサグラダ・ファミリアは、我が身を犠牲《ぎせい》にしてでも妻子を大切にした父親の愛情を表現している」

家族を大切にする養父ヨセフを重要視した聖堂の建築――。もしラモンが妻と娘に暴力を振っているとしたら、これほど皮肉なことはないだろう。

ラモンは説明を続けた。

ボカベーリャは自分が組織する信者団体で建設資金を募《つの》ると、理念に賛同して無料奉仕を申し出たバルセロナ司教区の建築家ビリャールに任せ、工事をはじめた。一八八二年三月十九日のサン・ホセの祝日に最初の石が置かれた。

数カ月後には、地下礼拝堂の柱が建てられた。しかし、聖堂評議会の技術顧問ジョアン・マントレールとビリャールの間に意見の相違が生じた。ビリャールは柱を切石《きりいし》だけで造りたいと主張したが、マントーレルは柱をマンポステリア――石塊《せっかい》を乱積みして漆喰《しっくい》で固めたもの――で造っても聖堂の耐久性は問題ないと主張した。互いに譲歩せず、結局ビリャールが辞任した。

困ったボカベーリャは、マントーレルに工事監督を引き継いでくれと頼んだ。マントーレルは自分がビリャール辞任の原因を作ってしまったという微妙な立場だったため、要請を断った。代わりに自分の協力者であった三十一歳のガウディを推薦した。以来、サグラダ・ファミリアはガウディの手に委《ゆだ》ねられた。

聖堂の建築は、十五日ごとに発行される『聖ヨセフ信心宣教者』誌が募った献金をもとに行われた。政教分離の原則により、宗教建築物に公費を出すことが不可能だからだ。

「ガウディの生前に完成しなかったのは、時間不足ではなく、資金不足だったからだ。ガウディの友人たちは、建設費用が足りないことを嘆いていたよ。詩人マラガールは、財政難を新聞紙上で訴えて寄付を求めた。後年のガウディはプライドを捨て去り、自ら寄付を求めて街をさ迷い歩いた。知人たちがガウディの姿を見かけると、道を引き返してしまうほどしつこく寄付を求めたらしい。そうやって結構な額の資金を手に入れたが、第一次世界大戦前までに三万ペセタの赤字が出ていた。一九一四年になると、寄付金も絶えた。生誕のファサードの仕事は麻痺《まひ》状態になり、ガウディは自分が生まれた土地を売ったほどだ」

「百年以上も建築が続いてるのが不思議なくらいです。他にも危機はあったんですか？」

「ああ。何度もあったよ。第一次世界大戦がはじまると、職人が数人になり、工事の続行はますます困難になった。これはまずいと思った聖堂の建設委員会は、当時六十歳をすぎていたガウディに対し、建物の正確な模型を作ってほしいと要請した。ガウディが死んでも建設を続けられるようにな」

「模型を依頼したのは、ガウディが図面に頼らない建築家だったからですよね？」

昔、父から聞いて覚えている数少ない知識を口にした。

「ああ。ガウディは図面を重要視しなかった。二次元の紙では表現できない建物を造るからだ。細かく図面を描かなくてはいけないと考えたら、発想が二次元に縛られてしまう。立体で発想する大胆さが失われ、平面で表現しやすい形状を考えてしまう。ガウディは弟子《でし》にこう言った。

『人間は二次元世界を、天使は三次元世界を動く。時に多くの自己犠牲、継続する激しい苦悩の後で、建築家は数秒間、天使の三次元性を見ることができた』とな」

志穂は身震いした。その言葉が真実なら、ガウディは天使の視点を持っていたことになる。いや、実際にガウディは三次元の建物を造っているから、真実だったのだろう。

神に仕《つか》える建築家――アントニオ・ガウディ。

「ガウディは『人は二本の定規と一本の紐《ひも》であらゆる建物を造る』と言い、地面に勢いよく一本の線を描いてみせた。そのほうが自分自身の狙《ねら》いを正確に伝えられると知っていたからだ。『聞いて終わるのではなく、自ら考え、感じ取れ』というスタイルだった。だから言葉で説明せず、模型に、石膏像に、建築物に、メッセージを込めた。もちろん全く図面を描かなかったわけではない。ガウディは『この聖堂は数世代にわたる作品となる。後継者たちのためにも、指針を確立しなければいけないだろう』と語った。一九一七年四月には、助手だったルビオが描き上げた聖堂の全体図が公表された。しかしその模型や図面も……どうなったか知っているか？」

知識を試す眼差しで見つめられ、緊張を覚えながらうなずいた。

「内戦でやられたんですよね？」

ラモンは「そのとおりだ」と二度うなずいた。「ガウディが市電に撥《は》ねられて死んだ後、直弟子たちは模型や図面を研究し、現場で指揮を執《と》っていた。だが、そんな中――一九三六年、スペインで内戦が起こった。直弟子たちは自宅では図面を守れないと考え、建設の財源である貴金属と一緒にサグラダ・ファミリアの『ロザリオの間』に隠したよ。だが、まとめて隠しておいたことが仇《あだ》になり、貴金属は盗まれ、図面は焼かれてしまった。聖堂に隣接するガウディの事務所も略奪され、火を放たれ、模型室にあった模型も粉々に壊された」

「ひどい話ですね……」

「大半の模型や文書が失われ、生誕のファサードに据《す》えるための彫像も被害を受けた。悲劇だよ。聖堂の主任司祭だったヒル・パレス神父は無残に殺され、聖堂の地下礼拝堂に埋葬《まいそう》されていたボカベーリャやガウディの墓も暴《あば》かれた」

「ガウディの墓までですか？」

「暴徒の仕業《しわざ》だ。金目のものでも探したのだろう。何にしても、内戦で聖堂は崩壊寸前だった。建設を進める組織や職人まで離散したんだからな。だが、最悪だったのはフランコの存在だ。一九三九年、奴は内戦に勝利し、独裁政権を樹立した。フランコはカトリックを国教とする帝国を目指したよ。おかげで聖堂の建築がますます困難になった」

「え？　カトリックなのに？」

　意味不明だった。矛盾している。サグラダ・ファミリアはカトリックの象徴的存在だ。カトリックが弾圧されたならともかく、国の中心になったのに建築が難しくなるなんて。

「分かってないな」ラモンは言った。「フランコはここカタルーニャを厳しく弾圧し、死した今でもカタルーニャ人に恨《うら》まれている独裁者だ。カトリックの大聖堂であるサグラダ・ファミリアの建設に関わることは、そのフランコに味方する行為も同然だった。つまり、聖堂の建築はカタルーニャ主義者たちの恨みを買いかねなかった」

　納得できた。複雑な事情だ。

「それでもサグラダ・ファミリアは死ななかった。だが、絶望的な中での再出発だ。図面は焼かれ、模型は破壊され、財源はない」

ラモンは説明を続けた。

フランコの勝利で内戦が終結した一九三九年、教会機関紙の『エル・プロパガードル』が『テンプロ』と改題され、その号に再開宣言が載った。一九四三年に建設委員会が再構成され、キンターナが四代目の主任建築家に就任した。一九五一年には拾い集めた破片から模型が復元され、その翌年には掻き集めた資料をもとに受難のファサードの建設が開始された。財政面では、サグラダ・ファミリアで入場料を取るようにして不足を補った。

「持ち直したのが奇跡的に思えます」

「聖堂の建築は常に手探り状態だよ。ガウディ亡き今、我々はガウディの理念を踏襲《とうしゅう》しながら自身のアイデアも織り込み、いかに発展させるかを考え、職人一人一人が細部にまで責任を持って造ることが大切になってくる。ガウディの作品はメッセージの宝庫だ。石の遺言とも言える。職人各々が作品に込められた意味を読み取り、試行錯誤し、解釈し、製作に励むことが必要だ。だが、聖堂の建築に反対する意見もある」

「どういう理由でですか?」

「本人の死後も造り続けるのは、ガウディ建築の純粋性を損《そこ》なうのではないかというのが理由だ。連中は『ガウディが自分の墓の中で寝返りを打ってる』と言いやがる」

狭い墓の中で寝返りを打たねばならないほど死者が怒る事態が起きている、という意味だろう。

「熱心な反対派は毎年何十通も私に抗議の手紙を送ってくる。フランコを憎むカタルーニャ主義者はいまだにカトリックの象徴に文句をつける。建設組合の組合員は労働時間短縮と賃金値上げを訴え、職人たちにゼネストを強要する。サグラダ・ファミリアを造り続けるには……問題が多すぎる」

今回の事件には、反対派や極端なカタルーニャ主義者が関わっているのだろうか。尖塔に死体を吊り下げたのは、仕事を滞らせ、建設を頓挫《とんざ》させるためかもしれない。あるいはゼネストに参加しない職人に対する見せしめか。

しかし、だとしたらなぜアンヘルが殺されたのか。父は一体何を知っているのか。

サグラダ・ファミリアの闇の部分が巨大な影となって、街に覆いかぶさっているかのようだった。

3

志穂はアパートを出ると、路地裏を抜けてレイアル広場に入った。回廊状に建物が囲む中に丈の高いヤシの木が並び、白いパラソルの下のテーブル席に観光客たちが座っていた。噴水の前には一八七八年にガウディが設計した一基の街灯がある。先端には六つのガス灯が広がっている。

街灯を横目に、あんなに避けて生きてきたのに最近急にガウディを意識しはじめたな、と思いながらレイアル広場を出た。並木に縁取られたランブラス通りが、直線に延びている。十九世紀に造られた旧市街の目抜き通りは散歩者であふれ、土曜日の昼間が喧噪《けんそう》に染まっていた。

歩道脇にはキオスク、小鳥屋、本屋、ペットショップ、カフェが並んでいる。名物の花屋では小菊《こぎく》、カーネーション、薔薇《ばら》、マーガレット、ガーベラ、矢車草《やぐるまそう》が色鮮やかに咲き誇り、かぐわしい香りが一面に広がっている。

石畳を焼く陽光の下、人波に流されるように歩いた。すぐに汗が滲《にじ》み、水色の半袖ブラウスが二の腕に貼りつき、肌の色が透けていた。日焼け止めを塗っていなければ火傷《やけど》しそうだ。

歩道には、ソンブレロをかぶってポンチョ姿でギターや太鼓《たいこ》を演奏するグループがいた。折り畳み椅子に座ってカンバスに客の似顔絵を描いている絵描きの男や、二つのハンマーで玉を落とさずに打ち続けている大道芸人など――。

彼らは全て明るさの象徴に思える。サグラダ・ファミリアの殺人事件など、一夜の幻であったかのように、街は平和だ。

真っすぐ進んでリセオ劇場を通りすぎると、最大の規模と歴史の古さを誇るサン・ジュセップ市場の入り口が見えてきた。買い物客であふれ、人の出入りが激しい。

入り口に進んだとき、市場から出てきた比較的若い黒髪の女性が人込《ひとご》みに押されてつんのめった。手提《てさ》げ袋からナシが一個こぼれ、コロコロと転がってくる。志穂はあっと思い、通行人に踏み潰《つぶ》される前に拾って女性に手渡した。

黒髪の女性は「グラシアス」と礼を言って受け取ると、袋の中から別のナシを差し出した。志穂はつかの間ためらったが、好意を無下《むげ》にしないことにした。

ナシを受け取ると、女性はにっこりと笑った。

「ボン・ディア（いい日でありますように）」

本当にいい日であってほしいと願う。

志穂は女性と別れ、サン・ジュセップ市場に踏み入った。入り口付近にも店が並び、台に果物や野菜や木の実が山盛りになっている。大勢の客が店から店を回っている。市場の主役は女性だ。魚屋、肉屋、野菜屋、果物屋の売り子の大半は女性が占め、買い物をするのも女性が圧倒的に多い。

「バラート、バラート（安いよ、安いよ）！」

ときおり、野太い男の掛け声が交じり、ドーム型の天井《てんじょう》に反響する。巻き舌のスペイン語が弾《はじ》ける。左右から景気のいい掛け声がかかる。

志穂は買い物客のあいだを抜け、奥に進んだ。女性たちが押し合いへし合いをしている。

「クイダード、クイダード（危ないよ、危ないよ）！」

中年男が果物の積まれた手押し車を押し、狭い通路を埋める買い物客の隙間を縫《ぬ》って走り去る。

志穂は何度か客に押されながらも、十数軒並ぶ肉屋の中にある馴染《なじ》みの一軒まで来た。牡牛《おうし》の頭の剝製《はくせい》が看板になっている店だ。ガラスケースの中には羊や子豚の頭、骨付き肉、内臓が並んでいる。天井からは、羽を抜かれた鶏や山鳩《やまばと》や七面鳥《しちめんちょう》、皮を剝《は》がれた兎《うさぎ》が足を縛られてぶら下がっている。客一人一人が「大きさはこう、厚さはこう」と注文し、肉屋の女性が手際よく鳥の首を落としたり、内臓を取り出したり、肉片を切り分けたりしている。

マナーに従って、客たちに「誰が最後ですか？」と訊き、答えた人の後ろに並んだ。各々の注文が細かいため、自分の番が回ってきたのは二十分が経ってからだった。

志穂は真ん前に歩を進めた。

「オラ」

気軽な挨拶で声をかけると、肉屋の女性は目を真ん丸にした。

「シホ！　今週は顔を見せなかったから心配してたのよ」

この数年間、火曜日に市場に来るのが習慣だった。たった一度休んだだけで気にかけてくれるのは嬉《うれ》しい。外国人ではなく、バルセロナで暮らす一人の友人として扱ってくれている。

「……色々あったものだから」

言葉を濁《にご》すと、肉屋の女性はわけ知り顔で二度うなずいた。

「悪いときにこそ良い顔をするのよ。きっと幸福がドアをノックしてくれるわ」

志穂は礼を言うと、世間話をしながら肉の品定めをした。背後に並ぶ客たちは、買い手がじっくりと選ぶのは当然の権利として文句一つ言わず、互いに会話しながら待っている。

「……じゃあ、とりあえずあれを三百グラム」

横棒から吊り下がる豚の脚を指差すと、注文した分だけ削《そ》ぎ取ってくれた。

「後は鶏の肉を四分の一、お願い」

肉屋の女性は鶏を手に取り、片刃固定の大型鋏《はさみ》でバチッと切った。

志穂は五千ペセタ札を渡し、釣りを受け取った。

「鳥はね、首の部分が美味しいんだから。これはおまけよ」肉屋の女性は包みに鶏の首の部分を入れた。「教えたように煮込むのよ」

何十回と通ううちに親しくなり、『スープに赤ピーマン、タマネギ、生ハム、ニンニクの刻んだものを入れ、首の部分の肉と煮込むと美味しい』というレシピを教えてくれたのは彼女だった。

礼を言って踵《きびす》を返そうとしたとたん、呼び止められた。

「代金、間違ってた？」

財布を取り出しながら訊くと、肉屋の女性は顔を近づけて囁《ささや》いた。

「後ろを見ちゃ駄目よ。怪しい男があなたを見張ってる」

背中に緊張が走る。

「怪しい男？」

「買い物もせずに、あなたをチラチラ見てる」

「片思いを告白できない王子様じゃなさそう？」

意図的に叩いた軽口《かるくち》だ。肉屋の女性がかぶりを振る。

「髭《ひげ》もじゃの蜥蜴《とかげ》みたいな奴よ。あれは犯罪者の顔つきだわね」

「分かるの？」

「シホより二十年は長く生きてるからね。人を見る目はあるわ」

「……尾行《びこう》される覚えはないんだけど」

父の警告が脳裏をよぎる。

――とにかく、お前も身辺には注意しろ。サグラダ・ファミリアにもガウディにも、絶対、関わるな。

尾行者はアンヘルを殺した犯人かもしれない。

「シホ」肉屋の女性は真剣な顔で言った。「日本人は狙われやすいから気をつけなよ。この辺じゃ子供だってスリに手を染めてるからね」

「子供くらいなら平気よ」

「おやまあ、自信過剰は怪我のもとよ。子供たちはね、集団で行動してるの。囮《おとり》役が話しかけて油断させた隙にもう一人がかすめる。相当、被害が出てるわ」

「……ありがとう。気をつける」

志穂は店を離れた。市場の中のバル——酒が飲める軽食堂——に行き、カウンターチェアに座ってコーヒーを注文する。

一息入れているふりをしながら、主婦や店員がビールで一服している隙間から横目で窺《うかが》った。オリーブ屋の横に、赤黒いシャツに黒炭色のバギーパンツ姿の男がいた。髭面で爬虫類《はちゅうるい》めいた顔つきをしている。聖書を鼻紙にしているようなタイプの男だ。信じているものは札束か麻薬か——。

コーヒーを飲み干すと、代金を払って席を立ち、背後の尾行を意識しながら馴染《なじ》みの魚屋に向かった。敷き詰められた角氷の上に大量の魚介類——アジ、イワシ、サバ、タイ、ヒラメ、カレイ、アンコウ、イカ、タコがひしめいている。大中小の海老は脚を動かし、黒みがかった体を跳《は》ねさせている。

地中海に面しているだけあって、魚介類は新鮮だ。

魚屋の店主は黒いゴム製の前掛けをし、切り株の上で巨大な包丁を使って魚を切り捌《さば》いていた。包丁を振り下ろすたび、魚片がピシャッと飛び散る。

志穂は「おじさん、久しぶり」と笑顔で挨拶し、雑談しながら数種類の魚を指差し、購入した。

魚屋の店主は吊り下げられたバケツに金を放り込むと、彼もまた尾行者の存在を教えてくれた。簡単に尾行を知られるのだから髭面の男は素人《しろうと》なのかもしれない。

「気をつけな。シホくらい美人なら目をつける奴はたくさんいる。わしも二十歳若けりゃ、言い寄ってるところさ」

「でも、おじさんは結婚してるでしょ」

「二十年前は独身だったさ」

「その理屈じゃ、二十年前の私はまだ五歳よ」

微笑しながら応じると、彼は豪快《ごうかい》に笑い声を上げた。

「こりゃ、一本取られたな」魚屋の店主はひとしきり笑った後、表情を引き締めてニヤリとする。「まあ、何にしてもあの男、シホに好意的な奴じゃなさそうだし、わしが何とかしてやろう」

「でも、危険なんじゃゃ――」

「あんな野郎、怖いわけあるかい。わしはこれでもフランコの治安警備隊とやり合ったこともあるんだ」

「……本当？　じゃあ、お願い。私はどうすればいいの？」

「このまま普通に市場を出て帰ればいいさ。後は任せておきな。さあさあ、行った行った」魚屋の店主はそう言うと、今度は並んでいる客に笑顔を見せた。「ちょいと待っていてくれ。後でサービスしてやっからよ」

志穂は小さく頭を下げ、出口に向かって歩きはじめた。

外が見えてくると、突然、背後から「どいた、どいた！」と威勢のいい声がした。魚屋の店主の声だった。

振り返ると、角氷が詰まった荷台を押しながら市場の中を走っている。近くにいた髭面の尾行者は身を引いた。避け方が小さかった。荷台が横に崩れると、髭面の尾行者を巻き込んだ。氷が飛び散る。大勢の視線が集まる。

「気をつけろい！」魚屋の店主は尻餅《しりもち》をついたまま怒鳴《どな》った。「よそ見してんじゃねえや」

髭面の男は角氷まみれになり、「何するんだ！」と怒りで顔を歪《ゆが》めていた。

志穂は心の中で魚屋の店主に礼を言うと、駆け足でその場を離れた。

4

事件の夜、サグラダ・ファミリア贖罪《しょくざい》聖堂で何があったのか――。

アンヘルを殺した犯人は一体何者なのか。父はサグラダ・ファミリアの何に関わっているのか。髭面の尾行者の目的は何なのか。

答えの出ない疑問だけが膨《ふく》れ上がる。

足は自然とサグラダ・ファミリアに向いていた。

犯行の動機が聖堂建築の妨害にあるなら――殺人犯が建設反対派や極端なカタルーニャ主義者なら、現場で職人に話を聞けば何か分かるのではないか。

サグラダ・ファミリアのそばのバルの前に、恋人のホルヘがいた。無地のTシャツにジーンズ姿だ。隣には石工仲間が二人いる。

今は午前七時三十分だから少し時間もあるだろう。聖堂の仕事は朝八時からはじまる。

ホルへたちは濁り酒《バラーチャ》を引っかけながら、談笑していた。

志穂はホルへに声をかけ、仲間たちから離れた場所に移動した。

「そっちは何か分かった?」

彼は無念そうにかぶりを振った。

「職人仲間たちに話を聞いてみたけど、何も心当たりはないみたいだ。アンヘルから何かを打ち明けられたりもしてないってさ」

「そう……」志穂は下唇を噛んだ後、顔を上げた。「私、サグラダ・ファミリアを知りたい」

「聖堂を?」

「サグラダ・ファミリアとガウディを知れば何か分かるかもしれない」

「シホの意地っ張りな性格はよく知ってるけど、僕としては心配だよ。親父さんの忠告もあるしね」

「アンヘルがあんな殺され方をして、何もせずにはいられない」

「親父さんへの反発があるんじゃないかい? 近づくなって言われたから逆に意地になって——」

ホルへの指摘を受けて自分の心の奥を探ってみた。

だが——。

自分でも自分の気持ちが理解できなかった。アンヘルのためなのか、父への反発なのか、それとも別の何か——。

「……駄目？」

ホルヘは少し躊躇《ちゅうちょ》を見せたものの、「意志は変わらないんだね？」と確認した。

「ええ」

きっぱりうなずくと、ホルヘは嘆息を漏らした。

「分かった。僕でよければ案内するよ」

志穂は彼と一緒に聖堂へ向かった。

地中海独特の屈託《くったく》ない青空の下、豪壮なサグラダ・ファミリアが屹立《きつりつ》していた。生誕のファサードの四本の尖塔は、天に向かってそびえている。七階建てのアパート群を見下ろす様は、岩山同然だ。

「魂を引っ張り上げられそう」

ホルヘが「ああ」とうなずいたとき、「なんだか気持ち悪い……」という日本語が耳に入ってきた。見物している観光客の中に日本人の男女がいた。聖堂を見上げ、会話している。

「俺はピラミッドみたいな迫力を感じるけどな」

「彫刻が気持ち悪いの。蠟人形館《ろうにんぎょうかん》の人形を思い出すわ。いやな感じ」

「怖がりだな、お前も。単なる精巧《せいこう》な彫刻だろ」

「すごく生々しいけど……」

二人の会話を聞き、母と来たバルセロナ旅行を思い出した。聖堂を見たカップルが同じく気味悪がっていた。どうやらサグラダ・ファミリアは好き嫌いが真っ二つに分かれる建築物らしい。

隣でホルヘが怪訝《けげん》な顔をしていた。

「あれ、日本語だろ？　サグラダ・ファミリアって聞こえたけど……」

志穂はチラッと日本人の男女を見た後、小声で通訳した。ホルへは聞き終えると、苦笑《にがわら》いした。

「でもまあ、的《まと》を射《い》てるっちゃ射てるね」

「彫刻が気持ち悪いって部分？」

「ガウディは人物モデルから石膏で型取りしたから、彫刻はどれも精巧なんだよ」

「だから生々しいの？」

「ああ」ホルへはうなずいた。「ガウディはね、散歩中に偶然見つけた雑草や昆虫を石膏に型取りしたり、粘土《ねんど》や生蠟《きろう》にコピーさせたんだよ。何種類もの昆虫や鳥が型取りされて死んでいったらしい。石膏を塗られると、人間でも熱で悲鳴を上げるほどだからね」

「……聖堂のためとはいえ、ちょっと可哀想《かわいそう》」

「飼育係のオピッソも同じ気持ちだったみたいだよ。カナリアに殺しの命令が出たとき、窓から逃げたと偽《いつわ》ってペットにしたらしい」

「犠牲《ぎせい》のうえに成り立つリアリティ、ね」

「批判もあったそうだけどね。『動物から型取った石膏をモデルにするのは言語道断だ。あのファサードは建築作品ではなく、博物館のようになるだろう。博物学の教育に役立ちこそすれ、芸術と呼ぶに相応《ふさわ》しい作品にはなり得ない』とね」

志穂は聖堂前の広場に集まる見物人を見回した。日本人やアメリカ人、ドイツ人、フランス人、イタリア人――。

地元の人々は、聖堂にほとんど見向きもしない。世界から観光客を集める聖堂を日常の一風景にしてしまっている。

見物人を見つめていると、一人の老人が目に留《と》まった。重石《おもし》を負《お》ぶっているように背が曲がり、尖《とが》った耳の両脇に白髪《しらが》が残る禿頭《とくとう》が印象的だ。聖堂に見向きもしない現地人が多い中、サグラダ・ファミリアを注視し続けている姿が目を引いた。教会の奥を透視するような眼差しを向けている。

志穂は妙に気になり、老人に歩み寄った。

「聖堂見物ですか?」

老人は額に数本の横皺《よこじわ》を刻み、カタルーニャ語で声を荒らげた。

「カスティーリャ語を話すな!」

志穂は驚きのあまり、言葉を返せなかった。謝ろうとしたものの、カタルーニャ語の謝罪の単語が思い当たらなかった。敵意で射貫くような老人の視線だけが身に注がれている。

何度も経験したことをつい忘れていた。カタルーニャ地方の中心都市であるバルセロナに住んで以来、カタルーニャ人であることへのこだわりと、そのプライドの高さは数え切れないほど経験してきている。

カタルーニャ人経営のバルでカスティーリャ語――一般にいうスペイン語――を口にしたら、生温《なまぬる》いコーヒーをバンッと置かれたこともある。

十数年前まで政治的にカタルーニャ語が禁じられていたため、中央政府に強制されたカスティーリャ語を嫌う現地人は少なくない。カスティーリャ語をスペイン語と呼ぶことすら嫌っている。カスティーリャ語をスペイン語と呼ぶなら、カタルーニャ語を〝スペインの言語〟と認めないのと同じだ、と。

志穂は懸命に記憶を絞《しぼ》り出した。カタルーニャ語の謝罪の単語がカスティーリャ語の『perdón（ペルドン）』に近い『perdó（ペルド）』だったことを思い出したとき、ホルヘが駆けつけてきた。彼はカタルーニャ語で老人と話しはじめた。

言語規制が行われた時代に学生生活を送ったホルヘは、父親から密かに学んだというカタルーニャ語で親しく喋《しゃべ》っている。老人の険《けわ》しい表情が緩みはじめた。

カタルーニャ語は、フランス語から鼻にかかる音をなくし、カスティーリャ語からローマ字的な発音をなくした言語――つまり、両言語の中間的な言語という印象だ。カスティーリャ語の単語と綴《つづ》りが似たものも多いが、特殊な発音のせいで聞き取りは難しい。

会話を終えると、ホルヘは先ほどのお返しのように訳して聞かせてくれた。

「このおじいさんは、ガウディとも話したことがあるってさ。七十年以上昔のことらしいけどね」

「本当に？」

過去の人物でしかなかったガウディの存在が急に実体を持ち、生身の人間として身近に感じられた。

「興味深い話を聞いたよ」

「何？」

「うん。人間に盲点《もうてん》があるのは知ってるだろ？」

「もちろん」

「盲点の範囲内のものは歪んで見える。だからガウディは外部では彫刻群を中心から三十度、内部では六十度の範囲におさまるように配置したらしい。彫刻全体が自然に視界に入るように工夫していたんだね。僕なんかが知らないことはまだまだあるみたいだ」

サグラダ・ファミリアがあらゆる面で考え抜かれた聖堂だと知ってはいたものの、盲点まで考慮して造られていたとは驚きだった。

「だから、この位置から聖堂を眺めるのが好きなんだってさ。サグラダ・ファミリアは時間によって見せる顔が違うから、毎日、朝昼晩、聖堂に来てるらしい」

再び老人がつぶやき、ホルヘが通訳する。

「聖堂を読み解こうと思ってるそうだよ」

志穂は意味を察し、うなずいた。

ラモンによると、サグラダ・ファミリアは特異なフォルムで有名になっているが、〝石の聖書〟と言われるほど緻密《ちみつ》な表現性を持っているらしい。太陽が昇る東側にある生誕のファサードは、イエス・キリストの誕生と幼少年期のイエスの生活に捧《ささ》げられており、三つの入り口が右から信仰、慈悲《じひ》、希望を表している。

志穂は生誕のファサードの彫刻群を順番に見回した。一年前、母の死の呪縛《じゅばく》から抜け出すため、神に救いを求めてカトリックの洗礼を受けたから聖書の物語は分かる。

ファサードの左側には、エジプトへの逃避、ヘロデ王の幼児虐殺《ぎゃくさつ》、ナザレにおけるホセ（ヨセフ）とイエス、聖母マリアの両親である聖アナと聖ホアキン、マリアとホセの婚約、十二使徒《しと》のベルナベ、船＝教会を担《かつ》ぐホセ、十二使徒のシモンの彫刻がある。

正面には、ホセの系図に載るイエスの生誕、三賢人の礼拝、羊飼いの礼拝、生誕を祝う天使たち、受胎告知《じゅたいこくち》、牡羊座から乙女座の星座、イエスによるマリアへの戴冠《たいかん》、救世主イエスのイニシャルの彫刻がある。

右側には、マリアを訪れたヨハネの母であるエリザベツ、ラビ（祭司）と語る少年イエスを見つけたホセとマリア、イエスの大工修業、少年イエスの説教、洗礼者ヨハネ、ヨハネの父ザカリア、割礼《かつれい》のためにイエスを抱くシモン、三位一体《さんみいったい》（父、子、聖霊）の象徴、タデオのユダ、十二使徒のマティア、全能の神の象徴の彫刻がある。

日本人観光客が『なんだか気持ち悪い』と言った彫刻群は、全て聖書の記述に基づいているのだ。

ガウディは毎日通っても飽《あ》きない教会にしたかったのだろう。外部にも内部にも過剰なほどの装飾が施されている〝石の聖書〟。もし完成したら、一生かけても全てを読み解くことはできない代物《しろもの》になるのではないか。

「改めて見てもすごい迫力ね」志穂は言った。「世界じゅうから観光客が集まるのも分かる」

「でも、世界で紹介されてるサグラダ・ファミリアも、まだまだ一部にすぎないからね。完成したら今の何倍にもなるよ」

ホルへは知識を補完してくれた。

現在完成しているのは、日が昇る東側を向く生誕のファサードと百メートル級の四本の尖塔、『ロザリオの間』、日が沈む西側を向く受難のファサードの一部だけだ。

南に面した栄光のファサードはもちろん、一番肝要な中央部分に至っては着手されてもいない。世界に壮大な聖堂として紹介されるサグラダ・ファミリアは、完成形のほんの一部分にすぎない。遠い未来、聖堂が完成したら現在のファサードを呑み込むような圧倒的な教会になるだろう。

予定では、中央に百七十メートルのイエスの塔、隣に百三十メートルを超える聖母マリアの塔が建つ。その二本の周囲には、イエスの言行を記録して新約聖書を書いた四人の福音書家《ふくいんしょか》であるマタイ、ヨハネ、ルカ、マルコの塔——。しかも、各々百五十メートルの塔が建つ。その六本の塔を十二使徒の塔が囲む。マティア、タダイ、シモン、ベルナベ、小サンティアゴ、バルトロメウ、トーマス、フェリーペ、アンドレ、ペドロ、パブロ、大サンティアゴだ。全て百メートル前後はある。

完成したら計十八本の塔がそびえる予定だが、一九九一年現在は、十二使徒の塔のうち、生誕のファサードの四本が完成しているにすぎない。

「この圧倒的な迫力の聖堂も、三つある門のうちの一つだからね。だから完成までに後二百年、なんて言われてるのさ。サグラダ・ファミリアの真の姿を見られるのは、僕とシホの孫のひ孫が百歳近くまで長生きしてぎりぎりかな」

志穂は台詞に含まれた意味に気づかないふりをした。

「南の栄光のファサードはどういう造りになる予定なの？」

「……キリストの福音伝道が中心になるだろうね。世界の創造、人間の進化、地獄、煉獄《れんごく》、最後の審判、贖罪《しょくざい》を想起させるような表現がされる予定になってる」ホルヘは聖堂を見ると、腕まくりする仕草をした。「時間だ。じゃあ、僕はもう行くよ」

気がつくと、サグラダ・ファミリアで仕事がはじまっていた。鉄パイプを組んだ五十メートルの足場の上で職人が働いている。尖塔に負けないほど高いクレーンが石を持ち上げ、数十メートル上で前後左右に動いている。

ホルへは聖堂に進み入り、働く仲間たちに挨拶した。石工たちは手を止めて「オラ」と答え、再び石を彫りはじめる。普通の光景に見えるが、彼らの表情にはアンヘルの死の影が残っているようにも見えた。

ホルへの姿が消えると、志穂は聖堂の周辺をウロウロした。三十分ほど経った後、仕事場に踏み入った。アンヘルが殺害された理由を知りたい。父が姿を隠している理由を知りたい。髭面の男に尾行された理由を知りたい。

聖堂で何が起こっているのか。

巨大な石が乱積みされている中、数人の石工が石を彫っていた。ハンマーとノミで石を削る音が四方に反響する。さすがに仕事中は邪魔できない。一体何時に休憩が入るのだろう。

見回すと、ホルへが直角に組まれた二メートルの足場に上り、巨大な天使像にノミを入れていた。ハンマーが規則的に硬質な音を立て続けている。

「ホルへ！」

休憩時間を聞こうと思って声をかけた。ホルへは反応しなかった。もう一度声を張り上げようとしたとき、隣から声がした。

「駄目駄目、セニョリータ」

声のしたほうに顔を向けると、ノミを持った石工がいた。ぼさぼさの髪がバンダナの周りに飛び散り、笑い皺の目立つ顔を囲っている。汗の染みだらけのTシャツを着ていた。

「ホルヘは他人《ひと》の声が聞こえないくらい集中するからね」

「そうなんですか？」

「ああ。長時間ノミを振るっていると、石に溶け込んで彫っているような状態になる。音も肉体の感覚もない状態さ。特に今は――アンヘルの死を振り払うように没頭《ぼっとう》しているよ。あいつに用があるなら九時に来な。朝食の時間があるからね」

志穂はホルヘを一瞥《いちべつ》してから、バンダナの石工に礼を言った。

サグラダ・ファミリアを辞してカフェで暇を潰し、一時間してから戻ってきた。

ホルヘはベンチに腰掛け、額の汗を前腕で拭《ぬぐ》いながら生ハムのボカディージョ――サンドイッチ――を頬張っていた。彼に歩み寄り、先ほど声をかけても反応がなかったことを話した。

「全然気づかなかったよ」ホルヘは苦笑した。「石彫りは単調だからね。黙々と休まず彫ってるほうが疲れないいんだよ。そうしてるうちに雑音が消えるんだ」

「大変なのね。飽きてこない？」

「全然。面白いよ。石には個性があるからね。採れた場所や年代によって別の顔を持ってる。しかも彫るたびに新しい表情を見せてくれるんだ」

「百面相みたいに？」

「百面相どころか、顔は無限にあるよ。だから僕ら石工は、それぞれの石が持ってる個性や意外性を重視してる。石と対話しながら、試行錯誤する。そこに石彫りの面白さも難しさもあるんだ」

ホルへが交際をはじめる前に言った台詞──もし石工が嫌いなら君の前ではただの男になる。聖堂の話も仕事の話もしないよ──を守っていたため、石彫りの話を聞くのは初めてだった。

「セメントは時と共に朽《く》ちていくけど、石は呼吸してるから決して死なない。ただ、生きてるからこそ、脆《もろ》く弱々しい存在でもある。でも、石は奇跡を生む。だから僕は石を彫り続ける」

ホルへはボカディージョを食べ終えると、腰を上げた。巨大な天使像に歩み寄り、ローブの襞《ひだ》を表現してある部分に手を添える。

「僕が半年彫り続けてる作品だよ。二十トンもあった石塊も、今や五トンの天使像さ」

「十五トン分も削り落としたの?」

「毎日毎日ハンマーを振るった。数百万回は石を叩いただろうね」

「数百万回……」

「シホの親父さんも毎日、石を打ち続けているよ」ホルへはシャツの石粉《いしこ》を払い、不精髭《ぶしょうひげ》を撫でた。「……僕や親父さんはね、聖堂に据《す》える像を彫るのが仕事だ。十分の一の模型からプロポーションを読み取って、十倍にしたものを作る。この方法はルネッサンス前から受け継がれてきた伝統的なものだけど、ガウディが特殊だったのは、建物を造りながら模型を次々に修正したことだね。だから、最初に描いた図面があっても意味がなくなる。図面を重視しすぎると、図面を外れてはいけないって義務感を覚えて、現場で斬新《ざんしん》な発想が生まれてこなくなるんだ」

図面の話は、数日前の夕食の席でラモンから聞いて予備知識があった。

ホルへは休憩時間の終わりまで色々と教えてくれた。

ラモンが顔を出したのはそんなときだった。銀縁眼鏡とオールバックの黒髪はいつもどおりだ。グレーの背広を身につけ、臙脂《えんじ》のネクタイを締めている。実測図のようにきちんとしている。

ラモンは妻に命令するとき同様の尊大さで歩を進め、石工一人一人に声をかけて回った。隣から舌打ちが聞こえた。顔を向けると、ホルヘがラモンを睨《にら》みつけていた。表情に敵意がある。

「どうしたの？」

「どうして？」

「……ラモンはいけ好かない」

「あいつは最低さ。職人に絶対『ポル・ファボール（お願いします）』を言わない。命令するんだよ」

「でも、上司なんでしょ？」

「部下も上司も関係ない。人間関係ってのは平等なんだ。なのに、奴は上から命令する。だから全員が嫌ってるよ」

ラモンはバンダナの石工に近づき、石を指差して何やら言った。バンダナの石工はうなずいていたものの、ラモンが背を向けると、ハンマーで頭部を殴《なぐ》る真似《まね》をした。他の職人はそれを見てニヤニヤしている。

仕事時間が迫ってくると、職人の一人が聖堂に現れた。カラヒージョ——コーヒーにブランデーを入れたもの——を掲げる。

職人たちが集まり、全員で瓶《びん》を回し飲みした。ホルへは最後にカラヒージョを飲み干した。

「それじゃ僕は仕事に戻るよ」

ホルへは放り出してあったハンマーを拾い、天使像を彫りはじめた。

志穂は仕事の邪魔をしないように聖堂を出た。

5

電話が鳴ったのは、夕食の準備をしようとしていたときだった。

受話器を取り上げたとたん、女の切迫詰まった声が耳を打った。

「助けて、シホ。殺されるわ！」

一瞬、甲高《かんだか》い声の主を判別できなかった。

「もう駄目！」

電話してきたのはルイサだった。

「一体何があったの？　大丈夫？」

「いつも以上にラモンが不機嫌なの」

受話器がデスクに置かれる音がした直後、「何してる?」とラモンの低い声が聞こえてきた。

ルイサの声が漏れ聞こえてくる。

「何でもないの。あの、えっと、本を取りに……」

「今は食事の時間だぞ。お前は本を食うのか?」

「いえ、それは――」

「それとも俺に本を食わせる気なのか？　早く来い」

靴音とともに声が遠のいていった。

大変だと思い、志穂は部屋を駆け出た。階段を下りて廊下《ろうか》を回り、二〇三号室の人の手の形をしたノッカーを四度も叩きつけた。

静寂が一分は続いた後、ドアが開いた。ルイサが顔を覗かせた。自慢の黒いボブヘアは乱れ、赤みがかった右頬に貼りついている。丸首の黄色いTシャツから左の肩口が覗いている。

「大丈夫？　一体何があったの？」

ルイサはダイニングの方向を振り返り、おずおずと向き直った。囁き声で言う。

「帰ってきたときは普通だったのよ。でも、郵便物を引っ掴《つか》んで部屋に入って、しばらくして出てきたら不機嫌になっていたの。私がちょっと質問をしただけで怒鳴られて――。今にも殴られそうだったの」

「……マリベルと家を出て安全な場所に避難するべきよ」

「でも――ラモンに止められるわ」

「逃げるなら私が手助けする。マリベルに伝えておいて」

「シホに迷惑をかけるわけには――」

「ルイサにはさんざんお世話になってるし、見過ごせない。恩返しさせて」

ルイサは躊躇を見せたものの、決然とうなずいた。

「……私がラモンを引きつけておくから、頃合いを見計らってマリベルと抜け出して」

志穂は「すぐ戻ってくるから」と言い残して自分の部屋に戻り、冷蔵庫からトーレス社のワイン『Viña Sol』を取ってきた。珍しいものがあればよかったが、残念ながら常飲しているのはカタルーニャで最もポピュラーなワインだった。

二〇三号室のダイニングに進むと、椅子に座るマリア・イサベルの視線が上がり、瞬《またた》く間に表情が輝いた。志穂は手を振り、「オラ、マリベル」と挨拶し、ラモンにワインを掲げてみせる。

「夕食をご一緒したいと思って手土産《てみやげ》を持参しました」

ラモンの顔に一瞬、不愉快そうな苛立《いらだ》ちが表れた。そんなワイン程度で食事を邪魔するな、というところだろう。いや、妻にぶつけようとしていたこの怒りをどうしてくれる、というところか。

テーブルには、豚の腸詰めの白インゲン添えを中心に、レオン産の山羊《やぎ》チーズ、干しダラ入りのサラダ、カタクチイワシの酢漬けが並んでいた。横には、ねじれを多用するガウディのデザインを意識したブランデーのボトルが置かれている。

ルイサが皿を持ってきてくれると、志穂は椅子に腰を下ろした。相対するラモンは手の甲で自分の頬を軽く叩き、面《つら》の皮が厚い女め、と仕草《しぐさ》で今の気持ちを表現した。

心の中で反論する。

——他のスペイン人たちは、突然の訪問にも大歓迎してくれましたよ。

「食事を楽しみましょう」

志穂は仕草に気づかないふりをし、笑顔でワイングラスを掲げた。ラモンは寡黙《かもく》だった。最初の五分は会話らしい会話がなかった。

沈黙を破ったのはマリア・イサベルだ。脚を擦《す》り合わせながらトイレに行きたいと言った。ラモンは顔を顰《しか》めたものの、ルイサは少女を車椅子に移した。そのときの腕はわずかに震えていた。

それが母娘《おやこ》で示し合わせた行動だと気づいた。

志穂は込み上げてきた緊張をワインで呑み込み、二人がダイニングを出ていくのを見守った。

時間を稼ぐための方法はもう決めていた。ラモンが饒舌《じょうぜつ》になる話題――しかも、話を聞く自分に役立つ話題を口にする。

「聖堂の生き字引であるラモンにお話を伺いたいと思っていました。ガウディについて教えてくれませんか？」

もし犯人が建設反対派や極端なカタルーニャ主義者ならガウディ自身は関係ない。しかし父は、ガウディにも関わるなと言った。アンヘルも『ガウディの建築を知って、サグラダ・ファミリアの暗部、負の歴史を知らねば事の深刻さは分からんよ』と言った。その名が出るからには、ガウディが何か関係していると推測できる。専門家の話を聞けば事件の謎《なぞ》に迫れるのではないか。

ラモンの憤然《ふんぜん》としていた表情が若干和《じやっかんやわ》らいだ。

「シホは見る目があるな。職人連中は私の価値を見誤っているが、私ほどガウディを理解している者もいまい」

「では、教えてもらえますか？」

ラモンは「ああ」とうなずくと、優越感を顔に浮かべながら話しはじめた。

アントニオ・ガウディは一八五二年の六月二十五日、タラゴナ地方のレウスに生まれた。カタルーニャでは親の名を子につける習慣があるため、アントニオは母のアントニアから名付けられた。父の名はすでに兄フランセスクが貰《もら》っていた。

ガウディは父と母の家系から職人の血を受け継いだ。八世代にわたり、先祖には商人、鉱夫、農夫、織工《しょっこう》、ボイラー製造者、銅細工職人などがいたのだ。空間の中で物事を見る力は、銅板器具職人の父を間近で見て磨かれた。二次元の板を三次元の製品に変える銅板器具職人は、平面から立体を作り出す能力に長《た》けている。

「学生時代のガウディは厳しい校則に馴染めず、設計図を描くのが得意ではなかった。だが、独自の理論を持っていたよ。それは墓地の門を設計する試験のエピソードでも分かる。知っているか？」

「いいえ、知りません」

「だろうな。ガウディは、墓地の門を設計するには周囲の雰囲気を描き表すことも大切だと考えていた。だから図に、墓地へ向かう道や霊柩車《れいきゅうしゃ》、悲壮感漂う人々、灰色の空、死の象徴である糸杉などを書き加えた。頭の固い教授はそのやり方を間違いだと決めつけたよ。修正する気がなかったガウディは、教室を出ていった」

「建築家になる前から独自性を持ってたんですね」

「我《が》を貫きながらも学ぶことは忘れなかったがね。建築学校の校長が企画した調査旅行に参加したのも、有意義だっただろう。カタルーニャのゴシック様式だけでなく、フランス南部のルシヨン地方のゴシック様式にも早い時期から接することができた」

ラモンはワインを飲み干すと、大声でルイサの名を呼んだ。

「おい、注《つ》いでくれ！」

心臓が飛び上がり、喉が干上がった。

志穂は唾《つば》を飲み込み、「私が注ぎます」と瓶を取り上げた。ラモンはグラスを差し出しながら舌打ちした。

「ルイサの奴め。客に世話させてどうする」

――自分で注ぐという選択肢もあるんですよ。

「続きを聞かせてください」

ラモンは赤い液体をグラスの中でクルクル回すと、話を続けた。

「建築家を目指していたガウディは、思わぬ苦境に立たされる。一八七六年のことだった。三年前に医師の試験に合格していた兄が二十五歳の若さで逝《い》ったのだ。母の看病もむなしく、病魔に打ち勝てなかった。ガウディは途方もないショックを受けながらも、早く一人前になって母に楽をさせてやろうと決意した。だが――」ラモンはワインを呷《あお》った。「兄の死から二カ月後、母が兄の後を追うように逝った。ガウディは死を与える神を憎悪したよ。現実の残酷さを嘆いた。以来、ガウディは学生の身でありながら、父と姉と叔母と姪《めい》の面倒をみなくてはいけなくなった。早く金持ちになって家族に楽をさせてやりたい、と切実に願っただろう」

ラモンは語った。

一八七八年三月十五日、ガウディは二十五歳で建築家の資格を取得した。運命的な出会いを果たしたのもこの時期だ。同年、コメーリャス手袋店から依頼が入る。パリの万国博覧会に出品する商品を入れるガラスケースのデザインをしてほしい、と。

要望に応えたガウディの作品は、カタルーニャの繊維業界を代表する実業家エウセビオ・グエルの目に留まった。グエルはガウディの才能に惚《ほ》れ込み、一生のパトロンおよび友人となる。最新の機械や技術を導入して莫大な富を築いた彼の存在は大きかった。

後援を得たガウディはワンランク上のアパートに引っ越し、メイドを雇い、父たちの面倒をみさせた。貧乏だった学生時代とは打って変わり、特注のスーツを身につけ、ご馳走《ちそう》を食べ、上流階級の社交場でもあったリセオ劇場に通いはじめた。高級レストランで高級ワインを飲み、最高級の煙草や葉巻を嗜んだ。

「それが建築家のステイタスだった」ラモンは力強い瞳で宙を睨み、拳を握り締めた。「私も必ず成り上がってみせる。現場回りに馬車で乗りつけ、馬上から職人に指示したガウディのようにな。サグラダ・ファミリアを造り上げた人間としてバルセロナじゅうに名を轟《とどろ》かせてみせる。こんな安っぽいアパートから脱出し、高級住宅街で暮らしてやる」

ラモンは背もたれに反《そ》り返るように出入り口を振り返り、再び大声でルイサを呼んだ。高い地位を渇望《かつぼう》する人間だから、職人や妻を見下《みくだ》すのかもしれない。

一拍遅れ、「すぐ戻るわ！」とルイサの叫ぶ声が聞こえてきた。

「時間がかかるなら、お前だけでも一度戻ってこい！」

志穂は手のひらに汗が噴《ふ》き出しているのに気づき、テーブル下の白いタイトスカートで密かに拭った。

ラモンが連れ戻しに行ったら終わりだ。逃亡の準備がバレてしまう。何とか引きとめなくては

——。

「興味深いです。もっと聞かせてくださいよ」

物乞《ものご》いするような口調を意識して声をかけた。ラモンが眉間《みけん》に縦皺を寄せたまま向き直る。

「すまんね。できた妻なんだが、ときどきノロマなんだ」

「私はラモンの話が面白いので気になりません」

笑顔を作りながら緊張を押し隠した。

計画がバレたらどうなるだろう。客の前でも容赦《ようしゃ》なくルイサに手荒なまねをするかもしれない。逃亡に手を貸そうとしていた者にも、怒りの矛先《ほこさき》が向く可能性がある。

もしかしたら——。

今、自分自身を救おうとしているのかもしれない。母を助けられなかった過去は、心の重荷になっている。だが、ルイサたち母娘を助けられたら、過去に囚《とら》われている自分を助けられるかもしれない——。

志穂は決然とラモンを見据《みす》え、「もっと話してください」と言った。

「……ああ」ラモンはうなずいた。「グエルは無二の人物だった。金銭面の援助だけなら他の人間でも務まる。グエルが最高のパトロンたるゆえんを教えよう。グエル邸《てい》の工事中、グエルの管財人が注進《ちゅうしん》したことがある。この仕事でガウディが莫大な出費をしている、とな。グエルは何と答えたと思う？」

「芸術のためには我慢するしかないな、とか？」

「いいや、違う。一言、『たったこれだけか？』と答えたのだ。すごいだろう？　しかも、グエルは常にガウディの発想を支持した。たとえば、グエル邸は批評家や野次馬の注意を引いた。その工事の途中、通行人が『なんて奇妙奇天烈《きみようきてれつ》なんだ』と言ったことがある。ガウディは顔を赤らめたが、グエルは『今の話で前以上に気に入った』と答えたそうだ。〝ガウディ芸術〟を理解していたんだな。グエルがいなければ、ガウディは世界最高の建築家にはなれなかっただろう」

「運命的な出会いですね」

「私はただの運命とは思わない。そのような出会いというのは、目標に向かって精進し、常に前へ進んでいるからこそあるものだ。ガウディが最高の建築を求め、歩みを続けていたから、グエルという最高のパトロンと人生が交差したのだ」

「必然の運命、ですね」

ラモンはうなずくと、ワインに口をつけた。アルコール臭のする息を吐く。

ダイニングを沈黙が支配した。ラモンはグラスの横でしばらく五指を蜘蛛《くも》のように蠢《うごめ》かせた後、唐突に腰を上げた。

「どこに行くんです?」

「ルイサを連れてくる。いくらなんでも遅すぎるからな」

「ちょっと待ってください!」志穂は椅子をがたつかせて立ち上がった。「ぜひ話の続きを——」

「落ち着け。焦《あせ》らなくても私は逃げやせんよ」

——ルイサとマリベルが逃げるのよ。

「この素晴らしい話の流れを切りたくないんです」

ラモンの黒い瞳をじっと見つめた。彼は唇の片端を吊り上げると、二度三度とうなずきながら椅子に腰を下ろした。

「分かった。続けよう」

志穂は「お願いします」と椅子に座った。

「……グエルと出会ってからのガウディは、次々に作品を手掛けた。『グエル別邸』や『カサ・カルベット』や『カサ・バトーリョ』や『カサ・ミラ』や『グエル公園』だ。必ずしも順風満帆《じゅんぷうまん》《ぱん》ではなかったがな。味方の倍は敵がいた」

「そんなにですか？」

「ああ。たとえば――そうだな、一八八八年のバルセロナ万博のとき、市庁舎の改築を依頼されたことがある。ガウディは設計を終え、申請が通るのを待っていた。だが、理由も知らされないまま他の建築家に委《ゆだ》ねられてしまった。カスティーリャのアストルガでの仕事中は、嫉妬《しっと》や反発から『カタルーニャへ帰れ』と罵声《ばせい》を浴びたことすらある」

「栄光の裏に影があったんですね」

「外部からの圧力だけでなく、内面の苦悩も多い建築家だった。後年のガウディはカトリックの敬虔《けいけん》な信者だったが、疑念の苦しみに揺れていた。自分は心の底から神を信じているのか。こんな疑念を持つ者が神の家であるサグラダ・ファミリアの建築に携わっていいのか――。そんなふうに悩み続けたガウディは、ある決断をする」

「何ですか？」

「……断食《だんじき》、だよ。一八九四年二月、バルセロナじゅうの教会が復活祭の準備に入っていた時期だ。復活祭は知っているな？」

志穂はうなずいた。

復活祭前には四十日間の祈りと断食の行がある。イエス・キリストが洞窟《どうくつ》に籠《こ》もり、四十日間寝食を断って神に祈ったことが起源だ。

「四十一歳のガウディは神を批判していたことを懺悔《ざんげ》し、四十日間の断食に挑んだ。神の道に転身するためにな。生死の運命を神の手に預けたわけだ。二週間後、ガウディは目を閉じたままベッドから起き上がれないほど衰弱していた。死の影が纏《まと》わりついていた」

「で、どうなったんです？」

訊きながら視線を出入り口に滑らせる。寝室のルイサに『準備はどうなったの？』と尋ねたかった。

「ガウディが信頼していた神父に、仲間が助けを求めたんだ。ガウディはその神父に諭《さと》され、起き上がった。『急ぐことはない。神はいつまでも待っておられる。聖堂の建設こそ、あなたの現世での使命ではないか』と言われてな。断食を経て、ガウディは変わった。仕事と信仰に人生を捧げるようになったんだ」

志穂は喉元まで突き上げてきた皮肉を呑み込んだ。

――家族をないがしろにするようじゃ、ガウディの足元にも及ばないんじゃないですか。

「だが、私は晩年のガウディは好きではない」

「なぜです？」

「晩年のガウディは黴《かび》の生えたスーツを身につけ、破れたポケットをぶらぶらさせ、髪や髭も伸ばしっぱなしだった。着飾りもせず、美食にも手を出さず、野心も見栄《みえ》も捨てて聖堂のために生きていた」

「……私は立派で尊《とうと》いことだと思いますが」

「確かに街の連中は褒《ほ》め称《たた》えた。ガウディが『私の姿に感激してはいけない。私は天命を果たそうとしているだけだ』と答えると、ますます街の連中は称賛《しょうさん》した。聖堂一筋に生きる姿が気高《けだか》い修行僧に見えたのだろう。新聞でも『神に仕《つか》える建築家』ともてはやされたが、私はごめんだね。神に仕える建築家になって人生を聖堂建築だけに捧げるなど、真《ま》っ平《ぴら》ごめんだ」

視界の端で何かが動いた。ラモンに気づかれないように瞳だけを数ミリ動かした。出入り口の壁の陰から、ルイサがそっと鼻先を出している。

計画のクライマックスにして最難関。二人が逃げ出すには、ラモンの左側にある出入り口を横切らなくてはいけない。もし視界の隅に動きが映ったら？　マリア・イサベルの車椅子の音が聞こえてしまったら？　激しい鼓動《こどう》のたびに息が詰まりそうになった。テーブルの下で十字を切る。

――ああ、神様。

志穂はラモンの目を見つめた。ルイサの動きが気になるものの、視線を決して動かしてはいけない。ラモンの目線を自分に引きつけておかなくてはいけない。

「先を聞かせてください」

「そうだな。一九二〇年代になると、技術面、私生活面でガウディを支えた四十年来の友ロレンソ・マタマラががんに冒《おか》された。当時は不治の病《やまい》のがんだ。ガウディは医者からそのことを聞かされていたが、本人に告げることはできなかった。だから今までと同様に接した。グエル公園の分譲住宅で一緒に暮らしていたガウディは、病気を本人に気づかせないため、同じ洗面器や食器を使い続けた。自らの病状を薄々察していたマタマラは相当心配しただろう。がんは感染すると思われていた時代だからな」

口調は次第に熱っぽくなり、ワインに口をつけるのも忘れている。ラモンの目は七十年前を見つめていた。

ルイサが様子を窺っている気配がひしひしと伝わってくる。

「そんな二人の生活も、一九二五年十月に終わりを迎える。マタマラが歩くこともままならなくなり、自宅療養することになった。ガウディは彼のために看護者を手配し、自らは聖堂の地下に移り住んだ。サグラダ・ファミリアに人生を捧げるためにな」

「クライマックス、ですね」

――ルイサの逃亡計画も。

「一九二六年六月七日、聖堂の去り際にガウディは職人らに言った。『明日も最高の仕事をしようじゃないか』とな。これが最後の言葉だよ。バイレン通りに差しかかったとき、ガウディは油断していたのか、考え事をしていたのか、迫ってくる市電に気づかなかった」

感慨深げに語る中、廊下から微音が聞こえてきた。車輪が絨毯を滑る音だと分かった。横目で様子を窺いたい衝動に駆られる。

微音にラモンが気づいていないのは、脱出計画を知っている者と知らない者の差だろう。いや、彼が話に熱中しているからか。

一際《ひときわ》大きくキーッと鳴った。志穂は、自分の表情が凍りついたのが分かった。

「どうかしたのか？」

「い、いえ。ガウディの死に思いを馳《は》せてたんです」

「なるほどな」ラモンは納得顔でうなずいた。「気持ちは分かる。新聞では『バルセロナの聖人、天に召される』『石でさえ、哀悼《あいとう》の涙に暮れている』などと書かれ、ガウディは伝説となったよ」

車椅子の音が消えた。二人は玄関だろう。ドアを開け閉めする音に気づかれなければ、脱出計画は成功する。

「ヨーロッパ諸国にはゴシック期の大聖堂が数多くある。どれも百年単位で完成したものばかりだが、建築家が誰だったかは問題にされない。サグラダ・ファミリアと違ってな。ガウディは偉大な建築家だった」

志穂はうなずきながら耳を澄ませた。

玄関からは何の音も聞こえてこない。無事に逃げ出したのだろう。あとは適当な口実をもうけ、自分が辞去《じきょ》すれば終了だ。後々ラモンに妻と娘の家出を問われても、知らないふりを貫けばいい。

そのとき、ラモンがふいに動いた。

緊張で胸が跳ね上がった。だが、彼はリモコンに手を伸ばしただけだった。

ラモンがテレビを点けた。志穂は自然と画面に目をやった。夜のニュースだ。サグラダ・ファミリアの事件が報じられている。

番組では専門家が議論していた。

「――それにしても、犯人は一体どうやって数十メートルの尖塔に死体を吊り下げたのでしょう」

「ポリエチレン製で直径十ミリのロープが使われていたそうです。それは三トン近い荷重に耐えられるロープです。それが地上の電動リールに結ばれていました」

「ロープを束にして尖塔の階段を上って、吊り上げたんですか？」

「間違いないでしょう」

「しかし、ロープも相当な重さがあるのでは？」

「二百メートルの束だと、十キロほどでしょう。持ち運びは可能です」

「なるほど」

「尖塔の前と後ろの開口部にそれぞれ滑車《かっしゃ》が設置されていたそうなので、上から前後にロープを投げ落として、地上で死体と電動リールに結んで、吊り上げたんです」

「地上の電動リールを使ったなら、後は逃走するだけですから、吊り上がっていく遺体を目撃した人間がいても、犯人は安全ですね」

「そうです。建築現場にある道具を使っての犯行です。警察は建築関係者を疑っているようです」

次の瞬間、司会者の言葉が耳を打った。

「――現在、警察では、行方を晦《くら》ませているサグラダ・ファミリアの日本人石工が事件に関与していると見て、足取りを追っています」

6

昨夜の報道の後から記者の電話がしつこかった。受話器を取り上げるたび、「お父さんは本当に犯人だと思うか」「逃亡中のお父さんに新聞で訴えてみないか」とまくし立てられる。

志穂は全て断ると、数回目からは電話を無視するようにした。コール音が鳴る頻度は次第に減り、夕方には沈静化した。地中海から飛んできたカモメが「ギャー、ギャー」と鳴く声が聞こえてくる。階下の住人が吹くフルートの音色《ねいろ》や、老婆が怒鳴る声や、赤ん坊の泣き声も忍び込んでくる。

志穂は警戒しながらアパートを出た。さすがに記者たちの姿はなかった。

夕日が降り注ぐバス停の前には、キオスクがあった。台や壁に新聞と雑誌があふれ、側の樹木にも紐《ひも》でくくりつけられている。

一番人気の新聞『ラ・バンガルディア』を購入した。紙面には聖堂の殺人の記事が載っていた。父の顔写真と経歴が紹介され、事件に何らかの形で関与している可能性が示唆《しさ》されている。

志穂は新聞紙を握り締めた。父は一体どこにいるのだろう。早く姿を現して弁解しないと、事態がますます悪化する。

志穂はサグラダ・ファミリアに向かい、建築現場に踏み入った。ホルヘは天使像を彫り続けていた。

五分ほど待つと、作業場にあるベルが鳴り渡り、休憩時間を告げた。

ホルヘは息をつき、額の汗を拭った。

志穂は彼に呼びかけた。恋人の姿を目に留めると、ホルヘの顔が明るんだ。

彼は足場から下りてくると、パッと右手を開いてハンマーを地面に落とした。二度跳ねる。

志穂は横目でハンマーを見た。

「あのままでいいの？」

「ハンマーのこと？　やっぱり日本人だね、シホも。親父さんにもよく言われたよ。日本じゃ道具を神様扱いするらしいね。その辺に放り出したら師匠《マエストロ》に殺されかねないとか」

「……神様扱いは大袈裟《おおげさ》だけど、道具を粗末《そまつ》にしたら怒られる。小学校のとき、彫刻刀を片付けなかったら学校の先生に大目玉食らったもの」

「そうなんだね。僕らは人間を大事にしたらそれでいいのさ」

日本人とスペイン人の価値観の違いを改めて感じた。

ホルヘは志穂が丸めて持っている『ラ・バンガルディア』に目をやると、表情を引き締めた。

「新聞、僕も見たよ。大丈夫かい？」

志穂は小さくうなずいた。

「……父が疑われるなんて思わなかった」

「僕も驚いたよ」

「父は犯人じゃない。だって父はアンヘルを殺した犯人から逃げてるのよ？」

「分かってるよ」

「……ねえ、フリアン刑事に頼めない？」

フリアンはホルヘの従兄《いとこ》でスペイン国家警察の刑事だ。幼少時に交通事故で両親を亡くした後、ホルヘの家族と一緒に暮らしていた時期もある。

ホルヘは渋面《じゅうめん》を作った。

「駄目？」

「言いにくいんだけど……」

ホルヘは言葉を濁《にご》した。

「何？」

「実はニュースを観て、僕はすぐフリアンに連絡をとったんだよ。聞いたところじゃ、フリアンは聖堂関係者犯人説を早くに提唱して、取り調べを担当してる」

「どうして聖堂関係者が？」

「サグラダ・ファミリアには責任感の強い犬がいてね。夜中に百二十五メートルのクレーンに上って空中散歩を楽しんだ男とか、尖塔でいちゃついてたカップルに嚙みつくような奴なんだけど、事件の夜はその犬が吠《ほ》えなかった。睡眠薬入りの餌《えさ》なんかで眠らせた形跡もないから、内部犯の可能性が強いってさ」

「ニュースじゃ、もう父が犯人のような扱いだった。ねえ、何か隠してない？」

ホルヘは人差し指で鼻頭《はながしら》を掻いた。

「……目撃者が何人かいたらしいんだ。夜中の二時前、親父さんが聖堂の前から走り去る姿を見たって言ってる」

父は日本人石工としてテレビで特集されたこともあり、地元でも有名だから顔はよく知られている。

父がサグラダ・ファミリアに着いた時間帯は雨が降る前だろうから、通行人も少なくなかったのだろう。だが、父がアンヘルを殺害したという証拠にはならない。

志穂はそう伝えた。

「……実は殺害の実行犯と吊り上げた犯人が別人の可能性があってね。警察は、殺害時刻は月曜日の朝八時から十時だと見てるけど、僕ら職人にとってその時刻は仕事時間なんだよ。現役の職人たちは仕事場にいたからアリバイは完璧。当然、親父さんにもアリバイはあった。だから、誰かに殺害を依頼したと警察は考えてる」

職人たちにアリバイがある時間帯に誰かがアンヘルを殺害し、夜中になってから父が吊り上げた――？

「無理やり父を犯人に仕立て上げて幕引きしたがってる気がする。そもそも、アリバイを作るために殺人を誰かに依頼したなら、吊り上げるのもその犯人に任せたほうが安全じゃない？　自らリスクを冒してそんなことしなくても――」

「テレビでも報道されていたけど、遺体を吊り上げるには、建築現場の道具を使う必要があった。素人《しろうと》には無理なんだよ。だから、聖堂関係者が疑われてる」

「でも、父にはアンヘルを殺す動機がないはず」

「それはそうだと思う。でも、状況が状況だから、全くの無関係とは思われていないんだろうね」

唇を噛んで視線を落としたとき、ベルが鳴った。

「……ごめん」ホルヘが申しわけなさそうに言った。「休憩時間、終わりだ」

「うん、ありがとう」

「また話そう。僕のほうでも何かできないか、考えてみるよ。僕も親父さんを信じてる。きっと何か誤解があるはずだ」

一人になると、志穂はため息を漏らした。

遺体が吊り上げられた正確な時刻は分からないだろうか。それが分かれば――。

そう考えたとき、頭の中で閃光《せんこう》が瞬《また》いた。

もしかしたら、あの老人なら――。

志穂は思い立ち、サグラダ・ファミリアを出た。

観光客が彫刻を指差して盛り上がる中、例のカタルーニャ人の老人が黙然とサグラダ・ファミリアを見つめていた。神の声を聞くように、静かに――。

石の聖書を読み解くため、食事時間以外ずっといるのではないか。

志穂は躊躇《ちゆうちよ》しながらカスティーリャ語で声をかけた。また怒鳴られたものの、自分はカタルーニャ語を喋れないと伝え、誠心誠意、話を聞いてほしいと訴えた。

頼み続けた結果、老人は間をおき、「シィ」と肯定を意味する単語を口にしてくれた。イエス・ノーはカスティーリャ語もカタルーニャ語も同じだから分かる。

「おじいさんは事件の夜も聖堂を見ていましたか?」

「シィ」

「聖堂に死体が吊り上げられたときもいましたか?」

「……シィ」

予想どおりだった！

老人はカタルーニャ語で一言二言口にした。辛《かろ》うじて『神』という単語が聞き取れた。吊り上がっていく人影が天に昇る神に見えた、というような意味のことを言っているのかもしれない。

「では、犯人を見ましたか？」

「ノー」

老人は聖堂の側面から眺めていたのだろう。もし彼が入り口付近に立っていたら、犯人は実行しなかったに違いない。

「死体が吊り上がったのは、何時だったか分かりますか？」

「シィ」

「教えてください」

「……ウン・クアル・ドウナ」

カタルーニャ語でもカスティーリャ語でも数字系は似ているから分かる。〝クアル〟は――カスティーリャ語では〝クアルト〟――四分の一、〝ウナ〟は――カスティーリャ語でも〝ウナ〟――一時。カタルーニャ語の〝ウナ〟につく〝ド〟は前置詞だから、時間には関係ない。

つまり――犯行時刻は一時十五分だ。父がアパートを出たのは深夜一時半だった。老人の証言が真実なら父に犯行は不可能だ。アリバイが証明される。

「警察に話してくれますか？」

老人は早口でカタルーニャ語をまくし立てた。唾が飛び散る。

意味が理解できなかったため、志穂は「ちょっと待ってください」と返事し、周辺を見回した。

散歩するスペイン人にカスティーリャ語で「カタルーニャ語を喋れますか？」と訊いて回った。カタルーニャ人のほとんどは両方の言語を喋ることができる。

三人目に声をかけた青年が「俺はカタルーニャ人だからね」と笑顔で答えてくれた。彼にならカスティーリャ語で話しても問題ないだろう。「道にでも迷ったのかい？」と愛想《あいそう》よく訊いてきた青年に通訳を頼んだ。

老人は再び同じカタルーニャ語を攻撃的な口調で吐き出した。

「警察などごめんだ！　両親はカスティーリャ語の墓銘《ぼめい》を抱いて眠っておる。治安警備隊が我々を弾圧したせいだ。我々はカタルーニャ人のアイデンティティも奪われたのだ」

「捜査しているのは治安警備隊じゃなく、国家警察です」

「同じだ。警察連中は罰金を稼ぐノルマのためにわしらを見張り、些細《ささい》な違反で絡んできおる。奴らには関わらん！」

しばらく粘ってみたものの、説得は無理そうだった。

志穂は老人と青年に礼を言い、別れた。

7

バル前の歩道にはテーブルと椅子が並び、ワインを手に新聞を読む紳士や、ノートを広げながらコーヒーを飲む学生、ビール片手に会話を楽しむ主婦の姿があった。

志穂はドアを押し開け、バルに入った。スロットマシンの音、老若男女《ろうにゃくなんにょ》の話し声、皿と皿がぶつかる音、コーヒーを淹《い》れる音で満ちていた。若い男たちは背中を叩き合いながら笑い声を上げ、老人たちは葉巻をくゆらせながら静かにアルコールを嗜《たしな》んでいる。

ホルへの父親の姿はなかった。

口髭《くちひげ》を伸ばした主人に訊くと、「夜には顔を見せるだろうね」と言われた。「のんびり待っといい。サービスするよ」

志穂は笑顔を返した。

最初こそ〝金持ち日本人〟のイメージで高めに代金を取られたものの、顔馴染みになってからは土地っ子と同じ値段になり、最近ではサービスまでしてくれるようになった。

ガラスケースの中には、サーモンとクリームチーズ、ムール貝とキャビア、赤ピーマンと干しダラ、カタクチイワシのフライ、タコのガリシア風、ジャガイモのフライ、生ハムなどが並んでいる。

志穂はつまみ《タパス》の中から好みのものを選んだ。カタルーニャの郷土料理であるタラのコロッケと、パプリカなどの香辛料を加えたスパイシーなソーセージを受け取る。

軽食で小腹を満たすと、コーヒーを飲みながら時間を潰した。

夜になると、六十歳前後の男性客が増えてきた。紳士たちはテーブルを囲み、カードゲームに興じはじめた。

ホルへ・カサルスの父親、ジョルディ・カザ̀ルスが現れたのは、午後九時半だった。仲間の老人たちを引き連れている。

カザルスは灰色の髪をブラシのように短く刈り、苦《にが》み走った老人特有の顔をしていた。何十年も一瓶百ペセタの安物ワインを飲み続けた結果、鼻の頭に血管が浮き出ている。

カザルスは壁のフックにハンチングをかけ、薄手のベストのあいだのネクタイを緩め、仲間と一緒にテーブル席についた。志穂は六人に歩み寄り、「カザルスさん」と声をかけた。

彼は『カサルス』とカスティーリャ語の発音で呼ばれたら柔和《にゅうわ》な表情がこわばる。生粋《きっすい》のカタルーニャ人である彼は、会話こそカスティーリャ語でしてくれるものの、アイデンティティに関わる名前だけは、ホルへと違って絶対にカタルーニャ語の発音――カザルス――でしか呼ばせない。

カザルスはワイングラスを置き、顔を上げた。

「シホか。ソウイチロウが大変なことになっておるな」

「はい。警察に疑われていて――」

「何か連絡はあったかね？　私は彼を信じておるのだが」

元石工のカザルスは、六年前まで父と一緒に仕事をしていた。親しい仲だったと聞いている。生誕のファサードに飾る天使像が完成したとき、真っ先に祝ってくれたのがカザルスだったらしい。

「連絡はありません。警察は聖堂関係者を疑っているそうです」

「現場の道具が使われていたせいだろう？　それで聖堂関係者を疑うのは早急ではないかと思うがね。まあ、とりあえず座りなさい」

志穂は二人の老人のあいだにある椅子を引き、カザルスと向き合って腰を下ろした。

カザルスは重々しい嘆息を漏らした。

「……深夜に目撃されたらしいな、ソウイチロウが」

「はい。でも、父は犯人じゃありません。死体が吊り上げられた時刻、父はまだアパートにいたんです」

「ほう？」カザルスが皺に囲まれた目を眇《すが》めた。「死体が吊り上げられた時刻は報道していなかったと思うが――」

「毎日聖堂を眺めている老人が証言してくれたんです。深夜一時十五分ごろです」

志穂は老人から聞いた話を繰り返した。

「……なるほどな。その時刻のアリバイがある聖堂関係者は、容疑者から外れるな」

「はい」

「愚かな警察が暴走しなければいいがな。もし警察に息子が疑われたら――」カザルスは仲間の老人たちを見回した。「アリバイを証言してくれよ、みんな」

老人たちが「もちろんだとも」とうなずく。

「ホルヘにもアリバイがあるんですか？」志穂は訊いた。「深夜だから証明できないかと思っていました」

カザルスは喉に詰まった鉄屑《てつくず》を吐き出すような咳《せき》をした後、言った。

「深夜一時はまだ宵《よい》の口《くち》だよ。友と過ごしている職人も多いから、アリバイを証明できる者は多いだろう。息子は私ら六人とポーカーをしていてね」

「ポーカーですか？」

「うむ。事件の日――ここにいる私の仲間がバルに集まっていた。元石工たちでね。平日はポーカーをするんだ。私は深夜零時四十五分ごろにバルを訪ね、五人と合流した。十五分ほどゲームに興じ、私が四百ペセタほど負け越したときだった。息子が現れた。深夜一時ごろだな。思うようにカードが来ないから、『今日は早々にお開きだ』と冗談交じりに話していた時間だからよく覚えておる。息子が現れたとたん、ツキが戻ってきた。あとは七人でポーカー三昧《ざんまい》だったよ。夜中の三時ごろまでな」

「そうだったんですね」

「私たちの誰もが、席を立ったのはトイレに行く一、二分だけだ」カザルスは折り曲げた人差し指を親指に交差させると、作った十字にキスをした。「神に誓おう。息子のアリバイは私たち全員が保証できる」

老人たちがうなずき合う。

「……それにしても、罰当たりな輩《やから》もいたもんだな」老人の一人が呆《あき》れ顔でつぶやいた。「塔に吊るすのは死体じゃなく、鐘だろうに」

「ああ」もう一人が二度、三度とうなずく。「今の世の中、人間は神にまで唾を吐きかける。ガウディの総合芸術を穢《けが》された気分だ」

何の話だろうと思った。教会に鐘を吊るすのは分かるが、総合芸術とはどういう意味だろう。疑問を口にすると、カザルスが言った。

「シホは知らんのか？」

「何をです？」

「サグラダ・ファミリアの真の姿は、巨大な石の楽器なのだよ」

意味が分からず、志穂は「楽器？」と鸚鵡《おうむ》返しした。

「うむ。聖堂には、生誕、受難、栄光の三つのファサードがある。各々に四本ずつ、計十二本の塔が建つ予定なのは知っておるか？」

「知っています」

「うむ。その十二本の塔は鐘塔《しょうとう》となっていて、数種類の鐘が吊り下がる計画になっておるのだ」

「数種類の鐘――ですか」

「観光客が上っている塔の螺旋《らせん》階段は、本来人間が入るためのものではない。鐘楼だからな。シホよ、鐘楼上半部の窓は全て斜め下方に開けられている。一体なぜだか分かるかね」

首を横に振る。

カザルスはテーブルに両肘《りょうひじ》をついた。

「鐘の音《ね》がバルセロナの街じゅうに届くようにするためだよ。風を利用した音響効果を研究した結果だ。螺旋状になっている塔そのものが音を変化させる二重の役割を担っておる」カザルスはまだ聞かぬ鐘の音を聞いているような表情をしていた。「十二使途の塔から発する鐘の音は、三種類の音色に区分される。生誕のファサードの塔四本には、叩いて鳴らす八十四の筒状のブロンズ鐘による組鐘《カリヨン》が設置され、受難のファサードの塔四本には、吹いて鳴らす筒状の鐘――つまり無数のパイプオルガンが設置される。栄光のファサードの塔四本には、従来のベル型の鐘が数多く設置される。これらの鐘は電気仕掛けの鍵盤《けんばん》で演奏できるのだ。異形《いぎょう》の塔は鐘の音の共鳴ボックスなのだよ。どうだね？　聖堂や礼拝堂で祈る信者を柔らかなハーモニーが包む――。素晴らしいと思わんかね？」

話に圧倒された。巨大な石の楽器とは壮大すぎる。

「凄《すご》いです。ガウディはそんな構想を練っていたんですね」

カザルスは「うむ」と満足げにうなずいた。

「ガウディは希代《きたい》の天才だよ。たとえば、〝ガウディになれなかった男〟と言われるドメネク・モンタネールも優秀な建築家だ。彼の設計したカタルーニャ音楽堂は、あらゆる音楽を美しく響かせる構造になっておる。こんなエピソードがあるよ。音楽堂の修復が行われた際、内部の装飾を一種類外したら微妙に音が悪くなり、専門家から非難を浴びたんだ。一見何でもない装飾が反響板の役割を果たしていたわけだよ」

「凄すぎて想像もつかないです」

「だろう？　だが、これほどの力量を持った建築家でさえ、ガウディほどのカリスマ性はなかった。外国でも名を知られているのはガウディだけだ」

カザルスは説明を続けた。

ガウディはワーグナーの芸術論を熟読し、リセオ劇場に通ってオペラを研究していた。当時は音楽が主のオペラ――詩や劇の要素が薄いもの――が流行していたが、ワーグナーのオペラはそれらと違い、『楽劇《がくげき》』と呼ばれていた。

『楽劇』は音楽や詩や劇、舞台背景を融合した総合芸術だった。ガウディは『音楽こそ芸術の共通の地盤ではないのか。建築の価値基準は、その空間に音楽性があるかどうかではないのか』と考え、音楽と建築、建築と総合芸術を結びつける試みをはじめた。ガウディの持論は、『個々の芸術が孤立していては、人の心は打てない』というものだった。

一九一五年ごろ、ガウディは鐘を試作すると、それを聖堂近くの教会の鐘楼に吊り下げて鳴らし、実験した。二キロメートルほど離れたグエル公園にある自宅で音色を聞き比べたりした。

鐘の材質についても研究していた。『朝に鳴らす鐘と夕べに鳴らす鐘で異なった青銅を使い、大気、空気の湿度、気候との関係によって鐘の材質を変化させるべきだ』と考え、青銅が最も表現力に富む時間帯まで考えていた。

詩人ホアン・マラガールは、『生誕のファサードは建築ではない。イエス生誕の喜びを永遠のもののように歌い上げた建築の詩である。これこそ石塊《せっかい》から生まれ出た建築の詩……』と褒め称えた。同じく詩人のガルシア・ロルカは、生誕のファサードを見上げ、『叫びが聞こえてくる』と言った。

「どうだね？　想像するだけで心躍《おど》るではないか。天高くそびえる鐘塔から、地上に降り注ぐ神の声さながらに音が降る――」

「どんな音色なんでしょうか」

「心を静かに撫でるような音だろう。ガウディにとって理想の音楽は〝グレゴリオ聖歌〟だったらしいからね。ガウディは六十六歳のとき、カタルーニャ音楽堂で催された〝グレゴリオ聖歌〟の専門的な講習会を受講していたほどだよ」

「聴いてみたいですね」

「無論だ。だが、ガウディの構想は音だけではない」

「石の聖書の話なら私も知ってます」

「違うよ。石の聖書の話ではない。音だけではない構想――。それは光だよ。イエスの塔の十字架から、天と四方に向けてサーチライトが放たれる計画なのだ。それは光の立体十字だ。十二使徒の塔の頂上からも二本ずつ光が放たれ、一方はイエスの塔、もう一方はバルセロナの街を照らす」

「驚きの構想ですね」

「うむ。聖堂の窓全体に嵌《は》められたステンドグラスからあふれ出る光により、聖堂は宝石を纏《まと》ったように見えることだろう。ミサを行う聖堂本来の役割も、建築物の強度も考え抜かれ、十八本の塔がイエスやマリア、四人の福音書家、十二使徒を象徴し、その一本一本が光と音を放つ灯台《とうだい》や楽器として計算されている。世界にこれほどの聖堂が存在するかね？　しないと断言できる。まさに完璧な〝神の家〟だよ。サルバドール・ダリはガウディの建築を『五感の建築』と語った。『ガウディの作品は、観て、聴き、味わい、その聖なる芳香を吸い込まねばならない』とな」

カザルスの話は圧倒的だった。

神の家、サグラダ・ファミリア――。

これほどの建築物なら神や悪魔が降りてきても不思議ではない。

その聖堂で今、一体何が起きているのか。

8

志穂は部屋にホルヘを招き入れると、昨夜、カザルスから聞いた話を興奮気味にした。

「そうさ、サグラダ・ファミリアは完璧な建築物だよ。だからこそ、未完成でも世界じゅうの人々を魅了する」

「初耳だったから驚いちゃった」

「シホが聖堂に興味を持ってくれて嬉しいよ。きっかけが何にしろ——ね」

「ええ」志穂はうなずいてから、飲み物一つ振る舞っていなかったことを思い出した。「コーヒーでもどう?」

「ありがとう」

志穂はキッチンへ行き、コーヒーを淹れた。カップを持って戻ったとき、ホルヘが深刻な顔で窓際に立っていた。

「どうかしたの?」

ホルヘはカーテンの隙間から外を覗き込みながら答えた。

「変な奴がいる……」

「旧市街なんだから変な奴くらい大勢いるでしょ」

「この部屋を見張ってるみたいなんだよ。僕が問い詰めてやる」

止める間もなく、ホルヘは血気盛んに部屋を飛び出していった。志穂は後を追って部屋を駆け出ると、廊下を回り、階段を駆け下り、玄関を抜け、アパートを出て右の通りに走り出た。

息は乱れていた。

ポスターがベタベタ貼られた円形の広告塔に手を添え、大きく息をついた。足元には明け方の雨で濡れて剝がれたポスターが散らばっており、コンサートやミュージカルを案内する文字が大勢の靴跡で汚れている。

呼吸を整えてから顔を上げ、左右を見回した。煙草屋の真横にホルヘが立っていた。見知らぬ壮年の男と向き合っている。

志穂は二人に駆け寄った。

男は襟刳《えりぐ》りが大きく開いた黒のシャツで筋肉質の体軀《たいく》を包み、裾がほつれたカーキ色のズボンをはいていた。胡麻塩《ごましお》頭で、浅黒い顔には皺が刻まれている。

ホルヘは苛立たしげに手のひらで宙を掃《は》くと、振り返った。

「刑事だよ、彼は」

初老の男は斜視《しゃし》ぎみの瞳に陰湿《いんしつ》な光を浮かべていた。フランコ独裁時代の鉄環絞首刑《ガローテ》の執行人を思わせる目だった。警察手帳を提示し、アルマンドと自己紹介する。

「ソウイチロウ・ササキの娘だな」アルマンド刑事は言った。「父親から連絡はあったか？」

不遜《ふそん》な態度に腹が立ち、志穂は反抗心から首を振った。

「本当か？」彼はスペインのことわざを引用した。「〝閉じた口に蠅《はえ》は入らない〟。口が軽いと命を縮めるが、俺の前で口を閉じてたら、その唇をこじ開けて蠅を押し込むぞ」

「何があったか一番知りたいのは私です」

「何もないのか？」

「はい」

「……本当だな？　まあ、いい。連絡があったら知らせろ。いいな。俺の街で外国人に好き勝手なまねはさせん」

ホルヘはアルマンド刑事の前に進み出た。

「一つ忠告してやる。僕の恋人に乱暴な口を利《き》くな」

アルマンド刑事が彼の胸倉《むなぐら》をひねり上げた。プルオーバーシャツに皺が寄り、ホルヘの表情が苦悶《くもん》に歪む。

「若造が生意気な口利くんじゃねえ。鉄格子の中で死にたくなきゃ、日本人のように頭を下げてろ」

突き放されると、ホルヘはよろめいて背中を石壁にぶつけた。闘牛のポスターが裂け、剝がれ落ちる。

「警察に敬意を忘れるな、若造」

アルマンド刑事は斜視ぎみの目で一睨みし、歩み去った。

ホルヘは喉を押さえて咳を繰り返し、「イホ・デ・プタ（クソッタレめ）」と毒づいた。「治安警備隊みたいに乱暴な奴だ。本当に国家警察かよ」

「大丈夫？　怪我は――」

「相手が刑事じゃなきゃ、殴ってやったよ」

「あなたが逮捕されたら困る。中へ入りましょ」

部屋に戻ると、電話が鳴っていた。

父かと思い、志穂は慌てて受話器を取り上げた。ルイサだった。彼女は開口一番、「一昨日《おととい》は大丈夫だった？」と心配してくれた。

ルイサの逃亡を手助けしたことでラモンから逆恨《さかうら》みされていないか、ということだった。

「今朝《けさ》、顔を合わせたときに睨まれた。私の関与はバレバレだろうし」

「シホが大変なときにごめんなさい……」

ルイサの声は普段より低く、つらそうな響きがあった。

「私は平気よ。ルイサこそ大丈夫？」

「……逃げ出せたのはいいけど、風邪《かぜ》ひいちゃったの」

三十九度近い高熱が出ているという。張り詰めた生活から脱し、気が緩んだせいだろう。

「滞在先を教えて。薬を買っていくから」

「そこまで頼るわけには――」

「私も心配だし、乗りかかった船だから気にしないで」

志穂はホテル名を聞いてから受話器を置くと、ホルヘに事情を説明した。

「そっか。それは心配だね。一緒に行こう。できるだけシホを一人にしたくない」

「ありがとう」

二人でアパートを出た。迷路同然の路地を通り、街角にある十字マークの看板を見る。このブロックには薬局があるという目印だ。

店を確認しながら歩くと、四百メートルほど先に薬局があった。しかし、日曜日のせいで閉まっていた。内心で舌打ちする。土日は当番の店以外、休みなのだ。

「開いている店を探そう」

志穂はうなずくと、看板を見上げながら歩いた。『TELEGRAFS』『TELEGRAFOS』と電報局を示すカタルーニャ語とカスティーリャ語の標識が上下に並んでいた。

それを見たとき、電報なら盗聴されないので、父も事情を伝えられるのではないか、と思った。だが、そもそも、電報を使う案を父に伝える手段がない。

駄目――か。

建物前を抜け、アヴィニョン通りに入ったとき、十字マークの電灯が光る看板が目に入った。当番の薬局がある証だ。

志穂は心持ち早足で通りを進んだ。

薬局の前にはマドリードナンバーの車が駐車されており、金髪の巨漢がハンカチで車体をこすっていた。ボンネットにカタルーニャ語で落書きされている。ナンバープレートの横にカタルーニャの旗のワッペンを貼らなかったのだろう。バルセロナの人間の中には、街を弾圧したマドリードに敵意を抱いている者も少なくない。

志穂は金髪の巨漢の横を抜けて薬局に入り、処方箋《しょほうせん》なしでも買える風邪薬を購入した。

店から出たとき、ブティック『ゼブラ』の看板前に人影を見つけた。

心臓が跳ねた。

あの男は――。

遠目にも目立つ髭面の男だ。

心音が高まり、手のひらに汗が滲《にじ》む。

住居を知られていたのだろう。市場でまいても無意味だったのだ。

志穂は尾行者を見ないようにし、ホルヘに状況を伝えた。

ホルヘは唇を引き結んだ。思案げになった後、口を開く。

「……僕に任せてくれ」

「どうするの？」

「あいつが僕らを追えないようにする」

ホルヘはニッと笑みを残し、車体をハンカチでこすっている金髪の巨漢に近づいた。

「あんたの車に落書きした犯人、知ってるよ」

金髪の巨漢は顔を上げ、薄汚れたハンカチを握り潰した。

「お前じゃねえだろうな？」

「僕はマドリードに敵意は持ってない」

ホルヘは目配せし、『ゼブラ』の前に立つ髭面の男を顎《あご》で示した。尾行者はこちらをチラチラと見ている。金髪の巨漢の目がギョロリと動き、顔が憤怒《ふんぬ》に染まった。

「あの野郎か……」

金髪の巨漢が髭面の男に突き進んでいくと、ホルヘは向き直って親指を立てた。

「完璧《ペルフェクト》だ。さあ、今のうちに行こう」

「助かったけど――」志穂は、口論をはじめた二人を見た。「嘘《うそ》がバレたら私たちが落書きを疑われる」

「構うもんか。二度と会いやしないよ」

志穂はうなずき、一緒に逃げ出した。

区画整備されたアシャンプラ地区に着くと、ムンタネ通りに進み、目的地を探した。石造りのアパートが並ぶ中、鉄細工のバルコニーの柵に『NO GUERRA』と戦争反対の白い垂れ幕がある建物の隣――ルイサの隠れる安ホテルはそこにあった。一週間単位で泊まるアパート式になっており、生活必需品が最初から揃っているタイプだ。

ホルへと一緒に部屋へ向かった。樫製《かしせい》のドアをノックする。

少しの間の後、マリア・イサベルの幼い声が聞こえてきた。

「誰……？」

「私よ」

躊躇するような数秒の沈黙があり、鍵の外れる音がした。

志穂はノブを握り、静かにドアを引き開けた。車椅子に座るマリア・イサベルは、つぶらな瞳をホルへに注いだ。

「大丈夫よ。彼は信用できる人だから」

笑顔で言うと、互いを紹介してから部屋に入った。ルイサはベッドに横たわり、額に子熊柄の濡れタオルを載せている。マリア・イサベルの自室のベッドの布団と同じ柄だった。少女愛用のタオルなのだろう。

マリア・イサベルが車椅子を漕ぎながら近づき、母親の額からタオルを取り上げた。志穂は「私がするわ」と手を伸ばした。少女が小さな胸にタオルを抱きかかえ、首を横に振る。

「ママは私が看病するの」

少女は車椅子のハンドリムを握り、上体を揺らしながらバスルームに消えた。

志穂はベッドの前に肘掛け椅子を引っ張ってきて座った。

ルイサは上体を起こし、笑みを見せた。

「ありがとう、シホ。来てくれて助かったわ」

「無理は禁物よ。ほら、飲んで」志穂は風邪薬を渡した。「きっと張り詰めてた神経の糸がプッンッと切れたのね」

ルイサは水で風邪薬を飲むと、ベッドサイドテーブルにグラスを置いた。

「……そうかもしれないわね。私、ラモンを怒らせないよう、気を遣いっぱなしだった。でも、難しいの。私、失敗してばかり。何度も彼を怒らせちゃった。本当、駄目な妻よね」

「何言ってるの。ラモンがあなたに乱暴な態度をとるのは、あなたに問題があるからじゃないのよ」

「いいえ。私が怒らせるようなことをするから――」

志穂はかぶりを振り、ルイサの手を握り締めた。

「どんな事情があっても、暴言や暴力は悪いことよ。あなたには尊重される権利があるし、安心して生きる権利がある。自分の意見を言う権利も、いやなことを拒否する権利も、人生を楽しむ権利もあるの」

ルイサは両肩を震わせたかと思うと、突然、泣き崩れた。大粒の涙が吹きこぼれ、頬を流れ落ちる。

「……私、ずっと言われてた。お前は何もできない奴だって……だから自分に全然自信がなかった。私は駄目な妻なんだって思ってた。こんな私を引き受けてくれる夫は他にいないって思ってた……」

ルイサは感情を吐き出し終えると、シーツを鷲掴《わしづか》みにした。色白の喉を震わせ、再び嗚咽《おえつ》を漏らした。志穂は彼女の右手を握り締め続けていた。

一分か、二分、ルイサの泣くに任せた。

泣き声がおさまったとき、カリカリと音がしているのに気づいた。志穂は視線を下げた。ルイサが薬指の指輪と同色の赤い爪でベッドサイドテーブルの表面を引っ掻いている。周囲に塗料の粉が散っていた。

「どうしたの?」

ルイサはベッドサイドテーブルを引っ掻くのをやめ、顔を上げた。涙に溺《おぼ》れた瞳には苦しみが滲んでいる。

「……マリベルを階段から突き落としたの、私なの」

耳を疑い、志穂は言葉をなくした。

ルイサは告白で感情の奔流《ほんりゅう》が止まらなくなったのか、途切れ途切れに語ってはすすり泣いた。

「マリベルがね、階段を下りようとして……背中を向けていたの。自分でも何が何だか分からなかった。でも、マリベルがいなかったらラモンが……私にも優しくしてくれる気がして……気がついたら、手を伸ばしていたの。軽く触れた程度だったけど、娘はバランスを崩して……」

志穂は下唇を噛んだ。

真相を小さな胸にしまい込んでいた少女の悲しみとつらさを思うと、心が痛んだ。最愛の母に突き落とされて怪我をしたのに、その母を心配していた。

キーッキーッと嘆くような音を引き連れ、マリア・イサベルが車椅子を漕いできた。

「……ママを、いじめてる?」

「違うのよ、違うの」ルイサはかぶりを振り、娘の頭を撫でた。「昔の悲しい話を思い出しちゃっただけなの」

マリア・イサベルは疑わしげに母親を見ると、「寝てなきゃ駄目だよ」と濡れタオルを差し出した。ルイサはほほ笑みながら受け取り、顔を上げた。

「ねえ、シホ。私、立ち直れると思う?」

彼女の瞳は肯定を切望していた。

「きっと大丈夫よ」志穂はうなずいた。「立ち直れる。マリベルを愛してるなら大丈夫よ」

「本当に?」

「ええ。ラモンのことは今は考えないようにして、体を休めて」

マリア・イサベルが「パパの話してるの?」と訊いた。

志穂は返事に迷った。DVの話を出したら、マリア・イサベルは動揺するかもしれない。

「……聖堂で事件があって、その関係でラモンの話をしたの」

「ニュースで知ってる」

「聖堂は大変なことになってる」

マリア・イサベルは眉根を寄せ、つぶやくように言った。

「あたし、見たよ……」

「見たって、何を？」

「パパが怖そうな男の人と会ってるところ」

志穂はホルへと顔を見合わせた。マリア・イサベルに向き直り、腰をかがめて目線を合わせる。

「どんな男の人だった？」

「覚えてないけど、変わったデザインの指輪をしてた」

特徴的な指輪なら、貴重な手がかりになるかもしれない。少女の印象に残るほど気になった男の存在だ。

「どんなデザインだった？」

マリア・イサベルはかぶりを振り、口をつぐんだ。

ルイサが「シホに教えてあげて」と促した。だが、少女は唇を引き結んだままだった。

まだ少女の信頼を得ていないのだ――。

そう思い至った。

マリア・イサベルは何か重要なものを目撃したのではないか――。そう直感が告げていた。

大人たちの過剰な反応に怯《おび》えたのか、それを口にしたら自分の父親を困らせると思ったのか、少女は口を閉ざしてしまった。

そのとき、けたたましいノックの音が響いた。ルイサとマリア・イサベルが真っ先にビクッと反応し、顔をドアに向けた。

「僕が開けるよ」

ホルへが進み出ようとしたのを志穂は制止した。

「開ける前に相手を確認しなきゃ」

志穂はドアに近づき、「どなたですか?」と声をかけた。瞬間、解錠され、ドアが引っこ抜けるように開けられた。眼前の人物を確認する間もなく、胸倉をひねり上げられた。ブラウスのボタンが二個、弾け飛んで絨毯に転がる。

目の前の男はアルマンド刑事だった。胡麻塩頭の下にある浅黒い顔に皺を刻み、薄い唇を歪めている。

背後にはホルへの従兄のフリアン刑事が控えていた。

「尾行には注意していたのに……」

「警察を舐《な》めるなよ、日本人《ハポネサ》。俺たちは素人丸出しのチンピラとは違うんだ」

「おい!」

ホルへが割って入り、アルマンド刑事を引き離してくれた。男二人が睨み合う。

「警察に敬意を払えと言っただろ、若造」

「シホに乱暴な口を利くなと言っただろ、クソ野郎」

アルマンド刑事は斜視ぎみの目を細め、舌を打ち鳴らした。刹那《せつな》、右拳がホルへの腹部にめり込んだ。彼がくずおれる。

「お前なんぞの相手をしている暇はない」アルマンド刑事は室内に踏み込み、肩を寄せ合うルイサと少女を睨みつけた。「ソウイチロウ・ササキをどこに匿《かくま》っている？」

「違います！」志穂は言った。「父はいません」

「信じられんな。コソコソしやがって」

アルマンド刑事はバスルームと寝室を確認し、飾り気のないクローゼットを開け、木製ベッドの下を覗き込んだ。

志穂は助けを求めて振り返った。

フリアン刑事は入り口の柱に背をもたせかけたまま、五ペセタ硬貨を放り上げては受け取り、放り上げては受け取り――だんまりを貫いている。優男《やさおとこ》風の容貌《ようぼう》に感情の色はない。

ホルヘがドアの枠を摑み、自力で立ち上がった。

「父親は？」アルマンド刑事が振り返った。「奴はどこにいる？」

「本当に知らないんです」

「嘘をつくな。殺人犯を匿うと、ただじゃすまないぞ」

「聞いてください。父は無実です。アリバイが証明されたんです」

「アリバイだと？」

老人から犯行時刻を聞いた話を繰り返した。

アルマンド刑事は鼻を鳴らした。

「笑わせるな。ボケた老いぼれがアリバイの証人だと？」

「お年寄りでも貴重な証人です。しっかりしている方でした」

「頭を使え、ハポネサ。仮に老人が正確な犯行時刻を知っていたとする。じゃあ、その犯行時刻

に お前の父親がアパートにいたと証明するのは一体誰だ？」

「あっ」と声が出た。二の句が継げない。

父がアパートにいたと主張するのは、家族である自分だけだ。証明してくれる第三者はいない。

犯行時刻が分かったことに舞い上がり、父のアリバイを証明する人間が自分しかいないことを忘れていた。

「分かったな。身内の証言など信用できん。お前は犯行時刻などを探るより、父親の居所を捜せ。犯人が捕まれば、犯行時刻は正確に判明するんだ」

「でも――」

「俺の街を荒らしたハポネスを刑務所にぶち込んでやる」

「やめろ！」

怒声より先にホルヘが飛びかかり、アルマンド刑事を殴り倒した。

「……若造め」

アルマンド刑事は上体を起こすと、腕で唇を拭い、こびりついた血を見つめた。切れた唇が冷酷な拷問官さながらに吊り上がる。

志穂は思わず後ずさった。息が詰まり、胃がねじくれる。

ホルヘには相手に暴力を振るう正当な理由を与えてしまった。最悪の場合、刑務所に放り込まれるかもしれない。

アルマンド刑事は腰を上げ、フリアン刑事を一瞥《いちべつ》した。唇を歪め、血の混じった唾を床に吐く。

「……どうやら、本当に匿ってはいないようだな。二度と怪しいまねをするんじゃない。いいな」

アルマンド刑事は威圧的に言って部屋を出た。

フリアン刑事が振り返り、他人行儀な口調で言った。

「運が良かったですね。彼は内戦中――まだ八歳のときに拳銃を握り、侵略者たちの頭を吹き飛ばしています。内戦が終結していたことに感謝するのですね」

9

サグラダ・ファミリアの尖塔はねじり上がるように伸び上がり、稲穂を思わせる無数の球状の飾りが天に突き刺さっている。豪然《ごうぜん》と存在を主張する大聖堂だ。

志穂は慈愛の扉口の柱に視線を注いだ。新約聖書に記された人間の系図が螺旋状の文字となって刻まれており、それを覆う金網の下部にはリンゴを咥《くわ》えた蛇がいる。禁断の果実を食べたアダムとイブの原罪から人間が逃れられないことを象徴しているのだろう。

それらの真上には、人間の罪を贖《あがな》うために遣わされた救世主イエスの誕生があった。

柱を見ていると、奇妙な気分になる。母を見捨てた父の顔が頭に浮かぶ。罪からは決して逃れることはできないが、人間、罪を負う者を許すことはできる――。そんなふうに思わされる。

柱一本でここまで表現しているガウディは天才だと思った。

休憩時間になると、仕事場へ踏み入った。ホルへが額の汗を拭っていた。

「今日は聖堂を案内してもらいたくて来たの。時間ある？」

犯人が死体を吊り下げた理由は一体何なのか。

聖堂建築の邪魔が目的なら大した効果はなかった。仕事はすぐに再開されている。

目的は別にあったのだろう。どうしても死体を尖塔に吊り下げなくてはいけなかった理由
――。

「天使像は仕上げだけだから……」ホルへは言った。「時間はある。僕の仕事も知ってもらいたいし、いくらでも案内するよ」

聖堂の身廊《しんろう》部に入ると、樹木群を思わせる柱が天井に延びていた。柱の縦溝は上方に向かうにつれて数が増え、細かく先が尖り、最終的には完全な円になっている。

「円柱の溝は螺旋状に延びて、再び螺旋状に戻ってくる二重螺旋の構造になっているんだ」ホルへは内部を見回した。「ガウディは身廊や側廊一杯に光が入る設計だけでなく、祈りが聞きづらくなるような反響をなくす設計も考えていた。今までのゴシック建築に比べて身廊の要石《かなめいし》が異常なほど多いのは、そのためなんだよ。信者が一万四千人も入る聖堂だからね」

志穂はうなずきながら職人たちのあいだを抜け、見上げた。高い天井に吸い込まれる気持ちになる。

感想を口にすると、ホルへは不精髭を撫でながら言った。

「そんなふうに感じるのは、『逆さ吊り実験』の効果だろうね」

「逆さ吊り？」

「ガウディが用いた実験なんだよ。つまり——説明は難しいけど、鎖の両端を両手に持ってたわませると、谷状になるよね。鎖の環《わ》は引力によって垂れ下がる。その谷を百八十度上に引っくり返して山にすると、自らの重みを自らの形だけで支えるのに最も無駄のない形状が明らかになるってわけさ」

「……物理学的な話なのね」

「たぶん実物を見たほうが早いよ」

ホルヘは聖堂の展示室に案内してくれた。

逆さ吊り実験の復元模型が飾られていた。コロニア・グエル教会堂の計画案らしい。縦横無尽に紐が張り巡らされ、そこに大量の錘《おもり》がぶら下がり、天から逆さまに吊り下げられた聖堂のような形を形成している。

小学校六年生のとき、修学旅行で行った京都を思い出した。

志穂は両脚を開いて背中を向けると、腰を折り、股の間から逆さ吊りの模型を覗いた。

「シ、シホ？　一体何してるんだい？」

「〝天橋立《あまのはしだて》〟って名所を見るとき、こうやって逆さまに覗くのよ。天地が逆に見えるの」

吊られた錘の数々が引っくり返り、教会の形を成して見えた。

志穂は上体を戻すと、照れ笑いを返した。

「実験の意味が分かった気がする」

「面白い見方だね」ホルヘは笑いを噛み殺していた。「僕は写真を逆さまにして見ただけだよ」

「……写真があるなら最初に言ってくれる？」

ホルへは吹き出し、ひとしきり腹を押さえて笑った。

志穂がため息をつくと、彼は笑うのをやめて顔を上げた。

「まあ、何にしても大した実験だよ。中央を修正するときは、外側の紐を全部外さなきゃ中に入れないから、大掛かりだったそうだ」ホルへは人差し指で宙を押すようなポーズをした。「こうして指で軽く押したら、四メートルもある蜘蛛《くも》の巣状の紐が鳴動したらしい。それだけ力線が合理的に総合化されていたんだ。錘を一つ増やしただけでも全体の形が変わってしまう。精緻《せいち》極まりないよ。サグラダ・ファミリアもこの実験を参考に建築されてるんだ」

「ホルへの言いたいことが分かった。重力に引かれる形を逆さまにして造ったから、聖堂が天から吊り下げられているような――天に延び上がるような感じを受けるのね」

「ズバリそのとおり。でも、逆さ吊り実験の効果は他にもある」

「何？」

「建物を補強するための厚い壁が不要になったことだよ。例えばパリのノートルダム寺院やドイツのケルン大聖堂などは、外側に圧力がかかる壁を支えるために、つっかえ棒の役割をする控え壁《フライング・バットレス》が必須だったけど、ガウディはこの実験により、補強がなくても自重を支えられる形状を導き出した。だから、厚い壁やフライング・バットレスをなくすことができた。その結果、建物の採光部分を大きく取れるようになったんだ。聖堂内に双曲線面の窓から陽光が目一杯降り注ぐ構造だよ」

聞けば聞くほどガウディの偉大さが理解できる。サグラダ・ファミリアは建築の最高峰なのだろう。もしも殺人犯の最終目的が聖堂の破壊なら、一度この内部を見てほしいと思う。自分たちの行為の愚かさが分かるのではないか。

「ガウディはね、逆さ吊り実験でゴシック建築の弱点を克服し、二重螺旋の柱でギリシア建築も前進させた。だからガウディは、『ゴシック建築の完成者であり、ギリシア建築の完成者でもある』と言われてるんだ。もしガウディがいなかったら、何百年経っても進歩はなかったかもしれない」

ホルヘへの話を聞きながら聖堂の仕事場へ戻った。彼が彫っている天使像に目を留め、志穂は歩み寄って眺めた。

「もう完成間近よね。おめでとう、ホルヘ」

「寄付金の関係で次の予定はないけどね。石が手に入らないと、次の作品が彫れない。腹立たしいし、悔しいよ。新しい仕事が貰えるか全然分からないけど、これでようやく三体目だ」

「結構なペースよね？」

ホルヘは天使像を見据えた。

「……僕はね、父さんとは違うことを証明したいんだ。父さんは石工だった三十年間で六つの彫刻を彫った」

「たったの六つ？」

「財政不足は言いわけにならない。石工として三流だったんだ。作品が評価されなきゃ、何体彫っても飾ってもらえないからね。十五年間で四十体試作しても、細部で折り合いがつかないでいる模型職人もいるよ。でも、単に作品数だけで父さんを情けないと思ってるわけじゃない。『もう疲れたよ』なんて言って引退したからだよ。仕事から逃げたんだ」

「何かあったの？」

「……ここだけの話、聖堂には、五年前からカタルーニャ人ってだけで仕事を優先的に貰える現実がある。受難のファサードの彫刻は、ガウディのデッサンを無視して自分の考えを優先してる。資料が残ってる数少ない部分なのに、ガウディのデッサンを無視して自分の考えを優先してる。受難のファサードの彫刻は職人連中の評判も良くないし、観光客も『ガウディらしくない』って言っているのに許されてる。カタルーニャ人はそれほど優遇される現実がある。にもかかわらず、父さんはラモンに作品を認めてもらえなかった。結局いやがらせをされてるなんて被害妄想《もうそう》を口にし続けたあげく、引退したんだ」

「いやがらせが事実だった可能性はないの？」

「あり得ないね。聖堂に素晴らしい彫刻を据えたいというのは、現場監督でも職人でも建設委員会の人間でも同じだ。見事な作品をいやがらせではねのける人間はいない。分かったかい？」

志穂はうなずいた。

ホルへは天使像に拳を押し当て、決然と言った。

「僕は父さんのように弱虫じゃない。数年以内に七体以上彫り上げて、優秀な石工だと証明してみせる」

10

アシャンプラ地区では建築物が約二十五メートルの高さに揃い、幅広い直線道路が縦横に走っていた。グラシア通りにはネオ・クラシック、折衷《せっちゅう》様式、モデルニスムの建物が並び、高級ブティックや商店や商社、銀行が軒《のき》を連ねている。ウインドーに陽光が照り返し、ときおり、目を射る。

大通りでは車が行き交い、排気ガスを撒《ま》き散らし、甲高いクラクションを鳴らし続けていた。通行人は車の流れのあいだを見計らい、足早に歩道から歩道へ駆け渡っている。

志穂は街並みを見学しながら歩いた。隣ではホルへがマリア・イサベルの車椅子を押している。現場監督のラモンは仕事中だから、鉢合《はちあ》わせする心配もない。

ホルへが押す車椅子は安定していた。

——祖母が車椅子生活をしてたしね。僕も学生時代にサッカーで足の腱《けん》を切断して車椅子を経験したから、介護される側の気持ちも理解できるんだ。

そう語ったホルへは頼もしい。

「どう?」志穂は訊いた。「久しぶりの外は楽しい?」

マリア・イサベルは、ヒマワリ模様のサンダルを見つめている。表情に生き生きとした明るさが窺えない。

少女の信頼を得れば、ラモンと会っていた怪しい男の話を聞き出せるかもしれない。それが何か重要な鍵になるような気がしていた。

今日はガウディ建築の知識の補完を兼ねて、マリア・イサベルを外に連れ出した。室内に籠《こ》もりっぱなしだと気も滅入るだろう。

「まあ、ガウディの優れた作品を見学するうちに元気が出るさ」

部屋で本を読んでいることが多い少女は、今まであまりガウディ建築には接してこなかったという。

ホルヘが最初に案内したのは、『カサ・カルベット』だった。織物会社を経営するペレ・マルティル・カルベットの事務所兼住宅として建築されたバロック様式の建物だ。入り口の上には楼《ろう》台《だい》が設置され、高層階の窓には三ツ葉型のバルコニーがついている。ガウディの作品の中では比較的おとなしい印象があった。

マリア・イサベルは顔を上げ、正面の楼台を見つめていた。キノコや植物などの精緻《せいち》な彫刻が刻まれている。

「気に入ったかい？」

ホルヘが訊くと、マリア・イサベルは小さくうなずいた。

「『カサ・カルベット』の事務所にはね、あのガウディが設計した家具があるんだよ。その辺の家具店で買えるような安物じゃない。人間工学の研究に基づいた――って難しい言い回しだったね。研究に研究を重ねた結果、人間が一番楽な姿勢で座れるような曲線で作られてるんだ」

「……車椅子より楽ちんかな？」

「もちろん。ただ、移動はできないけどね」

ホルヘが笑いながら答えると、少女の口元がわずかに緩んだ。

「ガウディの家具は心地よさだけじゃないんだよ。丈夫さも重視されてたんだ。部品や繋《つな》ぐ部分の一つ一つを丁寧に作り、組み立てにもたくさんの注意を払った。その証拠にこんな話がある。ガウディの弟子のベルゴスが語ってたんだけどね――」

マリア・イサベルは車椅子から半分身を乗り出した。

「内戦のとき、『カサ・カルベット』に爆弾が投げ込まれたんだ。一階の窓ガラスが吹き飛ばされた。もちろん椅子もバラバラに飛び散った。でも、何がすごいってね、バラバラになった椅子は繋ぐ部分が外れただけだったんだ。だからすぐ元どおりにできたそうだよ。爆風にも耐えるスーパーマンみたいな椅子さ」

マリア・イサベルは興味深げに聞いていた。内戦を扱ったハビエル・マリアスの『世紀』を読んでいたくらいだから、惹《ひ》かれるものがあるのだろう。

内部を見学できないため、外観とエピソードを堪能《たんのう》すると、次は『カサ・バトーリョ』に移動した。

繊維《せんい》業界のブルジョア、バトーリョに依頼されてガウディが増改築した建物だ。何色もの鱗《うろこ》状《じょう》の上薬瓦《じょうやくがわら》が載せられている屋根は陽光で輝き、動物の四肢《しし》の形をした柱の足元は大地を踏み締めている。砂岩特有のざらつきがない表面は艶《つや》やかに照り、柔らかさと弾力を感じさせた。

「夜にも別の魅力があるんだけどね。ライトを浴びた『カサ・バトーリョ』は玉虫色《たまむしいろ》に輝くんだ」

ホルヘは内装について語った。住居内部は外観と同じで波打ち、階段の手摺《てす》りは恐竜の背骨を思わせるらしい。吹き抜けになった中庭の壁面に貼られた模様は、高層階から低層階に近づくにつれ、濃紺から白に変化しているそうだ。

「ガウディの設計の妙だよ」ホルヘは言った。「高層階は光が強い。だから光を吸収しやすい色のタイルを貼ってあるんだ。反面、低層階は光が届きにくいから反射率の高いタイルを貼ってある。そのバランスを少しずつ変え、各階の住人が均等に光を受けられるように配置してあってね」

　ガウディの凄さが分かる。光を研究し、各階の住人のことも熟慮して造られた建物、『カサ・バトーリョ』——。

「ちなみに、『カサ・バトーリョ』にもガウディの設計した家具がある。でも完全に揃ってるわけじゃないんだけどね」

「家宝として隠していたり？」志穂は冗談めかして言った。「王様に貢《みつ》がれていたり？」

　マリア・イサベルが好奇心に満ちた瞳を向ける。ドン・キホーテの冒険談を期待するように。

　ホルヘは苦笑いしながら首を横に振った。

「バトーリョの子孫の話によるとね、内戦のときに盗まれたそうだよ。バトーリョ家の人間は全員イタリアに避難したんだけど、その隙をついた賊《ぞく》がいるらしい。『カサ・バトーリョ』の窓には頑丈な鎧戸《よろいど》が付いていたのに、何者かが侵入して家具の一部を持ち去ったんだ」

　マリア・イサベルは残念そうにうなずいたものの、その表情は豊かになってきているように思えた。安心できない家庭生活で消された感情が少しずつ戻ってきている気がする。

『カサ・バトーリョ』を堪能し終えたとき、マリア・イサベルが腹部を撫でながら、「おなかが減った」とつぶやいた。

「そういや、僕も腹ぺこだ。他のところに行くのは明日にしよう」

「明日？」志穂は訊いた。「仕事は大丈夫なの？」

「聖堂の仕事は請負《うけおい》だからね。出来高払いなんだ。時間は自分で自由に作れるよ。シホの親父さんも五年前からそうしてる。発注が来なきゃ生活できないから職人はつらいけど、雇う側にとっては、固定給より出費が抑えられるんだ。明日は――そうだな。『グエル公園』に行こう」

『グエル公園』――。

母と来たバルセロナ旅行の記憶が蘇ってくる。一緒に『グエル公園』にも行った。入り口の階段にあるトカゲの彫刻が怪獣に見え、怖くて近づけなかったのを覚えている。母は「平気よ」と笑いながらトカゲの背を撫でていた。

今となっては懐かしい思い出の一つだ。

一時だけ感傷に浸った志穂は、マリア・イサベルを見た。

「じゃあ、帰りましょうか。私が特別にデザートを作ってあげる」

志穂は帰りに材料と道具を買い込むと、ルイサが泊まる安ホテルの部屋の簡易キッチンを借り、夕食を作った。ルイサは起きてきて一緒に食べるだけの元気は戻っていた。

四人で夕食を終えると、マリア・イサベルにだけ特製のデザートを出した。カタルーニャの代表的デザート、『クレマ・カタラナ』だ。カスタードクリームの上にグラニュー糖を振りかけ、表面をカラメル状に固めてある。

「レストランのより美味しい！」マリア・イサベルは上唇を舐め、鼻で「うーん」とうなった。

「特製なのよ」

マリア・イサベルは二口三口と食べ、スプーンを置いた。じっと『クレマ・カタラナ』を見つめている。

「どうしたの？」

「……これ、あたしにも作れるかな？」

「もっと欲しかったら、また作るけど――」

「違うの」マリア・イサベルはホルへをチラッと見た。「あたし、自分で作りたいの」

少女の心中を察した志穂は、「もちろん、あなたにも作れるわ」と笑顔で胸を叩いた。「今から作ってみる？」

マリア・イサベルは大きくうなずいた。顔には明るさがある。太陽のエネルギーを貰ったように。

志穂は材料を用意した。作り方はそれほど難しくない。カスタードクリームを素焼きの器で冷やして固め、グラニュー糖を振り、ガスバーナーで表面をカラメル状にすれば完成だ。

少女を椅子に座らせてやり、予備に冷やしてあったカスタードクリームなどの材料を並べた。隣に立ちながら作り方を説明すると、素焼きの器に手を伸ばした。マリア・イサベルが「全部あたしがやる！」と器を抱え込む。

「了解。じゃあ、任せるから。間違ってたら口は出すけど」

マリア・イサベルは嬉しそうにうなずいた。少女は可愛《かわい》らしい木苺《きいちご》色の舌を覗かせ、頬にカスタードクリームをつけながらデザート作りに挑戦した。

少女が四苦八苦する姿を見つめていると、ホルへが隣に立った。マリア・イサベルに視線を据えたまま言う。

「本物の家族みたいでいいね」

志穂は次に来る台詞を予想しながらもうなずいた。

「僕らも結婚したら子供に『クレマ・カタラナ』を教えよう」

志穂は曖昧《あいまい》な微笑で応えた。

結婚――か。

両親の壊れた関係を目の当たりにしてきたから、家族というものに信頼が持てない。

昔は母が美容院で髪型を変えるたびに気づき、褒めていたのに――。いつしか父は狂ったように彫刻を彫るようになり、母に関心を寄せなくなった。最も記憶に焼きついているのは、母がダイエットで痩《や》せて着飾ったときだ。父は母を無言で見つめ返すだけだった。石のような目で。

その日の夜中、目が覚めたら隣に母の姿がなかった。不安になって布団《ふとん》を抜け出し、一階へ下りた。母は薄暗い台所にうずくまり、泣いていた。笑顔を絶やさず、一度も涙を見せたことがない母が、泣いていた。

「……そのためにもガウディを調べて、親父さんが何に巻き込まれているのか突き止めなきゃね。僕は何でも協力するよ」

「ありがとう」

お礼を言ったとき――。

「ねえねえ」

マリア・イサベルの声がした。振り向くと、彼女が鮮やかな焦《こ》げ目のついた『クレマ・カタラナ』を掲げていた。志穂は少女に駆け寄り、頼まれるまま車椅子に座らせた。

「ありがとう」

マリア・イサベルはハンドリムを摑み、自らの手で車椅子を進め、ホルへの前に移動した。

「あのね、あのね」マリア・イサベルは期待と興奮でいっぱいの表情で『クレマ・カタラナ』を差し出した。「これ、お礼！　今日、色んな話をしてくれたから――」

ホルヘは「ありがとう」と満面の笑みで受け取った。マリア・イサベルが笑顔を弾けさせる。

彼ならきっといい父親になるのだろう。だが――。

封じ込めた過去が蘇ってくる。

十五年前――。

父は彫刻を彫っていた。三年に一度ある日本彫刻コンクールに応募する作品だ。過去、父は四度応募している。三百作前後集まる中で落選が二回、一次通過作に選ばれたのが二回。日本彫刻コンクールは新人賞であるため、四十歳までという年齢制限がある。当時三十八歳の父には、その年が最後のチャンスだった。

一年前からハンマーを振るっていた父は、締め切りが五カ月後に迫ったとき、「最高の素材を見つけた。これなら必ず受賞できる。タイトルは『エウリディーケの生還』だ」と突然モチーフを変更した。地面の穴から男が体を半分だけ出し、天空を見上げ、物を拾うように右手を穴に伸ばしているデザインだ。

日数が少なかったから、父は狂ったように石を彫り続けた。母は父を応援していたものの、表情は明るくなかった。表面上は笑顔を絶やさない母だったが、子供は敏感に心のうちを感じ取る。幼心《おさなごころ》に母のつらさが伝わってきた。

母がバルセロナ旅行を決めたのはそんな時期だった。父が彫刻に行き詰まってイライラしていたから、手助けしたかったのだろう。新婚旅行で行ったバルセロナのガウディの作品を思い出し、何かインスピレーションがあるかもしれないと思ったらしい。最初は三人分のチケットを予約したものの、父は直前で日本に残ると言い出した。彫刻の仕上げを優先したい、自分の力だけで彫り上げたい、と――。

旅行のキャンセルはできなかったので、仕方なく二人でバルセロナに出発した。

だが、母は刺殺《しさつ》されてしまった。『金《ディネロ》だ、金《ディネロ》』と繰り返す男によって――。

父がバルセロナに来たのは、大使館が連絡してから五日後だった。直行便の関係や時差を考慮しても急げば翌日には着くはずなのに、数日かけて作品を仕上げてから飛行機に乗ったらしい。到着した父が枕元に顔を近づけると、母は一言つぶやいて事切れた。

後々、父に訊くと、「あいつは『来てくれてありがとう』と言ったよ」と教えられた。信じられなかった。五日も放置されていた母が感謝の言葉を口にするとは思えない。

大方、こう言ったのだろう。

――もっと早く来てほしかった。

なぜなら――母の言葉を聞いたときの父の顔は歪んでいたのだから。表情には嘘をついた罪悪感が見え隠れしていたのだから。

父がスペインに住むことを決めたのは、娘の小学校卒業後だった。

父は考えもなしにサグラダ・ファミリアのオフィスに乗り込むと、受付の人間に「主任建築家に会わせてくれ」と何度も頼んだ。

二カ月後、主任建築家との面会が許されると、いきなり「聖堂で働かせてくれ」と訴えた。熱意が聞き届けられ、試験を受けることになった。渡されたオレンジを題材にデッサンし、粘土模型を作って石膏模型にするのだ。

主任建築家や大学の教授、現場監督のラモンが議論した結果、合格が言い渡された。父の作品をラモンが気に入り、強く推《お》したという話を聞いている。

バルセロナには地中海のような包容力がある。整然と区分された街にガウディの奇抜な作品が溶け込んでいるように、聖堂も日本人である父を受け入れた。

仕事をはじめてからの父の給料は五万ペセタ（当時、約二十万円）。毎月家賃だけで二万五千ペセタは必要だったし、食費も二人分で三万ペセタを軽く超えていた。貯金を崩しながらの生活だった。

志穂は追想をやめると、マリア・イサベルと仲良くしているホルへの横顔を眺め続けた。

家族とは一体何だろう――。

11

青空を流れる雲間から朝の太陽が射し、そそり立つサグラダ・ファミリアを照らしていた。広場には山のような影が落ちている。

志穂は聖堂の仕事場を訪ねた。車輪のついた台に載せられた天使像の前でホルへがラモンと喋っていた。ホルへはときおり、愛想のいい笑みを返している。

志穂は反射的に後退し、柱の陰に身を隠した。

嫌っていたはずのラモンとなぜ親しげに？

柱の陰から覗き込むと、ラモンが仕事場を後にするところだった。ホルヘ一人になったとき、志穂は彼に近づいた。平静を装って訊く。

「嫌いな相手にも自然な笑顔が出せるの？」

ホルヘは驚いたように片眉を上げると、頭を掻いた。表情には抑えきれない笑みが見え隠れしている。

「ラモンといつの間に仲良くなったわけ？」

「私情と仕事は別なんだよ。今日は気分がいいんだ。さっき首脳陣が集まる会議室に呼ばれてね、新しい契約をした。工賃は四十万ペセタ（約六十万円）。期間は四カ月」

「……もしかして石、手に入ったの？」

「石というより、寄付金だね。彫刻一体分の。それを僕に回してもらえることになった。僕の腕前が評価されたんだよ」

ホルヘの自信満々な笑みを見ると、不信感は吹き飛んだ。理由が分かればなんてことはない。

「ハンマーを振るい続けた甲斐《かい》があったのね。おめでとう」

「最高だよ。三体目の像を仕上げても次の仕事には困らない。石工時代に父さんが完成させたのは六体。追い越すのは時間の問題だよ。僕のほうが優秀だと証明できる」ホルヘは天使像を撫でた。「ガウディは硬い素材――石や鉄で柔らかさを生み出す天才だった。動きを表現するとき、直前と直後、その狭間《はざま》の一瞬を捉《とら》えて躍動感を作り出すんだ。僕もそんな高みに上り詰めてみせる」

ホルヘが言い切ったとき、中庭にうずたかく積まれた石材の裏から聞き覚えのある声がした。

天使像の陰から覗き見ると、フリアン刑事を従えたアルマンド刑事が石工の一人を睨んでいた。その石工はチェック柄のシャツのボタンを三つ外し、毛深い胸を露出《ろしゅつ》していた。金髪の女が日焼けした腕に抱きついている。尻の見えそうなミニスカート姿だ。

「――いいな。奴を発見したら教えろ」

アルマンド刑事が言うと、石工は卑屈《ひくつ》な笑みを浮かべた。

「もちろんですよ、旦那」

「商売女とのトラブルを見逃してやった恩、忘れるな」アルマンド刑事は金髪の女を見やった。「ところでこの女はいくらだ？」

金髪の女は顔を歪めた。石塊の上に置いてあるグラスを引っ摑み、アルマンド刑事に赤い液体をぶっかける。暗褐色《あんかっしょく》のシャツに染みが広がる。

次の瞬間、アルマンド刑事の分厚い手のひらが横ざまに走った。金髪の女が弾け飛び、地面に薙《な》ぎ倒された。キッと顔を上げて睨む。

「フェルナンド！　こいつ、私を売春婦扱いしたわ」

「まあまあ、落ち着けよ。アルマンドの旦那に睨まれちゃ、俺の立場がなくなっちまう」

「意気地《いくじ》なし！」

金髪の女はグラスを地面に叩きつけて粉々にし、振り向きもせず走り去った。アルマンド刑事はハンカチでシャツの染みを拭い、フェルナンドと呼ばれた石工に向き直った。

「追わなくてもいいのか？」

「明日にゃ別の女が隣にいますよ」

「……まあいい。とにかく発見したら通報しろ」

「もちろんでさ」

フェルナンドは頭を下げる勢いで二度、三度とうなずいた。

アルマンド刑事が振り返ったため、志穂は慌てて姿を隠した。二人分の足音が天使像の裏側を抜けて遠のき、仕事場から消える。

安堵《あんど》の息を吐くと、石材の裏を覗いた。フェルナンドが革靴の先端でグラス片や煙草の吸い殻を蹴《け》り、一カ所に集めている。志穂は振り返り、隣に立つホルへに訊いた。

「あの石工、どんな人？」

「フェルナンドかい？」

「アルマンド刑事と親しそうだった」

「刑事との関係は知らないよ。石工として僕が知ってるのは……妻子がいるからよく聖堂をデート場所にしてる。腕は二流。彼の彫刻が飾られてるのは、寄付したからだね。費用不足の聖堂にとっては、彫刻を寄付してくれる石工はありがたい存在なんだ。まあ、出来が悪けりゃ、タダでも無理だけどね」

「出費だけがかさむのに寄付するの？」

「サグラダ・ファミリアは、世界じゅうから観光客や研究者がやってくる大聖堂だからね。そんな建築物の製作に携わってることは、誇りなんだ。本人はもちろん子供にとってもね」

誇らしげなホルへの頭の中に、父カザルスの顔は浮かんでいるのだろうか。

12

　空を焼くように午後の太陽が照っていた。パサージュ・デ・グラシア通りの一角に、六階建ての『カサ・ミラ』が建っている。一九八四年に世界遺産に登録された集合住宅だ。

　近代都市のど真ん中に小山が出現したようだった。タイル片とフレスコで仕上げられた壁面には、岩肌に掘られた横穴を思わせる無数の窓が不規則に穿《うが》たれている。練鉄製のバルコニーは絡み合った海草の形だ。

　志穂は建物に近づいた。隣にはマリア・イサベルの車椅子を押すホルへがいる。契約の確認だけで、今日の仕事は早くに切り上げてきたらしい。

『カサ・ミラ』は柔らかい粘土の彫刻に見えた。波打つ壁面は丸みを帯びながら一続きになり、流れるように繋がっている。断崖に窓を彫り込んだ印象を与えるため、『石切り場《ラ・ペドレラ》』と呼ばれている。

「すごいだろ?」ホルへが言った。「ファサードの一階にはガラーフ産大理石、二階以上にはビラフランカ産の黄色みがかった石灰石が使われてるんだ」

　石工らしい説明を聞きながら、志穂はマリア・イサベルを見た。

　一体どうすれば少女の信頼を得られるだろう。

　少女は車椅子から身を乗り出し、建物を見上げていた。カタルーニャ地方最大の聖山、モンセラートを囲む山々を再現したと言われる『カサ・ミラ』には、見る者を催眠状態にする力がある。

「中を見学してみるかい？」

マリア・イサベルが「え？」と顔を上げる。志穂も驚いて「この『カサ・ミラ』の中を？」と訊き返した。

「他にどこがあるんだい？」

「人が住んでるでしょ？　一般公開されてないはずだけど……」

「今はね。でも、管理人が父の知り合いでね。特別に話をつけたんだよ」

マリア・イサベルのために、だろう。

少女はワクワク感でいっぱいの表情をしていた。

「行ってみよう。興味深いだろうしね」

蜘蛛《くも》の巣状に鋳鉄《ちゆうてつ》を細工した玄関扉を抜けると、ホルへは「階段があるからね」とマリア・イサベルを背負った。

志穂は車椅子を持ち上げた。

岩山を刳《く》り貫《ぬ》いたような玄関ホールに入ると、洞穴風の内装を天井のランプが照らしていた。その先にある中庭は吹き抜けになっており、全室に光が降り注ぐ工夫が施されていた。

興味深く見学しながら、鍛鉄《たんてつ》の手摺りに縁取られた階段を上った。途中で空き部屋を覗いてみた。居間には『信仰、愛国、愛』を意味する十字架、四本縞《じま》の旗、心臓が描かれている。寝室に置かれたランプの周囲には『おお、マリア、小さきことを嘆くな。花も星もまたしかり』と書かれている。建物の至るところで繰り返されるアベ・マリアの表現から分かるとおり、『カサ・ミラ』はマリア賛歌の建物だった。

「内部が自由な間取りになってるだろ？」ホルへが言った。「そんなことをしたら普通は外観の規格が乱れるけど、ガウディは窓を山肌の穴居群《けっきょぐん》に仕立てることで乗り切ったんだ」

話を聞きながら屋上に上った。マリア・イサベルを車椅子に戻す。

白大理石片と破砕白タイルで被覆《ひふく》された階段塔は、陽光に照らされていた。周囲にある煙突群は螺旋状の柱身からなり、戦士の鉄仮面の形をした笠が被せられている。換気塔は湾曲した幾何《きか》学的《がくてき》な表面を基にしてある。

「ソフトクリームみたい！」

ねじれた換気塔を見た少女がはしゃぐと、ホルへはニッと笑った。

「屋上を風が吹き抜けるとき、ソフトクリーム形の煙突が空気を巻き込むんだ。気圧の差を作って中の煙を吸い出させるために——まあ、簡単に言うと、飛行機にも使われてる原理なんだ。換気扇があまり使われていない時代に、ガウディはそんなことまで考えてたんだよ。空気の流れを計算してね」

マリア・イサベルは興奮に瞳を輝かせ、ホルへの話を聞いていた。

志穂は屋上からバルセロナの街を一望した。高さが揃った建物が縦横に区割りされている街だ。上から見ると、本当に整然としていた。

景色を楽しんでから何げなく視線を下に向けたときだった。

ラモンが『カサ・ミラ』の周りをうろついていた。カフェテラスのテーブル席を埋める客の顔を一人一人覗き込み、行き交う通行人に視線を注いでいる。

自分たちを探している？

まさか尾行されていた？　いや、ラモンの挙動は、尾行していて見失ったというより、誰かから情報を得て捜しに現れたという感じだ。

一体どうなっているのだろう。

志穂はホルヘに耳打ちした。

「ここを離れましょう」

中央大学の裏手にあるカフェに駆け込むと、一息ついた。ラモンが探索を諦めて姿を消した隙に逃げ出したのだ。『カサ・ミラ』からは一キロメートル以上離れている。発見されはしないだろう。

カフェは賑《にぎ》わっていた。服装や化粧に気を遣った老婦人たち、スーツにネクタイをした紳士たち、肩を抱き合っている若いカップル数組がテーブル席を埋めている。

志穂はコーヒーミルク《カフエ・コン・レチエ》、ホルヘはブラック《カフエ・ソロ》、マリア・イサベルはオルチャータ――牛乳に似た夏の飲み物――を注文した。喉を潤《うるお》しながら『カサ・ミラ』の話題で盛り上がる。ラモンの存在はホルヘにしか伝えていないから、少女の前で話す必要はない。

「……ケーキも、食べていい？」

顔色を窺うようなマリア・イサベルの眼差しがあった。志穂は笑顔で「もちろん」とうなずき、ウエイターを呼んだ。ついでに砂糖がまぶされた渦巻き状のパンを注文する。

マリア・イサベルは口元に生クリームをつけながらケーキを食べ、オルチャータを飲み干した。

ウエイターに二杯目を注文したとき、ホルへが「『カサ・ミラ』か……」とつぶやいた。過去に思いを馳せるような——それでいて思い詰めた瞳だった。

「どうかしたの？」志穂は訊いた。「何かあった？」

ホルへは顔を上げ、「いや」と首を振る。「祖父から何十回と聞かされた話をふと思い出したんだよ」

マリア・イサベルがフォークを宙で止め、「面白い話？」と身を乗り出した。

「いや、悲劇的な話さ」

「あたし、聞きたい」

「内戦みたいに悲劇的な話でも？」

「うん。内戦の話は本で読むもん」

「……そっか」ホルへはうなずいた。「これは僕の祖父が体験した話でね。『カサ・ミラ』の建設中に起きた悪夢、〝悲劇の一週間〟だ。サグラダ・ファミリアも焼かれそうになった」

ホルへは語りはじめた。

〝悲劇の一週間〟の原因は、カトリック教会とブルジョア対労働者という貧富の構図が激化したことだ。

一九〇〇年当時、カタルーニャの人口増加はピークだった。百年間で二倍の二百万人になっていた。並行して産業革命とも言える経済成長が起こった。工業生産高はスペイン全土の七十パーセントを占める十七億ペセタ。特に繊維工業は二位の製鉄業を圧倒的に引き離していた。蒸気機関の増加、ミュール精紡機《せいぼうき》の導入、水力の利用などの機械化が効果を上げたらしい。

一方で労働者の労働条件は最悪だった。一九〇〇年以前は日曜休日制や八時間労働制が法的に確立されていなかったため、何十日も休みがとれず、労働時間も雇用主の言いなりにならざるを得ず、病気や怪我で働けなくなると容赦なく切り捨てられた。地方から低賃金で雇える未熟練労働者が流入すると、雇用者たちはそれを利用してますます労働者全体の給料を下げた。

弱者の味方になってくれるはずのカトリック教会も敵だった。権力を笠に着て、労働者の生活を監視し、支配しようとした。司祭たちは「労働者が下層で苦しんでいるのは本人も悪い」と非難したうえ、脅迫で信仰を強制した。しかも、税金が免除されている修道院は安いパン屋や洗濯屋の役目を果たし、労働者階級の女が家でできる数少ない内職を奪った。

結果、バルセロナではゼネラルストライキが打たれ、アナーキストによる爆弾テロが頻発――。

一週間にわたる大暴動に発展した。

怒りの矛先は、権力の片棒を担いでいる教会に向いた。カトリック関連の組織が労働者の気持ちを理解し、互いの関係を良好に保っていれば襲われずにすんだだろう。

〝悲劇の一週間〟は一九〇九年の七月二十六日にはじまった。

月曜日の夜、貧しい人々を助けてくれないサン・ジュゼップ労働者協会の建物が群衆に焼き払われた。労働者を見下す鉱山のオーナー、コミリャス侯爵と密接に繋がり、労働組合と敵対するカトリック信者のサークルを後援していたからだ。

ラバル地区では軍隊の進行を阻《はば》むため、様々な場所でバリケードが築かれた。丸石、レンガ、本棚の枠、敷石、木製の扉、鉄柵などが積み上げられた。

火曜日の朝、修道院への放火作戦が実行された。教会の財産を破壊する目的があった。サン・アントニ王立学院が最初に燃やされ、初期ロマネスク様式の宝サン・パウ・ダル・カンプ教会も焼けた。アシャンプラ地区、リベラ地区のあちこちでチャペルや教会や神学校が火に包まれた。修道院も襲撃されたが、その際、人々は目を疑う光景を見ることになる。

サン・マテウ修道院では、百万ペセタ分にも及ぶ株券が見つかり、サン・アントニ修道院では、偽金作りに使う古い印刷機が見つかり、インマクラーダ修道院では、なぜ死んだのか判然としない修道女の死体がガラス蓋《ぶた》付きの桶《おけ》の中に飾ってあるのが見つかった。

マグダレナ修道院では、修道女たちの変態的行為が明らかになった。手足を縛られた修道女の死体と一緒に鞭《むち》が埋葬されており、狂気に陥った修道女が懲罰房《ちょうばつぼう》でベッドに縛りつけられていた。

水曜日の朝、パドロ広場に集まった約五十人の女たちは、掘り起こした修道女の死体を背負い、サン・ジャウマ広場の方角へ歩き出した。標的は、労働者を奴隷《どれい》同然に扱う神聖政治の中心人物コミリャス侯爵、そして失業率四十パーセントの繊維業界を代表するエウセビオ・グエル——そう、ガウディの生涯の友であり、パトロンだ。

女たちは二人の屋敷に着くと、カトリック教会と権力者に憎悪と憤怒を示すため、半ば腐乱した死体を門扉《もんぴ》に立て掛けた。

〝悲劇の一週間〟はこんな調子で続いた。結局、十二の教会と四十の教会関連施設が破壊され、三人の司祭が殺された。兵隊には八人、一般市民には百六人の犠牲者が出た。

マリア・イサベルは神妙な顔で話を聞いている。

「ガウディはこの出来事に胸を痛めてたよ」

ホルへはコーヒーに口をつけ、続けた。

〝悲劇の一週間〟がはじまった日の夕方、ガウディの自宅を一人の少年が訪ねてきた。『グエル公園』の分譲住宅を購入したトリアス弁護士の息子であるアルフォンスだ。

ガウディは日課どおりアルフォンス少年と『グエル公園』を散歩し、小高い丘に向かった。キリストが処刑されたゴルゴダの丘に見立てて石を積み上げ、三本の十字架を作った丘だ。

丘に着くと、ガウディは市街に目を凝《こ》らした。黒煙が充満する中で炎が燃え盛り、バルセロナが誇る建築物の大半が破壊されている。ガウディは石の十字架に背中を預け、街の遺骸《いがい》を見た。青い瞳には光るものがある。

「聖女メルセも人災からは街を守ってくれぬようだな。次はサグラダ・ファミリアか……」

ガウディのつぶやきを聞いたアルフォンス少年は、言葉に詰まりながらも、口にすれば希望が現実になるとでもいうように言った。

「大丈夫だよ。暴徒もサグラダ・ファミリアまでは壊さないよ。サグラダ・ファミリアは大勢の人に仕事を与えているんだから」

ガウディは天を仰いだ。

「ああ、どうか神よ。この言葉を聞きたまえ！」

結局、サグラダ・ファミリアは無事だった。権力の象徴ではなく、カタルーニャの記念碑的建築物と判断されたからだろう。建設中の聖堂は標的にするほど重要な存在でなかったとも噂《うわさ》されているが。

「理由はどうあれ、聖堂は助かったのね」

志穂はそう言いながらも、聖堂破壊の危機はガウディの生前にも存在していたのか、と思った。当時、聖堂を焼きたくても焼けなかった者が――あるいはその者の子孫が――黒幕の可能性もある。

だが、もしそうだとしたら、なぜ今になって行動を起こしたのか。起こさざるを得ない理由が生まれたのか。

「でもね、聖堂は無事だったけど……」ホルへは言った。「〝悲劇の一週間〟は『カサ・ミラ』建築にある影響を及ぼした」

志穂は思考を中断し、「どんな？」と訊いた。

「波打つような『カサ・ミラ』の外壁は、上層に向かうにつれて次第に緩やかな起伏を描くようになってる。これには意味があるんだ。なぜだか分かるかい？」

「いいえ。〝悲劇の一週間〟に何か関係あるの？」

「それは順に説明しよう。建物の波は、正面上層にある約四メートルのマリア像の足元で静まるように設計されてたんだ」

「四メートルのマリア像？」志穂はおどけてみせた。「透明の石で作られてるわけ？」

「冗談を言いたくなる気持ちは分かる。実際、マリア像はないからね。でも、それこそが〝悲劇の一週間〟の影響なんだよ。建築許可申請立面図にはマリア像が描かれ、彫刻家のカルロス・マニは聖母像の塑像《そぞう》まで作っていた。でも、〝悲劇の一週間〟で教会関連施設が焼き払われたことにより、施主夫婦は聖母像の設置に難色を示すようになった。カトリックの象徴でもあるマリア像を設置したら、暴徒たちに教会関連施設と思われて襲われるのではないか、とね。ガウディは相当ショックを受け、完成するのを見届けず、仕上げを弟子に任せたよ」

「マリア像がなくても素晴らしい建物には変わりないわ。途中で投げ出すなんて……」

「『カサ・ミラ』は聖母の台座として計画された建物だからね。マリア像のない『カサ・ミラ』は頭のない聖像も同然さ。そもそも『カサ・ミラ』はロザリオに捧げられた建物なんだ。ガウディ自身、『この作品はロザリオの聖母に捧げた記念碑として着想した』と言ってる。ロザリオとは、聖母マリアとイエスの生涯を唱える『ロザリオの祈り』の際に用いる数珠《じゅず》だけど、『カサ・ミラ』の街路に面した正面の開口部総数は約百五十。完全な祈りの数に相当する。破風《はふ》の切れ目には、『Ave Maria, gratia plena, Dominus tecum（アベ・マリア、恵に満ちた方　主はあなたとともにおられます）』と刻まれてる。この言葉でロザリオの祈りがはじまるのはシホも知ってるだろ？」

「……ええ。つまり、マリア像が設置できなければ、『カサ・ミラ』の存在意義はなくなるわけね」

「そういうことだよ。所有者のこともあるしね」

「所有者っていうと、ミラのこと？」

「いや。『カサ・ミラ』の公文上の所有者はミラではなく、新妻ロサリオなんだよ。ロサリオはロザリオを意味してる。つまり、ロザリオの聖母が守護聖人になる。ロザリオの聖母に捧げるとは、オーナーの守護聖人に捧げるのと同義なんだ。ガウディは意味もなく『カサ・ミラ』に宗教的意味を与えようとしたわけじゃない。オーナーのことまで考えて設計したんだ。なのに最後に頭が載せられなかった」

「確かにそれはショックだったでしょうね」

「まあ、マニの作った聖母像のモデルをミラが気に入らなかったという噂もあるけどね。何にしてもマリア像が設置できなくなったガウディは、ミラ夫人の了解を取りつけ、マリア像の設置場所に石の薔薇《ばら》を彫った」

「薔薇は聖母マリアの象徴だからね」

「ああ。でもそれは妥協だ。〝悲劇の一週間〟はガウディにそんな影響を与えた。巨大なマリア像は、小さな石の薔薇になってしまったんだ」

13

ラモンとの鉢合わせを避けるため、マリア・イサベルと約束した『グエル公園』の見学は翌日にした。『カサ・ミラ』から三キロメートルも離れている『グエル公園』なら安全だろう。

公園に入ると、正面に二股に分かれた白い階段があった。両側には湾曲《わんきょく》した壁があり、白色と濃色のチェック柄の破砕タイルで凸凹状に覆われている。波打っているような壁面だ。陽光が破砕タイルに乱反射し、壁はミラーボールさながらに光と戯《たわむ》れている。

志穂は折りたたんだ車椅子を持ち上げ、何人もの観光客や散歩者とすれ違いながら階段を上った。隣にはマリア・イサベルを背負うホルへの姿がある。

マリア・イサベルは少しずつ心を開いている気がする。

階段中央の台座には、破砕タイルで彩られた巨大なトカゲの彫刻があった。口から水を吐き出している。

「昔、このトカゲが怪獣《かいじゅう》に見えたの」志穂は言った。「一口で食べられそうで怖かった」

「大丈夫さ」ホルへは微笑した。「貯水タンクから水を吐き出すだけで人を食べはしないよ」

ホルへの背中からマリア・イサベルが小さな手を伸ばし、「あたしも怖くないよ」とトカゲの彫刻を撫でた。

「私よりマリベルのほうが勇敢ね」志穂は笑った。「さあ、車椅子が重いから早く上りましょ」

階段の正面では八十三本のドリース式列柱が広場を支えており、左右から繁茂《はんも》した濃緑が張り出していた。

側面の階段を回る。

松や樫やヤシの緑が広漠《こうばく》と広がる真ん中に、円形の広場があった。浅黄《あさぎ》色の砂が敷き詰められている。広場を縁取る曲がりくねったベンチはモザイク模様だった。居眠りする老人や、紙パックのワインを飲む若者、新聞を読む紳士、仲間と大笑いする学生たち、キスを続けているカップルなどが座っている。

マリア・イサベルを車椅子に戻すと、花売りやはがき売り、色とりどりの風船を持った風船売りが声をかけてきた。少女のために風船を買ってあげた。

三人で広場の端に移動した。バルセロナの街が一望できた。高さの揃った赤茶色の建物が綺麗に並んでいる。

風船を持ったマリア・イサベルは、街ではなく、蛇行ベンチの色鮮やかな破砕タイルを眺めていた。気持ちは理解できる。ベンチの模様には巨大なパズルを思わせる不思議さがあった。瓶や貝殻が使われ、奇妙な数字やまじないの文句や謎めいた文字やメッセージの断片が散らばり、星や蝶《ちょう》や天使や百合《ゆり》の図柄がある。

「すごいだろ」ホルヘはしゃがみ込み、ベンチを撫でた。「『グエル公園』は破砕タイル手法を用いた多彩色建築の大傑作だよ。床以外の全ての面が曲面で構成された曲面建築の最高峰でもある」

マリア・イサベルはキョトンとした顔でホルヘを見つめた。

「ああ、難しい言い回しだったね。ええと、つまり――もしも壁が平らなら普通のタイルが貼れる。でも、『グエル公園』の壁は波打つような形になってるから、普通のタイルは貼れない。だから砕いたタイルを貼ってあるんだ」

「普通のタイルが使えなくなるのに、どうしてわざわざ波みたいな壁にしてるの？」

「奇才ガウディの特異な発想力――と言っちゃうのは簡単だけど、誤解なく話すなら少し違う。〝努力を傾けて常に参照すべき偉大なる書物〟とは何か分かるかい、マリベル？」

「聖書、でしょ？」

「残念。聖書は確かに偉大な書物だけど、ガウディの残した言葉じゃない。ガウディいわく、〝それは自然という名の書物である〟」

「……植物図鑑とか？」

「いやいや、自然がお手本になるって意味だよ。ガウディは、〝創造するのは神だ。人間は発見するのみである〟と言ったけど、それは自然以上に素晴らしいものはないと考えていたからなんだ」

山をイメージした『カサ・ミラ』、爬虫類の骨のような『カサ・バトーリョ』、樹木の成長を思わせる『サグラダ・ファミリア』――。

マリア・イサベルは広大な公園を見渡した。

「この公園の自然がすごいのも、自然を大切にしてたから？」

「そうだよ」ホルへはうなずいた。「ガウディはこの公園を造ったとき、他から土や岩を運んでこず、掘り出したものを積み直して利用した。材質感を統一するためだけじゃなく、生命尊重の考え方があったからなんだ。こんな話があるよ。階段を予定した場所にあった邪魔な樹木を職人が切り倒そうとしたときだ。ガウディは、『この木がここまで成長した歳月と我々が階段の場所を変更するのに要する時間と、どちらが長いだろう』と言って、階段の位置の変更を指示したそうだ。それだけ自然を重んじていたんだね」

ガウディの偉大さをまた知った気がした。自然を壊してでも自分の作品を造るのではなく、環境を生かした建築を求める――。

「ガウディは、ゲーテの書いた『自然論』に影響を受けてたんだ」

マリア・イサベルは小首を傾《かし》げて「うーん」とうなり、「話が難しくなってきちゃった」とつぶやいた。

「ごめんごめん。つまりね、ゲーテの自然論には、〝自然に直線はない〟という考え方があるんだ。壁が波打ってる理由がそれだよ。ちなみにガウディの建築が色鮮やかなのは、『自然が我々に見せてくれるもので色がついていないものは一つもない。植物も地質も地形も動物も色彩によって生命を与えられ、引き立てられている。だから全ての建築物には色をつけなければならない』という考え方に基づいてるからだよ。ガウディは、『全てが生きて呼吸したものでなければ駄目だ。そうでなくてはいかに美しくても、それは死の建築だ。私は生きるものをそのまま建築に表現したい』という信念を持ってたからね」

マリア・イサベルは半分だけ理解した顔で「ふーん」とつぶやいた。

志穂は、日々、ガウディを知っていく実感があった。

だが――。

果たしてそれで何かの真実に少しでも近づいているのだろうか。アンヘルの生前の謎めいた言葉を頼りに、ガウディを知ろうとしてきた。しかし、それだけでは何も進まないのではないか。

そもそも、アンヘルはなぜあんな殺され方をしなければいけなかったのか。ガウディがどう関係しているのか。一介の石工にすぎない父はなぜ姿を消したのか。

マリア・イサベルは広場を見回し、「見て、見て！」と声を上げた。少女が指差す先には、ベンチに座る老婆がパン屑《くず》を撒いている姿があった。足元に数十羽の鳩《はと》が群れている。

しかし、次の瞬間には少女の表情が変わっていた。日陰の中にポツンとたたずむ一輪のしおれた花のようだった。視線の先には、小型パラソル付きのバギーに赤ん坊を乗せている夫婦の姿があった。父親がバギーを覗き込み、笑顔を見せる。母親が同調して笑う。

「ほら、マリベル！」志穂は精一杯明るい声を出した。「バルセロナを見渡せるから、一緒に見ない？」

「……うん」

「じゃあ、ホルへに肩車してもらって――」

視線を外に投じたときだった。公園の入り口にラモンがいた。鉄のシュロの葉細工が並ぶ門扉の横で左右を見回している。

志穂は反射的に頭を引っ込めた。数メートル下からだと広場の中は見えない。

ラモンがなぜ『グエル公園』に？　居場所が筒抜けになっている？

恐る恐る側壁から顔を出してみた。ラモンは二人組の観光客に言葉をかけていた。バルセロナFCの帽子を被った青年が広場を指差すと、ラモンの顔が上を向いた。慌てて頭を下げる。

逃げなくてはいけない。ここにいたら見つかる。

志穂はホルへに事情を耳打ちした。

「分かった」ホルへはうなずくと、少女を見た。「下にも見せ場があるから行こうか」

三人で足早に側面の階段へ向かった。ホルへがマリア・イサベルを背負うと、志穂は車椅子を抱え上げ、階段を下りた。出入り口の反対にある陸橋下に移動する。

鱗《うろこ》状に岩の塊がゴツゴツした太い柱がムカデの脚のように並び、陸橋を下から支えていた。アーチ型の天井にはめ込まれた石塊は、今にも落ちてきそうだ。

ホルへがマリア・イサベルを車椅子に座らせると、志穂はふうと一息ついた。柱の陰から出入り口の方角を窺いながら、鱗状の岩に触れる。

「そういえば……母と一緒に『グエル公園』に来たとき、この陸橋も見た覚えがある。この洞窟みたいな石造りのアーチに不安を感じたの」

「石造り?」ホルへはニヤリと笑った。「確かにそう見えるね。でも本当は違う。これはレンガ造りなんだよ」

「冗談でしょ? 私でも石とレンガの区別はできる。パエリアとトルティージャの違いが分かる程度には」

「専門家の中にも誤解してる人間がいるから無理ないけど、本当にレンガ造りなんだ。嘘は言ってないよ。レンガ造り薄版ヴォールト工法という技術を多用したガウディは、レンガ造りの柱を石の塊で被覆《ひふく》したんだ。庭園を取り囲む柱廊や陸橋も同様さ。だから自然の洞窟のように見える」

突飛《とっぴ》な話だった。石造りに見えるのにレンガ造りだったなど――。

しかし、ジョークの類《たぐ》いでないことは分かった。昔、母と一緒に来たときのことを唐突に思い出したのだ。

母はこの陸橋の見学中、地面にあった石塊を取り上げ、じっと眺めていた。あれは剝がれ落ちていた石塊を拾ったのではないか。

――大変! 聖堂関係者に渡さなきゃ。

記憶から消えていた母のつぶやきが耳に蘇る。

真面目《まじめ》な性格の母だったから、剝がれ落ちた石の塊ですら放置できなかったのだろう。そういえば、あのときの母は今までに見たことがないほど深刻な表情をしていた。

サン・ジャウマ広場の近くにあるホテル『リアルト』に帰った後、母が『サグラダ・ファミリアへ行ってくるから、おとなしく待っていてね』と言い残して出ていったのは、剝がれ落ちた石の塊を聖堂関係者に渡すためだったのだろう。

そのとき、ラモンが観光客を押しのけながら広場に上っていくのが見えた。

志穂はホルヘに囁いた。

「逃げるなら今よ。早く公園を出ましょう」

14

ルイサの泊まる安ホテルに戻ると、体調が快復した彼女に事情を説明した。

「……何だか怖い」ルイサは怯えた表情をしていた。「行く先々にラモンがいるみたい」

「今後は警戒が必要かも」

「ええ、そうね」

百合柄《がら》のカーテンが引かれた窓の前では、車椅子に座るマリア・イサベルが両脚をぶらぶらさせている。ホルヘがラテンのジョークで機嫌を取っていた。

「ねえ、マリベル」志穂は少女に声をかけた。「今日は途中でお散歩切り上げちゃってごめんね」

父親の姿があったことは隠している。

「埋め合わせさせてよ。面白いビデオでも観ましょ。どう？　ドン・キホーテのホームビデオを持ってるの」

「一緒に、観てくれる？」

「もちろんよ。ホルヘは明日早いからもう帰るけど、私とママと一緒に三人で観ましょ。一人より二人、二人より三人。みんなで観たほうが楽しめるから」

マリア・イサベルは笑顔を見せ、「うん！」と大きくうなずいた。

少女の喜ぶ姿を見て安心した。子供には笑顔が似合う。

「じゃあ、早速ビデオを取ってくるわね」

志穂はホルへと一緒に安ホテルを出ると、彼とは途中で別れ、一人でアパートに帰った。建物の周辺に張り込む男の姿はない。縦列駐車した中から車を出そうとしている青年がいるだけだ。隙間なく前後を挟む車にガンッガンッと車体をぶつけ、大抵の人間がする方法でスペースを作っている。

四〇二号室の前に来たとき、電話のコール音が漏れていた。慌てて鍵を開けて部屋に飛び込み、受話器を取り上げる。

「……志穂、か？」

聞こえてきたのは父の声だった。不意打ちだったたので、とっさに返事できなかった。

「志穂――？」

志穂は深呼吸すると、「ええ」と答えた。

「そっちに変わりはないか？」

志穂は受話器をぐっと握り締めた。

「……変な男に尾行された」

「本当か？」父の声に緊張が交じった。「どんな奴だ？」

「髭面の男よ。聖堂の関係者じゃないみたい。顔を見てもホルへが何も言わなかったから。あと警察に見張られてる」

しばらく間があった。重々しげな息遣いが聞こえてくる。

「すまん、面倒をかけて」

「……ねえ、お父さんは一体何に関わってるの？　サグラダ・ファミリアやガウディが何？　建設反対派や極端なカタルーニャ主義者が関係してるの？」

「言えば、お前まで危険に晒《さら》される」

「もう充分晒されてる」

父は黙り込んだ。

「……事情を教えて」

「それはできない。知ることは危険だ」

「私が何も知らなくても、相手は私が全てを知っていると思っているかもしれないし、何をされるか分からない。何も知らないまま襲われたくない」

逡巡《しゅんじゅん》する気配があった。

志穂は壁に人差し指を添え、油の染みを撫でながら待った。

「……駄目だ。これは恐ろしいことなんだよ。お前は昔っから大の怖がりだからな」

「私が？」

「母さんから聞いたぞ。昔、公園に行ったとき、飾りの怪獣に食われるって怯《おび》えてたんだろ。怖がりだな」父はからかうように笑った。「俺なら――夜の怪獣の口にでも手を突っ込むよ」

「話を逸《そ》らすのはやめて」

「父親との会話は大事にするものだ。たとえ無駄話でもな」

「必要な話がしたいのよ、私は。一体何が起こってるの？」

「情報については、これ以上何も言えない。もう切るよ。無事を伝えたかっただけだ」

「ちょ、ちょっと――」

抗議の声はガチャッという無慈悲な音によって遮《さえぎ》られた。

志穂は受話器を叩きつけるように置いた。

父は一人で何かを背負っている。一介の石工にすぎない父が一体何に関わっているのか。サグラダ・ファミリア、ガウディ、殺人、尾行者――。繋がりが分からない。建設反対派や極端なカタルーニャ主義者のことを口にしても、父の反応は薄かった。これは的外れの推理だったのだろうか。

何も分からない。

志穂は思考を放棄《ほうき》した。自室の棚からドン・キホーテのホームビデオを取り出し、バッグに入れてアパートを出た。

夕闇が這《は》い寄る中、尾行に注意しながら路地裏を歩んだ。そのときだった。違和感が脳裏を駆け抜けた。

父は電話で『情報については、これ以上何も言えない』と言った。一体どういう意味だったのだろう。情報は何も聞いていない。父が無事だという話のことなら、大仰《おおぎょう》に『情報』などという単語を用いるのは変だ。

――父親との会話は大事にするものだ。たとえ無駄話でもな。

この台詞は話を逸らすためのものではなかったとか？　父は無駄話の中にヒントを込めた？　可能性があるのは怪獣の話だ。

父は何と言っていた？　たしか――。

記憶をたどりながらデン・セラ通りを曲がり、メルセ教会の前を通った。高齢の司祭がミサ典書とロザリオを持って歩いていた。すれ違い際、十字を切って祝福してくれた。

さらに百メートルほど歩いたとき、父の台詞が蘇ってきた。

――俺なら夜の怪獣の口にでも手を突っ込むよ。

事情を教えてと頼んだら、父は話を逸らすように公園の話を持ち出し、最後にそう言った。これが『事情を知りたいとき、自分なら怪獣の口に手を突っ込むよ』という意味だったとしたら？　怪獣の口とは何だろう。

――母さんから聞いたぞ。昔、公園に行ったとき、飾りの怪獣に食われるって怯えてたんだろ。

思案しながら歩いた。頭の中に鮮明な映像が走ったのは、ライエタナ通りに出たときだった。

『グエル公園』のトカゲの彫刻！

昔、母と『グエル公園』に行き、トカゲの彫刻を見て怯えた。怪獣に見えたのを覚えている。母は父に国際電話をかけ、たまたまこのエピソードを口にしていたのだろう。

父は『夜の怪獣の口にでも手を突っ込む』と言った。もしかしたら、夜にトカゲの口を調べたら何か分かるのでは？

志穂は見えてきた光明《こうみょう》に興奮し、ルイサたちの安ホテルへ戻った。

ルイサは窓際に立ち、引いたカーテンの裾を握り締めていた。黒髪のあいだから覗く横顔には、緊張と不安の翳《かげ》りがある。

「どうかしたの?」

ルイサはカーテンの隙間から外を窺うと、向き直った。

「警戒していたの。ラモンが万が一この辺をウロウロしていたら怖いから」

「大丈夫だった?」

「……ラモンじゃなく、髭だらけの怪しい男がいる」

志穂は窓際に駆け寄り、カーテンの隙間に目を近づけた。縦列駐車された車の陰——闇の塊の中に髭面の男がたたずんでいる。

迂闊《うかつ》だった。全く気づかなかった。髭面の男は、悪戯《いたずら》された車の持ち主を利用してまかれたから、自分の存在がバレていると知り、以前より慎重に尾《つ》けたのだろう。

髭面の男の狙いが自分なら、ルイサやマリベルに迷惑はかからないだろうが、今夜『グエル公園』に行くところを尾行されたら厄介《やっかい》なことになる。父と会えなくなってしまう。

思わず舌打ちしたとき、寝室から車椅子に乗ったマリア・イサベルが出てきた。視線がバッグに注がれている。

「ビデオ、持ってきてくれた?」

「ええ。でも……」志穂は両手を合わせた。「実は、一緒に観られなくなりそうなの」

「そうなんだ……」

「ごめんね、急用ができちゃって。後で一緒に観ましょう」

志穂はビデオテープをテーブルに置いた。馬に跨《またが》ったドン・キホーテのイラストが描いてある。右手でサーベルを掲げている。

「それ……」

マリア・イサベルがドン・キホーテのイラストを凝視《ぎようし》していた。

「どうかした?」

「……指輪のデザイン。こんな剣だった」

一瞬、何の話か分からなかった。だが、すぐにラモンが会っていたという怪しい男がしていた指輪の話だと思い至った。

「どんなデザインだった?」志穂はサイドテーブルのメモ帳とペンを手に取り、少女に渡した。

「描いてみてくれる?」

「うん。シホのお願いなら」

マリア・イサベルは笑顔を返し、メモ帳にイラストを描きはじめた。

根気強く少女と接してきたから信頼を得られたのだと分かって、嬉しかった。

「こんなの……」

マリア・イサベルが描いたのは——薔薇の上で剣が十字に交差している絵だった。

特徴的なデザインだ。指輪などのアクセサリーは、頻繁《ひんぱん》に付けたり外したりはしない。もしこの指輪をしている男と遭遇したら、忘れないようにしよう。

「ありがとう、マリベル」

「役に立てた?」

「もちろんよ」

「よかった！」

少女と見つめ合っていると、ルイサが口を挟んだ。

「シホ、急用はいいの？」

志穂は深呼吸した。

「……実は父から電話があったの」

志穂は事情を説明し、『グエル公園』に行かなくてはいけないと伝えた。

「でも、見張りがいて、出歩けない。下にいる男がそうなの」

ルイサは短めに切り揃えた黒髪を掻き分け、眉間に縦皺を作った。思案顔でうなる。

彼女は人差し指をこめかみに当てた後、サッと立てた。

「名案が閃《ひらめ》いたわ。尾行をまけるかもしれない」

ルイサは身振りを交えて説明した。それはとても賛成できない方法だった。

「危険すぎる。ルイサに万が一のことがあったら――」

「もう決めたの。私に協力させてよ。あなたは私たちが逃げ出す手伝いをしてくれた。恩返しがしたいの」

「でも――」

「心配しないでよ、シホ。襲われないように用心はするわ」

ルイサの瞳には決然たる意志が宿っていた。

「気持ちは嬉しいけど、私なら一人で大丈夫よ。尾行は前にまいたことがあるから」

「あの髭の男だけならともかく、刑事はどうするの？　警察にここのことを知られているでしょ。プロの尾行をまくには、一人じゃ無理だわ」

志穂は、はっとした。

最大の障害をつい忘れていた。刑事だ。刑事を案内してしまったら父が逮捕されかねない。

志穂は諦観《ていかん》の息を漏らした。

「……分かった。ありがとう。じゃあ、助けてくれる？」

「任せておいて。教会で祈るより役に立つわ」

ルイサは自信ありげにうなずき、作戦実行に必要なものを買いに出掛けた。彼女はラモンに支配されていた人生を少しずつ――ほんの少しずつでも取り戻しつつあるように思えた。

ルイサが戻ってきてからもう一度打ち合わせをした。

準備が整うと、ルイサはミルク色のワンピースを身につけ、安ホテルを後にした。

十分後、志穂は花柄プリントのカットソー巻きワンピースに着替えた。色はグリーン系だ。長い黒髪をコサージュ付きの鍔広帽子《つばひろぼうし》の中にたくし込み、大きめのサングラスをかけ、着替えを入れた紙袋を持って安ホテルを出る。

黒灰色の雲の塊が風に押し流され、路地裏に闇より濃い影を落としていた。

このように変装しても、雰囲気で本人だと見抜かれる可能性は高い。見張っているホテルから顔を隠して出てくる人間がいれば、必ず疑うだろう。

志穂は瞳だけ左右に動かし、怪しい男を窺《うかが》いながら歩いた。闇の中に蠢《うごめ》く影がいくつもある。

緑色の巨大な空き瓶回収ボックスの前にいる浮浪者は、丸型の投入口から針金付きの棒を差し込み、底にウイスキーが残った瓶を手に入れようと四苦八苦している。アパートのステップには若者三人が腰掛け、サイコロ賭博《とばく》に興じていた。紙幣を握り締め、出た目にガッツポーズをしている。物乞《ものご》いの老婆《ろうば》もいた。目の前をネズミが駆け抜ける。

志穂は意識を背後に向けて歩いた。革靴の足音がついてきている。変装はやはり見抜かれていたらしい。

ルイサと約束したバルに着くと、ドアを開けて店に入り、亜鉛《あえん》張りのカウンターに五ペセタ硬貨を二枚、置いた。頭頂部が円形に禿《は》げたマスターが顔を向ける。

「鍵をお願い、マスター」

公衆トイレがあまりないバルセロナでは、バルでチップを渡してトイレを借りるのは普通だ。ルイサからこのバルは鍵を借りないとトイレに入れないと聞いている。

「悪いが、先客がいてね。今、鍵はない」

「ボブカットの女性でしょ？」

「……ああ」

「知り合いなの」

外からはトイレを借りるためのやり取りに見えるだろう。

地下に下りると、トイレの個室のドアをノックした。小声で「ルイサ？」と訊いた。彼女の返答があった。中に入り込んでドアを閉める。

「じゃあ、早速始めましょう。シホ、脱いで」

志穂はうなずくと、衣服を脱いでルイサに手渡し、自分は紙袋から取り出した別の服に着替えた。ライトブルーのレース付きタンクトップと濃紺のジーンズだ。

ルイサも着替え終えていた。グリーン系で花柄プリントのカットソー巻きワンピース、コサージュ付きの鍔広帽子、大きめのサングラス――。

彼女はミルク色のワンピースを紙袋にしまい、「後は任せておいて」とトイレを出た。

一分待ってから店内に戻り、出入り口のドアから外を覗いた。二十メートルほど先を南に歩いているルイサ。背後には髭面の男。視認されない距離でその尾行者を尾けるがっしりした男が一人。アルマンド刑事の部下なのだろう。

悪党と刑事の二人をまけた。衣服の交換によるすり替わり作戦は成功したようだ。

最初こそ変装した女の正体を見抜いた男も、まさか途中で別人になっているとは想像もしなかったらしい。大抵の人間はトイレから同じ服装の女が出てきたら、同一人物だと思い込むだろう。

志穂は二人が角を曲がったのを見届けると、反対方向に向かった。ライエタナ通りで左右に視線を走らせる。

黒いボディに黄色いドアの車体が目に入った。屋根の上で緑に点滅するランプは空車の証だ。

手を挙げてタクシーを停める。

「『グエル公園』までお願いします」

黒髭の運転手は愛想よくうなずき、メーターを倒した。志穂はメーターの横で2の数字が点滅するのを見ながらルイサを心配した。

予定だと、彼女は直後に別のバルに入ることになっている。囮《おとり》になって夜道を歩き回っていたら、尾行者に襲われかねない。バルの中なら安全だろう。

しかし――。

正体を知った尾行者が逆恨みで行動したら？

不安は尽きない。

気を揉《も》んでいるうちに目的地に着いた。

「四百五十ペセタだよ」

思わず「え？」と声が出た。明らかに高い。思えば午後十時以降でもないのに、2が点滅していたのはおかしい。3の料金が普通だ。スペイン語を知らない観光客と間違われ、侮《あなど》られたのだろう。

志穂は苦情を言った。ルイサを心配するあまり普段より強いスペイン語が口をついて出た。黒髭の運転手が折れると、普通の代金とチップを払ってタクシーを降りた。

『グエル公園』前の通りでは、街灯のみが灯る薄闇の中、『B』（生ゴミ）のマークが入った白い清掃車が扇状に水を撒いていた。赤褐色《せきかつしょく》の服装の清掃員が先端のささくれ立った箒《ほうき》とバッグ型の塵取《ちりと》りを持ち、ガムや煙草の吸い殻《がら》や落ち葉、犬の糞《ふん》を掃除している。

清掃車と清掃員が遠のくと、辺りは沈黙の闇に呑み込まれた。ときおり、黒い影が行き交う。

志穂は深呼吸で気持ちを落ち着け、『グエル公園』に近づいた。鉄細工のシュロの葉が並ぶ門は閉まっていた。管理事務所の壁の前に白髪の守衛が立っている。

「公園にパスポートを置き忘れたんです」志穂は声をかけた。「場所は分かってます。五分で済みますから取りに行かせてください」

「明日じゃ駄目なのかい？」

「公園が開いて観光客が入場してきたら、盗まれてしまいます」

志穂は頭を下げた。

粘り強い交渉のすえ、白髪の守衛は迷惑顔でシュロの門を開けてくれた。感謝の言葉を返してから、月明かりに照らされた公園に入る。真っ黒いヤシや松や樫の葉が階段の上方にまでのさばり出ており、その先に広場が浮き上がっている。

推理が正しければ、父は手掛かりを残してくれているはずだ。

白い階段を上り、破砕タイルで飾られたトカゲの彫刻に歩み寄る。

開いた口を覗き込むと、透明の小瓶がテープで固定されていた。

志穂は息を呑んだ。

トカゲの口の中に手を差し入れ、小瓶を取り出した。中に紙切れが詰め込んである。

推理どおりだった。やはり父は電話でヒントを伝えてきたのだ。父は『グエル公園』に来た後、観光客に盗《と》られないように門が閉まる直前まで粘ってから、小瓶をトカゲの口に隠したのだろう。

キャップを握り締め、捻《ひね》ろうと力を込めた。

突然、背後から物音とうめき声が聞こえた。

振り返ると、薄闇の底で白髪の守衛が倒れ臥《ふ》していた。その隣に中肉中背の人影が二つ、立っていた。遠目にも、影の輪郭《りんかく》で目出し帽とマスクをしているのが分かる。揃って革棍棒《ブラックジャック》のような凶器を握り締めている。

尾行者がいた？　髭面の男も刑事もまいたはずなのに……。

志穂は唾を飲み、後ずさった。二つの人影が動いた。

逃げなくてはいけない。殺されてしまう。

志穂は迷わず踵《きびす》を返した。足音が追ってきた。階段を走り上がる。途中で立ち止まる。視線を左右に走らせる。

上は駄目だ。円形の広場には逃げ場がない。

平地に駆け下りる。洞窟のような陸橋下に飛び込んだ。石塊がゴツゴツした巨大な柱が両側に並んでいる。

逃げるべき方向は――左右を見る。夜陰《やいん》に紛れて見えない。

奥に進むしかない。

決意したとき、人影が駆け込んできた。

志穂は闇を突っ切って全力疾走《しっそう》した。砂地を蹴立てる。葉のざわめきの中に足音が響く。視界の中で列柱が次々と後方に飛ぶ。突き出るシダの羽状複葉《うじょうふくよう》を蹴り抜き、途中で柱のあいだから飛び出す。密生する樹木群に飛び込む。両手で葉を払いのけながら疾駆《しっく》する。

中ほどにたどり着くと、草々が群生《ぐんせい》する中にしゃがみ込んだ。眼前では剣のような葉が絡まり合っている。首筋に汗がしたたった。横っ腹はうずいている。

冷たい夜風が吹きすさび、周囲の葉が騒いだ。地面に落ちた影が生き物めいて蠢《うごめ》いている。

頭を下げたまま、鼻先をくすぐる葉の裏から様子を窺った。闇の中で二つの人影は石柱の前に立ち、辺りを見回している。

志穂は草むらの中を四つん這《ば》いで移動した。樹木の陰から顔を差し出す。月明かりの下、芝生《しばふ》が青白く広がっていた。一本の木もない。

しかし、出口に逃げるにはこの芝生を駆け抜けるしかない。

振り返って確認した。真っ黒い枝葉が揺れている。犯人の姿は視認できなかった。

逃げるなら今だろうか。しかし、相手の状況が分からないと、不安だけが募る。どうするべきか――。

つかの間尻込みした後、志穂は立ち上がって芝生を突っ切った。静寂に自分の足音が反響する。樹木の裏から人影が飛び出てきた。

見つかってしまった！

全力で走る。足がもつれそうになる。足音が迫ってきた。倒れないように走る。緩い階段を駆け下りる。シュロの門扉が目に入る。足音が真後ろで聞こえた。倒れている白髪の守衛の姿が目に入る。

「ブターノー、ブターノー」

公園の外で野太い声が張り上げられていた。ブタンガス売りだ。

全力疾走でシュロの門扉を駆け抜けた瞬間、野太い声に激突した。手押し車がかたむき、タンク状のブタンガスが地面を転がった。

「な、何しやがる！」

ブタンガス売りの男は唾を撒き散らし、二十キログラムはあるタンク数個を押さえつけた。

「すみません。追われてるんです」

タンクを積み直すブタンガス売りに助けを求めた。男は手垢《てあか》で汚れたシャツの襟を正し、顰《しか》めっ面《つら》を見せた。

「何言ってやがる。突然飛び出してきやがって――」

男の視線が公園の入り口へ滑る。二つの人影。右手には凶器。

「冗談じゃねえよ。俺にゃ女房子供がいるんだ」

しかし、先に逃げ出したのは二つの人影のほうだった。

15

小瓶の中の紙切れを見てみると、日本語で住所が記されていた。

細心の注意を払いながら路地裏を行き来し、尾行がないことを確認して歩いた。途中でバルに入り、公衆電話からルイサのホテルに電話した。彼女は無事に帰っていた。安堵し、感謝の言葉を述べる。

受話器を置くと、目的地に向かった。

シネス地区に着いた。黒雲に月が隠れており、闇夜が建物群にのしかかっているように見えた。夜風が悲鳴を上げて路地裏を吹き抜ける中、肉を叩きつける音、巻き舌交じりの怒声が聞こえてくる。薄汚れた石のアパートの陰には、三人の娼婦《しょうふ》が陣取っている。壊れた街灯の下では、髭の濃いアラブ系の男が青年から紙幣を受け取っている。石畳には割れた注射器が転がっている。

普通なら地元の女は絶対に入らない地区だ。

高鳴る心臓を意識しながら路地裏を歩いた。闇の中から、複数人の視線が突き刺さる。ガラスを踏みしだく音がした。男たちの囁き交わす声がする。

心持ち早足で路地裏を抜け、目的地に向かった。

築数百年の古びた安ホテルがあった。カスティーリャ語で書かれた案内板には、『NO CASTELLANO（カスティーリャ語を使うな！）』と落書きされている。入り口前のステップには血の跡がある。

ガラスごしに覗き込むと、ロビーがあった。背もたれの破れた肘掛け椅子には老齢の女が脚を組んで座り、煙草を吹かしていた。対面のソファでは、襟元の切れ込みがへそまであるドレスを着た若い女が中年男の股間に手を這わせている。

カウンターの中の主人は意に介さず、新聞を広げていた。ドアを開け、「あの……」と声をかける。主人は新聞を数センチ下げ、丸眼鏡の奥の目を向けた。

「一泊千五百ペセタだよ」

「あっ、いえ。約束があって来たんです」

「心配せんでいい。部屋で何しようと密告などせんよ。客との待ち合わせなら勝手に入ってくれ」

娼婦と間違われているらしかったが、訂正はしなかった。誤解されているほうが安全かもしれない。

志穂は適当に相槌《あいづち》を打つと、錆《さ》びた手摺《てす》りを摑み、ギシギシ軋《きし》む階段を上った。四階に着くと、廊下を進んだ。

突然、目の前のドアが弾けるように開いた。髪をカールさせた上半身裸の中年女が飛び出してきた。続けて腹の出た中年男が現れ、ドアを摑みながら怒鳴る。

「冗談じゃねえ。おめえ程度が三万？　ぼったくりすぎだぜ」

中年女は垂れた乳房を揺らしながら声を荒らげた。

「楽しんだ後でケチつけるなんざ、遊び方も知らないのかい？　足元見て前払いを渋ったと思いきや、踏み倒す気だったんだね」

志穂は喧嘩する二人の前を抜け、四〇七号室をノックした。数秒の間があり、「誰だ？《キエネス》」と父親の声が聞こえてきた。胸を撫で下ろしながら日本語で「私よ」と答える。

ドアが開くと、父が姿を見せた。久しぶりに見る父親だ。海草を思わせる天然パーマの黒髪の下には、岩礁《がんしょう》めいた肌と厳格な表情があった。不精髭が伸びている。

志穂は促されるまま室内に入った。何日も洗っていないようなシーツが皺くちゃになっているベッド、端っこの塗装が剝げた小机、『puta（売春婦）』と落書きされた黄色いソファがある。黄ばんだ薄い壁を通し、ベッドの軋む音と女の喘《あえ》ぎ声が聞こえてきていた。

「……ここは安全なの？」

「昔、バルで知り合った主人が経営していてな。それで思い出して頼った。信用できるはずだ。じゃなきゃ、日本人は目立つからとても泊まれない。娼婦がよくやってくるホテルで、刑事も見逃してるらしい。何より、スライド式の飾り棚で隠した裏口の階段がありがたい」

志穂はうなずきながら父を見つめた。

「一体何があったのか、説明してくれるのよね？」

「ああ。しかし、何から話すべきかな」父はうなった後、黄色いソファに沈み込むと、一杯の赤ワインを呷《あお》った。「犯人は俺が持ってるある物を狙ってる。サグラダ・ファミリアに関する重要なものだ」

「一体何なの？」

「……ガウディが残した幻の設計図だよ」

16

志穂は耳を疑った。

幻の設計図？　しかもサグラダ・ファミリアの？

ガウディは図面らしい図面を残していないのではなかったか。聖堂関係者たちは、試行錯誤しながら建築を続けているらしい。ラモンからそう聞いた。

「戯言《ざれごと》ではないよ。アンヘルから最初にその話をされたのは、殺される二週間ほど前だ。お前もいるときに訪ねてきたろ」

――内密の話がある。

アンヘルはそう言って父と作業部屋へ消えた。戻ってきたアンヘルに訊いたとき、彼はこう答えた。

――サグラダ・ファミリアを知らないと分からない話さ。

は分からんよ。

——ガウディの建築を知って、サグラダ・ファミリアの暗部、負の歴史を知らねば事の深刻さ
「そのときはどうするべきか答えが出なかった。アンヘルが殺されたのは、サグラダ・ファミリアの設計図のありかが暗号で記された石板を持っていたからだ」

「待ってよ。石板って何？　暗号？　ガウディは設計図を残していないはずよ」

父は空《から》のグラスを円形のコーヒーテーブルに置き、ソファの上で両膝を握った。

「順に話そう。ガウディは『グエル公園』の分譲住宅に住んでいた時期があるんだが、そこにはトリアス弁護士も住んでいた。ガウディはその弁護士の息子のアルフォンスと親しくしていた」

「アルフォンスは知ってる。たしか〝悲劇の一週間〟のとき、一緒に『グエル公園』の丘に行って街を見下ろしたんでしょ」

「詳しいな」

「私なりに調べたの。色んな人から話を聞いた」

「そうか。知っているなら話は早い。〝悲劇の一週間〟が終わった後、アルフォンス少年はガウディから石板を預かったらしい。『将来、サグラダ・ファミリアが暴徒に焼かれて崩壊したら、信用できる聖堂の人間にこの石板を渡してくれ。設計図のありかが記されているから』とな」

父は最初から語った。

アルフォンスは年を重ねた後、信用できる親類に石板を手渡した。親類の男はアルフォンスより若かったが、今では高齢になり、最近になって病気を患《わずら》った。死期を悟った親類の男は、兄

弟も亡くなっており、子供もいなかったので重大な石板を持て余し、聖堂関係者に渡そうと決意した。

現場に首脳陣が来ていることはあまりないため、その親類の男が訪ねてきたとき、対応したのはたまたま手が空《あ》いていたアンヘルだった。

アンヘルは事情を聞いて困惑した。サグラダ・ファミリアの設計図があるなど寝耳に水だ。到底信じられない。

アンヘルはとりあえず石板を預かると、現場監督であるラモンに事情を説明した。ラモンは渋面で石板を渡せと言った。アンヘルは躊躇した。直感的に渡すべきではないと思った。

アンヘルは拒絶した後、引退した石工数人が集まるバルへ行って先輩たちに相談した。誰もが半信半疑だった中、事情を信じた先輩のマルガリートが言った。

「ガウディが残した設計図が本当にあるなら貴重なものだ。ガウディが実際に描いた図面やデッサンが一枚あれば、普通の資料の数百枚に匹敵する」

「そうでしょう？」

「だが、それが本当ならまずいな」

「え？　なぜです？」

「今その設計図が見つかれば、聖堂は間違いなく崩壊するだろう」

「そんな馬鹿な」アンヘルは動揺した。「設計図は建築の手助けにこそなれ、崩壊の原因にはならないですよ。第一、ガウディが〝悲劇の一週間〟の直後に設計図を隠したなら問題はないはずです。〝悲劇の一週間〟の数年後にガウディは完成予想模型を作り、助手が全体図を公表しているんですから、隠した設計図はそれらより古いものです」

「違うな。冷静に考えてみろ。ガウディは設計図を隠したんだ。その意味が分からないのか？」

「暴徒から守るためにでしょう？　聖堂が焼かれた場合に備えて――」

「焼かれた場合に備えるだけなら、聖堂関係者全員に設計図を見せればいい。各々に設計図を渡しておけば、聖堂が焼かれても大丈夫だ。暴徒は全員を襲って設計図を全て奪えるか？　聖堂関係者の一人でも内容を記憶していれば、その人間が死なないかぎり、建築はガウディの意図どおりに続けられるんだぞ」

「じゃあ、なぜ隠したんです？」

「簡単だよ。ガウディは聖堂が焼けた場合に備えて隠した。つまり、聖堂が焼けていない状態では活かせない設計図だったんだよ」

「どういう意味です？」

「当時進んでいた聖堂の建築を根底から覆す設計だったからこそ、言えなかったんだ。おそらく、ガウディは建設中の聖堂の欠点に気づいてしまったんだ」

「ま、まさかそんな……」

「寸法か耐久度か聖書の象徴解釈か――。分かるか？　現在復元されている完成模型は――〝悲劇の一週間〟の数年後にガウディが作った完成模型は、当時完成していた部分を基盤に造られている。だが、聖堂が焼け落ちた場合に備えて描かれた設計図には、本当にガウディが造りたかった聖堂の真の姿が記されていると考えられる」

　アンヘルは絶句した。

「信じられないか？　ガウディが聖堂の工事を途中から引き継いだ事実を忘れてはならん。ビリャールが基盤を造って辞任した後で主任建築家に就任しただろ。ガウディは地下への階段の場所を変更し、天井を増やし、柱を変え、正反対の位置に祭壇を置いたが、基盤を逸脱《いつだつ》するデザインを用いることはさすがに不可能だった」

「もし聖堂をゼロからスタートするなら、一から十まで自分の建築論で建てることができる――ということですか？」

「ああ。だからその設計図には聖堂の真の姿が記されている」マルガリートは苦い口調で言った。「もしその設計図が発見されたらどうなるか」

アンヘルは緊張と共に唾を飲み込んだ。

「……どうなるんです？」

「今のサグラダ・ファミリアは崩壊するだろう。ガウディの最高傑作として建築を続けているのに、実はガウディが造ろうとしていた聖堂とは違いました、なんてことになってみろ。一体どうする？　ガウディの意図とは違う聖堂を造り続けるか？　百年以上造り続けてきた聖堂を潰して造り直すか？　その石板はパンドラの箱なのだよ。開けたら厄災が飛び散る。しかも、希望などないかもしれん」

「俺は一体どうしたらいいんです？」

「わしに訊かんでくれ。設計図を処分してほしければ、ラモンなり首脳陣なり、お偉方《えらがた》に渡せばいい」

アンヘルは答えを出せず、悩み続けた。

父は、ふう、と息を吐いた。

「その後、俺に相談してきたんだ。だが、自宅に侵入者の形跡があったらしく、アンヘルは焦ったようだ。ラモンや数人の元石工に相談したことにより、関係者の一部で石板の存在が噂になってしまったから、侵入者が何者なのか想像すらできない。噂を耳にした建設委員会のお偉方が聖堂を守るために噛んでいる可能性もある。あるいは、設計図を破棄すれば建設を邪魔できると考える反対派か、聖堂を憎む一部のカタルーニャ主義者か。推進派、反対派、全員に動機がある。何にせよ、俺はアンヘルに頼まれ、石板を預かった。自分が持っていたらいずれ奪われると言われてな。その翌日、アンヘルは姿を消した。後はニュースの通りだ」

「待ってよ。疑問がたくさんある。お父さんはアンヘルの死をいつ知ったの？　夜中に聖堂に行った理由は何？　逃げたのは石板を守るため？」

「……それは一つずつ話そう。俺はあの事件の夜、雨が降りそうな気配があったから聖堂に向かった。工具が心配だったからだ。スペイン人の石工は工具を放置したまま帰ったりする」

ホルヘを訪ねたとき、休憩時間になると彼は平然と工具を放り出していた。ホルヘは他の仲間も同じだと言っていた。日本人とは価値観が違うのだ。

「俺は道具が濡れたら大変だと思った。屋根の下なら問題はないが、空の下に放置してあったら大変だ。普段から空模様が怪しいときは、俺が工具を見て回ってる。あの夜は夜中に雨が降る気配があったから、わざわざ聖堂に行った。すると、塔にアンヘルの死体が吊り下がっていたというわけだ。俺は危機を悟ったよ。これには警告の意味があると思った。石板の持ち主を聞き出せなかった犯人が『石板を渡さなければこうなるぞ』と言っているのか、持ち主を聞き出していた犯人が『同じ目に遭《あ》いたくなければ石板を渡せ』と言っているのか――。前者だった場合、逃げたら自分が今の持ち主だと言っているのと同然だが、後者だった場合、一刻も早く姿を消す必要がある。俺は迷わず後者だと判断した。最悪を考えて行動しなきゃ、石板を奪われてしまうからな」

「……お父さんはこれからどうするの？」

「石板の謎が解けるまで身を隠しているつもりだ。設計図を発見しさえすれば、それをコピーして大勢に配ればいい。大勢の目に晒されれば、設計図を隠滅《いんめつ》することは不可能になる。アンヘルが話してくれたマルガリートの台詞がヒントになったんだ」

「設計図じゃなく、石板の暗号をコピーして配れば？　公《おおやけ》になったらお父さんが狙われることはなくなる」

「駄目だ。先に敵が解読したら設計図を奪われてしまう。リスクが大きすぎる」

「警察に任せるのは？　刑事にはヤクザな奴もいるけど、全員が全員じゃないだろうし、事情を話せば分かってくれるかもしれない」

「刑事が設計図を見つけてくれると？　警察が設計図を探してくれるわけじゃない。ただ聖堂の関係者に渡すだけだろう。もしその関係者が敵なら、最悪の事態を招きかねない」

「……結局のところ、お父さんが解読するしかないわけね。その石板は今持ってるの？」

父はうなずくと、備え付けの机の引き出しを開け、『Dios mío ayúdame（神よ、我を救いたまえ）』と表紙に走り書きされた聖書の下から小箱を取り出した。蓋を持ち上げると、古書サイズの石板が収納されていた。
志穂は石板を受け取り、表面を眺めた。文字が刻まれている。カタルーニャ語ではなくカスティーリャ語だった。

La llapida de la agonía narra
María lamentar un amor blasfemos
Oh, la agonía
El padre triste
La llapida de la agonía narra
La biblia blancca no es la vida de Jesús
Oh, la agonía
María lamenta un amor miserables
Oh, la agonía
María lamenta un amor ammable
El día de la fiesta,
María lamentar un amor alegre
Oh, la agonía

苦悶《くもん》の石碑《せきひ》は語る。

マリアは冒瀆的《ぼうとくてき》な愛を嘆いている。
おお、苦悶よ。
悲しい父よ。
苦悶の石碑は語る。
白い聖書はイエス・キリストの生涯ではない。
おお、苦悶よ。
マリアは哀れな愛を嘆いている。
おお、苦悶よ。
マリアは優しい愛を嘆いている。
祭典の夜、
マリアは喜びの愛を嘆いている。
おお、苦悶よ。

文字に目を通すと、志穂は石板を返した。

「詩的な文章よね。でも意味不明。しかも、綴りに間違いがある。例えば『llapida』はスペルミスよ。正しくは『lápida』。『lamentar』は三人称の変化をさせなくちゃいけないから『lamenta』」

「知っている。誤字は他にもあるな。『blancca』は『blanca』だ」

「本当にガウディが残した石板なの？」

「綴りの間違いは必ずしも変とは言い切れない。最近の若者はアクセントを正しくつけられず、発音しない『h』を省略し、『ll』と『y』を混同したりしているし、石工の中には読み書きができない者もいる」

「……じゃあ、ガウディの残した石板ってことにしましょ。お父さんはその石板を守る気なのね？」

「ガウディの遺言なんだぞ。簡単に葬《ほうむ》っていいものじゃない。設計図が聖堂にどう影響するか、それは設計図を見て考えればいい。熟慮《じゅくりょ》しないうちから破棄するなど言語道断だ。俺は石板を守る。だから暗号を解かねばならない。お前も何か気づいたら教えてくれ」

志穂は石板を再び受け取り、文字に目を這わせた。詩的な文章の中に隠されたガウディの伝言は分からない。しかし――。

気になる点はある。

「誤字がわざとらしく感じない？　ガウディがいくらカタルーニャ人でも、『llapida』みたいに『l』を余分につけちゃったり、『lamentar』みたいに『r』を取る変化を忘れたり、『blancca』みたいに『c』を無駄につけちゃったりするのは変よ」

「言いたいことは分かる。俺も最初はそう思った。走り書きする手紙なら綴りミスもあるだろうが、石に刻むには一文字一文字時間がかかる。慌てすぎてアルファベットを余分に書くなど考えにくい」

「じゃあ、やっぱりスペルミスが鍵になっていたり？」

「いいや、無理だった。例えば、余分なアルファベットがあったり、変化を忘れたりしている綴りミスのアルファベットなんかを抜き出してみたんだが、順に並べたら『l r s l c s m r』。意味はなさない。誤字を用いた解読法は、一週間以上考え抜いたよ」

「文字の並び替え《アナグラム》になってるとか――って無理ね。母音がないから絶対に単語は形成できない」

「ああ」

「スペルミスが無関係なら文章の中に意味があるってことよね」

「俺はそう思っている」

「……じゃあ、私にはもう無理。何も思いつかない。暗号なんて簡単に解けないものなんだから」

「そうか」父は仕方なさそうにうなずいた。「分かった。だが、暗号のことは意識に置いておいてくれ」

「ええ」

「俺と会ったことも、石板のことも、誰にも話すんじゃないぞ。どこから話が漏れるか分からんし、何より俺の居場所を知っていることを悟られたら、お前が狙われる」

17

太陽が雲間で輝いていた。

デパート、ブティック、銀行、商社などが集まる通りを抜けると、父親が隠れる安ホテルとルイサが隠れる安ホテルの中間地点にカタルーニャ広場があった。市内循環のバスターミナルと地下鉄の乗換駅になっているため、人通りが絶えない。

志穂は芝生と敷石の対比が鮮やかな広場に進み入った。枝を広げた街路樹に朝日が降り注ぎ、深緑の木陰を作っている。

観光客や住民が散歩を楽しむ中、禿頭《とくとう》の中年男に群がる少年たちが目に留まった。茶髪で浅黒い少年が広げた新聞を突きつけ、カスティーリャ語で「新聞買ってよ、新聞」と繰り返している。

中年男は蠅《はえ》を払うように首を振り、日本語で声を尖らせた。

「スペイン語は分からん。邪魔だ、邪魔。どけ」

突き出た腹で集団を押しのけようとしたときだった。広げた新聞の下から、背の低い少年が腕を走らせた。早業《はやわざ》だった。スリだ、と思った瞬間には、全てが終わっていた。少年は中年男のズボンのポケットから財布を抜き取っていた。

茶髪の少年は残念そうに新聞を折り畳んだ。他の二人は『売れないなあ』と言わんばかりに首を振り、中年男のもとを離れた。

志穂は見過ごせず、三人の後を追った。少年たちは広場の出入り口前に集まり、財布の中身のチェックをしていた。アンダルシア訛《なま》りの激しいカスティーリャ語で話し合っている。

「大してねえじゃん」

「日本人だったただろ」

「金持ってそうだったんだけどな」

志穂は三人に近づき、声をかけた。

「盗《と》ったお金を返しなさい」

三人の視線が一身に突き刺さる。ドブの汚水をすすって生き抜いてきた者の目だった。彼らの体から、垢《あか》と汗が何日もかけて染みついたような悪臭が漂っている。

茶髪の少年は、赤色のカスタネットをカチッカチッと鳴らした。

「四千ペセタだけじゃん。別に困らねえだろ」

「金額の問題じゃないの。モラルの問題よ」

「関係ないね。自業自得さ。日本人は大金を持ち歩いてるくせに危機意識がないからな。カモなんだよ。言葉が不自由だから泣き寝入りしてくれる」

「……いつもこんなことをしてるの？」

「手慣れたもんさ。俺たちは充分観察してから実行するんだ。失敗したことないんだぜ。あんた、よく気づいたな」

少年たちの巧みな犯罪に気づいたのは、市場の肉屋の女性が口にした台詞を覚えていたからだ。集団でスリを行う少年たちが増えていると言っていた。手口も教えてくれた。

「見つけたのが警察だったら、将来が台なしよ」

「……生きてなきゃ、将来なんてねえ。肥溜《こえだ》めに片足突っ込んで生活するのはもうごめんだね。日本人にゃ四千ペセタははした金でも、俺たちみたいな爪弾《つまはじ》きのロマ族《ヒターノ》には大金なんだよ」

ヒターノはスペインで差別されており、貧しさから犯罪に手を染める者もいる。

「俺らは希望がないからこそ、泥水を舐《な》めてでも生きてんだよ。金がなきゃ、病気の母ちゃんの薬も買えねえ」

聖母は信じられなくても紙幣だけは信じられる、というような語調だった。

「……分かった」志穂は嘆息を漏らした。「だったら財布だけでも返して。中身は私が立て替えておくから」

我ながらお人よしだと思う。母親の病気の話が少年の嘘なら、単純な台詞に騙《だま》された間抜けな日本人二号になってしまう。

だが――。

彼らに、紙幣だけでなく人間も信じてほしいと思った。

茶髪の少年はポカンとしていたものの、皮肉な微笑を見せた後、中身を抜いて財布を突き出した。志穂はそれを受け取ると、自分の四千ペセタを入れた。広場を見回し、噴水前にいる禿頭の中年男を見つけ出すと、駆けていって財布を差し出した。

「これ、今落としましたよ」

中年男はうさん臭げにゲジゲジ眉をひそめ、財布を引ったくった。中身を確かめ、顰《しか》めっ面を上げる。

「……俺が落としたところを見たんだよな?」

質問の意図が分からず、志穂は「え、ええ」と曖昧にうなずいた。中年男は舌を鳴らし、唾を吐き捨てた。

「四千ペセタしかない。一万ペセタ札がない」

「冗談でしょ。私、知りませんよ」

「俺が落とすのを見て拾ったなら、あんたしかいないだろうが」

横目でチラッと見やると、出入り口前に立つ茶髪の少年がニヤニヤしながら紙切れを振っていた。

まさか――。

唖然《あぜん》とした。

「さあ、一万ペセタを返せ」

「私は盗ってません」

「嘘をつくな。なら警察で調べてもらう。来い！」

刑事に取り調べられたらどうなるだろう。実際には盗っていないのだから、中年男の指紋がついた一万ペセタ札などは出てこない。だが、殺人犯と疑われている日本人の娘と分かったら、濡《ぬ》れ衣《ぎぬ》でも捕まってしまうかもしれない。父親の居所を尋問《じんもん》するため、警察は取り調べの口実を探している。

「私じゃありません」志穂は否定しつつも、自分の財布からなけなしの一万ペセタ札を取り出した。「でも、警察は困るんです。これで許してください」

中年男は、最初からそうしろよと言わんばかりに一万ペセタ札を引ったくると、鼻で笑って去っていった。

志穂は三人組のところに駆け戻った。茶髪の少年を睨みつける。

「騙したのね。四千ペセタしか盗ってないなんて言って」

「悪かったよ」茶髪の少年は悪びれた様子もなく笑った。「でも、儲けを取り返されると思ったから、サバ読んだだけなんだ。別にあんたに恥掻かそうと思ったわけじゃない」

「じゃあ、一万ペセタは私に返してくれる？」

「一万？　一万ペセタだって？」茶髪の少年は吹き出し、薄汚れた歯を見せて笑った。「ぼったくられたな。俺がサバ読んだのは五千ペセタだ」

返す言葉が見当たらなかった。

「お人よしすぎるのも考えものだぜ」

「……あなたが嘘ついてるんじゃないの？」

「この期《ご》に及んで嘘つくかよ」茶髪の少年は、五千ペセタ札をヒラヒラさせた。「ほら、一万ペセタ札じゃないだろ」

「たしかにそうだけど――」

「俺も見る目が曇ったらしいや。ホテルマンに多めにチップを渡す馬鹿だからカモだと思ったんだけど、ただの見栄っ張りだったのか。今日は儲けがあまりねえな。分けたら薬代が関の山だ」

「……理由はどうあれ、スリは犯罪よ。盗られて苦しむ人もいるんだから」

「俺たちはその辺のスリと違って女子供からは盗らねえ。貧乏人からもな。貧困の苦しさは身に染みてんだ」茶髪の少年は爪先で石ころを遠くに蹴り飛ばした。「借りができたな。普通ならバレた時点で袋叩きさ」

「私は被害に遭ったけど、借りなんて別にどうでも――」

「いいや。俺たちヒターノは誇り高き一族だ。恨みも忘れねえが、借りも忘れねえ」

茶髪の少年は言い放つと、仲間二人を連れて歩み去った。

志穂は、ふうと息を吐き、広場を抜けたところでタクシーを拾った。ルイサの泊まる安ホテルに行った。建物の陰から様子を窺い、周辺に怪しい人物が見当たらないことを確認してから入る。ルイサの部屋をノックする。

「私。シホよ」

間をおいてからドアが開き、ルイサが顔を出した。

「お父さんには無事会えた?」

「何とかね。父の無実だけは分かった」

ガウディの残した設計図の話はしないほうがいいだろう。彼女を危険に巻き込む可能性がある。

だが――。

本当なら相談したかった。昨日は一晩じゅう暗号について考えたのに何も分からない。

二度出てくる『苦悶の石碑は語る』という文章に意味はあるのか。苦悶の石碑とは何だろう。それを見つけたら、幻の設計図の隠し場所が分かるという意味だろうか。『白い聖書』とは? カタルーニャの聖山モンセラートには、黒い聖母が祀《まつ》られている。関連性はあるのだろうか。黒い聖母に対して白い聖書――。『白い聖書はイエス・キリストの生涯ではない』とはどういう意味なのか。

ただ、気になる点はあった。カタルーニャ人のガウディがカスティーリャ語で暗号を記した理由――。一体なぜだろう。カタルーニャ人はカタルーニャ語に固執《こしつ》するのが普通では?

一度、カタルーニャのことを調べたほうがいいかもしれない。歴史が暗号を解く鍵になる可能性もある。

18

ガウディが遺《のこ》した幻の設計図は、どこに隠されているのか。

サグラダ・ファミリアに着いたとき、ホルへの父親であるジョルディ・カザルスの姿を見かけた。ハンチングの隙間から灰色の髪が覗いている。苦悩の年輪を重ねた者特有の厳粛《げんしゅく》な顔だ。思わぬ出会いだったが、話を聞くチャンスだと思った。

カザルスは元石工のカタルーニャ人だ。

志穂は後を追って聖堂に入った。職人たちの姿はまだなく、仕事場は閑散としていた。石材が積まれ、段ボール箱と工具が転がっているだけだ。

こんなに朝早くから何の用だろう。

カザルスが石材の山を抜けた。追いかけて声をかけようとしたとき、現場監督のラモンの姿が目に入った。志穂は飛び出すのを思いとどまり、石材の裏に身を潜《ひそ》めた。ラモンは銀縁眼鏡をかけ、皺だらけの三つ揃いを着ている。アイロンをかける妻が家出したせいだろう。

二人は小声で何やら話しはじめた。ラモンが親指と人差し指をすり合わせる。カザルスはうなずき、薄手のベストのポケットから札束を取り出した。

「これが残り半分だ」

ラモンは満足げに唇の端を吊り上げ、札束を受け取った。薄手のベストの内ポケットに押し込み、仕事場を出ていく。

ハンマーで胸を殴られたような衝撃を受けた。ひとけのない聖堂での取り引き――。カザルスとラモンが通じている？　ホルへの話だと、二人は仲が悪かったはずだ。

志穂は石材の裏から飛び出し、「カザルスさん！」と呼びかけた。カザルスが目を見開く。

「今のは一体……？」

カザルスはハンチングを被り直した。

「……参ったな。見られたか」

「何のお金だったんです？」

「違法なものではない。息子にだけは黙っておいてくれないか」

「ホルへに？　それは事情次第です」

カザルスは喉に絡む咳をし、眉間に彫られた皺の溝を深めた。

「あの金は――寄付金だよ。息子に石をやるためのな」

一瞬の間の後、事情を理解した。

この前、ホルへは次の仕事用の石を貰えて喜んでいた。寄付金があったからまた像を彫れるのだ、と。それは父親が息子のために裏で金を出していたからだったのか。

「最初に半分渡し、息子が正式に契約したら残りを渡す約束でな。息子が作品を自慢する姿が嬉しいんだ。だから内緒にしておいてくれ。息子は素直じゃないから、私の寄付だと知ったら石を受け取らないかもしれん」

「……分かりました」志穂はうなずいた。「黙っておきます。その代わり――というか、別に交換条件というわけじゃないんですけど、カタルーニャの歴史について教えてくれませんか？」

「突然どういう風の吹き回しだね」

「興味を持ったんです」

カタルーニャ人であったガウディを知るために――。

「……無駄だろう」カザルスは首を振った。「第三者に話しても理解はできんよ」

「理解の手助けにはなるかもしれません」

安易に理解できると言ってしまったら、カザルスの柔和な表情がこわばるのを知っている。カタルーニャ人たちは『スペイン人』と呼ばれたら、『私はスペイン人ではない。カタルーニャ人だ』と言い切るほどだ。

「お願いします、カザルスさん」

「歴史の教科書でも読んだほうが早いのではないかね」

「時代を経験された方から直接伺いたいんです」

「経験、か……」カザルスの顔に一瞬だけ浮かんだ自嘲《じちょう》の笑みは、石粉の埃《ほこり》っぽい空気に溶け込むように消えた。「たしかに経験したカタルーニャ人にしか分からん苦しみだった」

「バルセロナに住む者として知っておく義務があると思います」

「……うむ。そうかもしれんな、そうかもしれん」

カザルスは平べったい石塊に腰を下ろすと、ハンチングを脱ぎ、両手で包み込んだ。

志穂は隣に腰を下ろした。

カザルスは遠くを見る目をした後、激動の歴史とは対照的に平坦な口調で語りはじめた。

圧政で苦しめられたカタルーニャは、スペインからの独立を望み、抵抗し、禁圧とそこからの再生を繰り返した。最も大きな抵抗は十八世紀のスペイン継承戦争時だ。後継者のいないスペイン国王が遺言でフランス国王の孫に王位を継承させたことにより、権威主義と中央集権主義を掲げるブルボン朝フランスがカタルーニャの地方的特権の廃止、個性の一掃を図った。バルセロナはスペインの中央政府とフランスに対し、反乱を起こした。

バルセロナは十四カ月間も徹底抗戦を貫いたものの、大軍に包囲され、一七一四年九月十一日に陥落する。結果、勝者であるブルボン王朝により、苛酷《かこく》な制裁を受けた。地方政府は解散させられ、バルセロナ大学は閉鎖。公《おおやけ》の行事や裁判でのカタルーニャ語の使用も禁じられた。

それからのバルセロナは、再生を目指した。地方の議員を集結した地方主義連盟の組織力強化、支配者マドリードとの粘り強い交渉、カタルーニャ共同体の結成、民族としてのアイデンティティの確立――。

「そうやって自治を取り戻しつつあったというのに、内戦が全てを台なしにした。フランコは悪魔だったよ」

一九三六年、人民戦線のアサーニャ内閣の成立後、モロッコに左遷《させん》されたフランコ将軍が政府に対して反乱を起こした。反乱軍はバルセロナに移った中央政府を倒すため、カタルーニャに侵入。エブラ川の戦闘の後、一九三九年の一月二十六日、バルセロナは再び陥落した。二十万人ものカタルーニャ人が亡命せざるを得なかった。

フランコ将軍がマドリードを占拠して内戦が終結すると、共和国に味方したカタルーニャは再び自治を完全否定され、軍事的な占領下に置かれた。弾圧の復活だった。軍事法廷が存続し、新たな支配者たちは戦争犯罪人を徹底的に粛清《しゆくせい》した。一九三九年五月の第一週だけで三百人近くの人間が死刑判決を受け、約六十人が三十年の禁固刑、約二十人が十五年の禁固刑を言い渡された。政治家や労働組合の指導者たちが毎日処刑された。

政党や労働組合が解散させられ、カタルーニャ語だけでなく、民族舞踊のサルダーナまで禁じられ、『帝国の言語であるカスティーリャ語を話せ！』という標語が蔓延《まんえん》し、町や村や通りや広場の名前もカスティーリャ語のものに変えられた。カタルーニャ人の生活は常に監視され、検閲によって新聞が消えた。内戦で勝利したフランコ将軍がスペイン国家の統一を名目に、カタルーニャ語を根絶やしにしようとしたのだ。

カタルーニャは瀕死《ひんし》の状態に陥った。

「私が子供のころは、誰もがカタルーニャ語を維持《いじ》するのに苦労していた。大学の教員だった私の伯父《おじ》は、自宅に学生を集めて独自にカタルーニャ語の教育をしていたよ。私自身、回覧されたパラウ・イ・ファブラの『ポエジー』や『アリエル』といった非合法雑誌を読んだものさ」

志穂は黙ってうなずいた。

「我々カタルーニャ人は、アイデンティティを取り戻すのに魂が引き裂かれるような忍耐を強いられた。だが、一九六〇年代、国際情勢の変化に伴い、フランコの独裁政権が軟化しはじめた」

カザルスは過去に思いを馳せる目をした。「カタルーニャ語で最初に放送された番組は、ジュゼップ・マリア・ダ・サガーラの戯曲『輝ける傷』だったよ。それを観たとき――私は涙した」

「時代が変わりはじめたんですね」

「うむ。六〇年代後半には反政府活動が社会に広まりはじめたよ。人々は民主主義を求め、アイデンティティ確立のための争いが激化した」カザルスはハンチングを握り潰していた。「そして忘れもしない一九七五年の十一月――。私はシャンパンを用意し、ラジオに耳を傾けていた。独裁者フランコの命が危ないと報じられていたからだ。今か今か。待ちに待った日がやってきたのは、二十日だった。ラジオからベートーヴェンの『運命』が流れてきた。一時代の終わりだったよ。長年待ち侘びていた祖国の解放だ。独裁という闇から新時代のカタルーニャが現れたのだ」

カザルスは勢いに乗るあまり、最後はカタルーニャ語になった。困惑していると、カザルスは喋るのをやめた。一息つき、カスティーリャ語で語り直してから苦笑する。

「すまんね。つい興奮してしまった」

バルセロナに長く住んでいるとはいえ、カタルーニャ語には馴染みがない。

一九三九年の内戦終結後、四十年間も使用を禁じられてきた言語だ。禁止時代にカタルーニャ語を学べなかった者は、当然カスティーリャ語を話す。親がカタルーニャ語を知らない場合、学校でカタルーニャ語を学んだ子供たちは家族間ではカスティーリャ語を話す。現地人の多くは外国人にはカスティーリャ語で話す。

カタルーニャ語とカスティーリャ語か。

ガウディが遺した暗号を解く鍵は一体どこにあるのだろう。生粋《きっすい》のカタルーニャ人のガウディがカスティーリャ語で暗号を刻んだ理由――。

「ガウディのカスティーリャ語はどうだったんですか？」

「ガウディ、か。ガウディはカタルーニャ語に固執し、カスティーリャ語を好いていなかった」

カザルスは喉に絡む咳を二度してから説明した。

ガウディの父親は銅器職人だったから、家は裕福ではなかった。中等教育を受けるのさえ困難だった。しかし、レウスに貧困者層の子弟の教育を目的にしたアスコラス・ピアス教団の学院ができ、勉学に励む道が開けた。

ただ、一つ問題があった。アスコラス・ピアス教団の学院はカタルーニャ人が要職を占めていたにもかかわらず、カスティーリャ語を強制していたのだ。教団の僧にも厳しい規則が課せられており、カタルーニャ語を話したらパンと水しか与えない刑が適用された。

ガウディは自分の言葉を押さえつけられていると感じ、成人してからはカタルーニャ語に固執するようになった。友人たちはガウディを『アントニオ』ではなく、カタルーニャ語読みで『アントニ』と呼び、親しくしていた。

「有名なエピソードがある。国王アルフォンソ十三世が聖堂の建築現場を訪れたときのことだ。ガウディはカタルーニャ語で全てを説明する無謀を冒した。命を失ってもおかしくない時代だぞ。音楽学者のシュヴァイツァーが見学に訪れたときも、『私が言いたいことはカタルーニャ語以外では表現できません。しかし、その内容はたとえあなたがカタルーニャ語を知らなくても理解できるはずです』と言い放った」

「本当にカタルーニャ語にこだわってたんですね」

「うむ」カザルスはうなずき、また二度ばかり咳をした。「ガウディはカタルーニャ語に固執したせいで逮捕されたこともある」

「警察に捕まったんですか?」

「うむ。一九二四年九月十一日、ガウディはサン・ジュスト教会に入ろうとした。九月十一日は何の日か知っているかな?」

志穂は「はい」とうなずいた。

一七一四年九月十一日にバルセロナは陥落した。だからその日は、カタルーニャ人にとって自らのアイデンティティを再確認するための重要な記念日になっている。

「十九世紀末からこの日に記念式典が行われるようになっていた。サン・ジュスト教会の記念のミサは恒例だった。だからガウディは教会に入ろうとしたのだが、警官に止められた。プリモ・デ・リベラ将軍の独裁政府がこの記念式典を禁じていたからだ。ガウディはカスティーリャ語で職務質問されたが、カタルーニャ語で喋り続けた。父の名を訊かれたときに、『フランセスク・ガウディ』と答えた。取り調べにあたった警官に、『フランシスコと言え。カスティーリャ語で話さなければ投獄する』と怒鳴られた。だが、『カタルーニャ人がカタルーニャ語を話して何が悪い』と食い下がり、結果、投獄されたのだ。ガウディは一晩留置場で過ごした後、友人の神父が届けてくれた金で罰金を支払い、保釈されたよ」

やはりおかしい。あのガウディの暗号はおかしい。ガウディがカタルーニャ語に固執していたなら、暗号がカスティーリャ語で書かれているのは不自然ではないか。

「話は終わったかな?」

背後からの声に振り向くと、ラモンが立っていた。

心臓が飛び上がった。

「カザルスが出てこないから来てみたら――ちょうどいい。シホに訊きたいことがある」

「……サルスエラのレシピなら秘密です」

「いや、ルイサの居所を教えてもらおうと思ってね」

反射的に『なぜ私が？』と聞き返しそうになり、言葉を呑み込む。家出の事実を知らない人間の反応は――。

「ルイサがどうかしたんですか？」

「……シホなら全部知っているんじゃないか？」

探るような目というより、『私は全てをお見通しだぞ』と言わんばかりの目――。

志穂は居心地の悪さを感じながらも言った。言わずにはいられなかった。

「彼女がいなくなったとしたら、あなたの態度に問題があったんじゃないんですか」

「愛妻家の私の態度に？　私ほど妻子を愛している夫はいないよ。私を知る人間なら誰もが愛妻家ぶりを証言してくれるだろう」

「ジキルとハイドをご存じですか？」

「……どういう意味だ？」

「意味はありません。突然思いついただけです」

ラモンは顔を歪めると、銀縁眼鏡を外し、眼鏡拭きで表面の石粉を拭った。

「仕事場は眼鏡に悪い」ラモンは銀縁眼鏡をかけた。「どうやらシホは私を悪の権化《ごんげ》にしたいらしいな」

「ルイサに暴言を吐いているのを知っています」

「……ほう？　実際に聞いたのか？　ルイサの伝聞だろう？　そんなもの、ルイサに都合のいい話だ。私が乱暴な言葉を使うのは、私の母を売春婦呼ばわりされたときだけだ」

「彼女の腕の包帯はどう弁解します？　蚊《か》に刺されただけだとか？」

「あいつが瓶を振り回したから、やめさせようと掴んだだけだ。手首にアザができた程度なのに、同情を買うために大袈裟にしているんだよ」

「信じられません」

「……なあ、妻と娘はどこにいるんだ？」

「二人を探し出してどうする気ですか」

「愛を囁く家族がいなければ、寂しいだろ」

「罵声をぶつける相手じゃないんですか」

「私がそんな愚か者に思えるのか？　私は――」

「私は驚かんよ」

言葉を挟んだのはカザルスだった。ラモンが険しい視線を向ける。

「現役時代、私はさんざんラモンに嫌がらせをされたからな」

「嫌がらせですか？」志穂は訊いた。「どんな？」

「何度も硬い石を彫らされたよ。レリダ産の柔らかい石ならいいが、モンジュイックの通称『人殺しの石』を割り当てられてな。私たち職人が入っている建設業組合は企業別組合ではないから、個別の経営者に強く出られん。ラモンはしたい放題だった」

「おいおい」ラモンが嘲弄《ちょうろう》の響きを帯びた口調で言った。「当時の財政状況じゃ、思いどおりの石は入手できなかった。仕方ないだろ。あんたも知っていたはずだ」

「他にもある。私たち石工に大きな模型は不要だ。自分で彫るのだからな。五分の一模型があれば事足りるのに、あんたは二分の一模型を作れと言った」

「実物大に近いほうが正確な形が予想できる」

「分かっておらんな。小さな模型のほうがありがたいのだよ。石の都合に合わせて融通《ゆうずう》をきかせられるんでな」

「融通を利かせても、設置できなければ石の塊にすぎん」

「……これでは水掛け論になるな。だが、まだまだある。山から切り出してきた石塊が届いたときだ。なめらかな面が出るようにカットしてくれと頼んだら、手抜きされて凸凹がある石にされた」

「私の責任じゃない。カットする職人の面倒まではみられん。手抜きしたのはその職人の問題だ」

「冗談はやめてくれ。私は知ってるんだぞ。あんたが『適当で構わん』と言って低賃金で雇ったのだろう？」

ラモンは唇を歪めた。煙草を取り出し、火を点ける。

「シホは知っているか？」カザルスが言った。「十年ほど前から聖堂の大部分はコンクリートで造られている。石でなく、な」

「初耳です」

「財政状況が財政状況だから仕方がない」ラモンが言った。「石に固執していたら、聖堂の建築が滞ってしまう」

「説得力のない弁解だ。石を使わねば本来の姿とは異なってしまう。ガウディは石を愛していた。当時の最先端技術である鉄やコンクリートを知りつつも、石にこだわった。カタルーニャ産の石やレンガと伝統工法にこだわり、カタルーニャに相応しい建築を追求した」

「ふん。ガウディを知らんな。ガウディは過去の人間ではない。現代人より未来に行っていた。こういう方向に科学が進歩していけば、将来はこんなこともできるようになるはずだ、ということまで見通していたんだ。だから象徴的解釈の説明を残しても、構造技術は決めなかった。その分野には移り変わりがあると知っていたからだ。鐘の試行錯誤を見ろ。当時では難しい技術を計画の中に採用し、製造を未来に託している」

「私もそれは認める。だから聖堂本体にコンクリートを使うのは妥協するつもりだ。だが、あんたは建物だけでなく、彫刻までコンクリートで作るべきだ、と提案しているそうじゃないか。こいつは馬鹿馬鹿しい。とんでもない話だ」

「……私の建築論が認められているからこそ、現場監督を任されているのだ。現実を見ろ」

「あんたを雇った当時の建設委員会に問題があったのだよ」

ラモンは舌打ちすると、吸ってもいない煙草を靴裏でにじり消し、足元の段ボール箱を蹴飛ばした。

「うんざりだな。生きている老いぼれはうるさくてたまらん」

今度はカザルスの表情が一変した。顔から感情が消え去り、瞳は虚空《こくう》に据えられる。

「あんたが石工を引退した本当の理由、息子は知っているのか？」

カザルスは答えなかった。

志穂はラモンの目を見つめた。

「何の話ですか？　本当の理由？」

「……カザルスはな、珪肺病《けいはいびょう》を患っているのさ」

珪肺病？　聞き覚えのない病名だった。

カザルスは黒色のシャツの肺の部分を握り締めている。

「石工につきものの職業病さ」ラモンは言った。「肺気腫《はいきしゅ》や呼吸困難や慢性の気管支炎を起こす病気だ。石やガラスの粉を吸い込むと発症する。カザルスはその病に冒されているんだ」

カザルスは喉に絡む咳をした後、自嘲ぎみに微笑した。

「昔は吸塵機《きゅうじんき》がなかったからな。大勢の死者が出た。私と同じく退職した者も多い」

「大丈夫――なんですか？」

「……何年もつか分からん。先は長くないだろう」

胸が締めつけられ、息苦しさを覚えた。カザルスが死病に冒されている？　元気に見えるのに？

「サグラダ・ファミリアの完成までは生きたいのだがね」

「完成まで？」志穂は無理して笑みを作った。「私でも完成までは無理ですよ。二百年は先の話でしょう？」

「いいや、サグラダ・ファミリアは二〇二〇年代に完成する」

志穂は「冗談ですよね？」と返すのが精一杯だった。

「知らんのも無理はない。現場の職人も知らんだろう。建設委員会の首脳陣が隠しているからな。知っているのは……まあ、現場監督のラモンまでだろう」

ラモンは錆びた鉄粉でも嚙んだような表情をしていた。

「本当に三十年後なんですか？」

「うむ」カザルスはうなずいた。「計算上ではな。来年にはバルセロナでオリンピックが開催される。それ以後は旅行者の数が急増するだろう。順調にいけば、二〇〇〇年以降、年間二百万人は集まる。相当な入場料が入る。資金が潤う。工費の九十五パーセントが観光収入だから、百万人、二百万人の観光客が訪れたら飛躍的に状況がよくなる。十年前は十数人しかいなかった職人たちも段々と増え、二〇〇五年には二百人を越えるだろう。すると、二〇二〇年代に完成する可能性が高い」

「完成予定日を公表しないのは、まだ確実じゃないからですか？」

「違うな。世間に知れ渡れば困るからだ。サグラダ・ファミリアは神秘性を売りにしている。後数百年は完成しないと聞いているから、観光客は命あるうちに一目見ようと聖堂を訪れる。だが、完成間近と分かれば神秘性が失われる。永遠の未完だからこそ魅力なのだ」

「他言はしないでもらいたいな」ラモンは苦々しげに言った。「時期が来るまでは公表しないつもりなんだよ。未完の大聖堂として世界じゅうで注目を集めているのに、神秘性が失われたら、聖堂の完成が本当に二百年後になりかねない。私はサグラダ・ファミリアを完成させた現場監督として名を残すつもりなんでな」

カザルスは聖堂の天井を見上げた。神の存在を探すように――。

「あと三十年生きることができれば、私は聖堂の完成を見られる。珪肺病などで死にたくはない。私は聖堂が街に降らせる鐘の音を聴きたいのだ」

19

アニータに会ったのは、聖堂を出て少し歩いたときだった。彼女はピンクの薄い絹のドレスで成熟した体を包んでいた。伸びた脚は服と同色のハイヒールで長さを強調している。

「シホ。ちょいと訊きたいことがあるんだけど、いいかい?」

「男をベッドで喜ばせるコツなんかじゃなければね。神父様に聖書の講義をするほど恥ずかしいことはないもの」

「娼婦を神父にたとえちゃ罰が当たるよ」アニータは大笑いした後、真面目な顔つきをした。

「あんた、ヤクの売人から薬を奪って逃げてたりしてないよね?」

「薬はアスピリンくらいしかやらないの。何で?」

「後ろを見ちゃ駄目だよ。髭もじゃ野郎が覗き見てる。尾行だね」

「何者だと思う?」

「刑事じゃないことはたしかだよ。警察の人間を嗅《か》ぎ分ける嗅覚だけは優れてるもんでね、あたいら娼婦は。ねえ、シホ。あんた一体、何したのさ?」

志穂は暗号の件を伏せて大まかな事情を話した。父がサグラダ・ファミリアの重大な秘密を持って逃げている話、父を狙う連中が親子の接触する場を押さえようと尾行している話、裏で糸を引いているのが何者か分からない話——。

アニータは聞き終えると、噛んでいたガムを吐き出した。朱色の唇に微笑をたたえる。

「あたいに任せなよ。協力してあげる。あの髭もじゃ野郎を誘惑《ゆうわく》して秘密を聞き出してやるさ」

「冗談はよしてよ。危険すぎる」

「平気さ。あたいはね、あんたに借りを返したいのさ」

何の話かはすぐに分かった。

初めて出会った日のことだ。五年前、ゴシック地区とアシャンプラ地区の境にあるクラブで踊り、店を出たときだった。片方の乳房をはだけさせた娼婦らしき女が目の前に躍り出てくると、ダストボックスの裏に身を潜ませた。直後、男三人が飛び出してきた。

「あの女め、どこに行きやがった」

三人は周辺をうろつき、ダストボックスに視線を据えた。瞬間、娼婦が走り出した。三人が声を上げ、追いかけはじめる。志穂は反射的に脚を差し出した。先頭の男がつまずいて転ぶと、真後ろを走る二人が男の体に引っ掛かり、声を上げながら見事に転倒した。

娼婦は驚いた顔で立ち止まっていた。三人が殺意に目を剝きつつ起き上がろうとしたとき、志穂は走り出していた。娼婦と一緒に。

安全圏まで逃げ切ると、二人で息を切らせながら見つめ合った。互いに自己紹介した。娼婦はアニータと名乗った。客引きしていたら三人に絡まれ、路地裏に引っ張り込まれ、輪姦《りんかん》されそうになったらしい。手首に噛みついて逃げてきたという。

親しくなるまでに時間はかからなかった。

「駄目よ」志穂は言った。「気持ちは嬉しいけど、相手は危険な奴なのよ。聖堂の殺人の実行犯かもしれないいんだから」

「借りを返すにゃ、ちょうどいいじゃないか。シホはあたいの命の恩人だからね」

「大事な夢を危険に晒さないで。愛する男と結婚して美味しいコーヒーを淹れてあげるはずでしょ」

「分かってる。あたいにゃ夢がある。でも、聞いとくれ。借りがあるうちは幸せなんて掴めないのさ。神様が許しちゃくれないんだ」

「そんなことないわよ」

アニータは目尻の皺を深め、黒い瞳に苦悩の色を滲ませた。心の奥の闇に堕《お》ちていく人間の目だった。

「……実はさ、昔あたいを買ったことがある男がたまたまバイト先のカフェに来てさ、鉢合わせしたんだ。ホテルに誘ってくるから断ったんだけど、しつこいんだよね。つい罵《ののし》ったら男が怒ってさ、あたいが娼婦だったことを店の中で言い触らしやがった。あたいが好む体位とか、全部ね。それからは、店長や店員があたいを馬鹿にしたり、あたいの体に触ったり——。表社会も裏社会もドブ同然さ」

「知らなかった……」

「分かるだろ。借りが残ってるとね、神様は邪魔をするのさ」

「でも——」

「あんたにゃ感謝してる。男どもの唾液と爪の垢に汚れたあたいと対等に付き合ってくれた。だから借りを返させとくれ」

志穂はアニータの目を見返した。苦悩の色は消えている。一度だけ神様を信じてみたい——。

そんな目だった。

「……分かった。でも、無茶はしないでね」

アニータは朱色の唇を緩め、「任せておきなって」と微笑した。志穂は感謝の言葉を口にし、彼女と別れた。

歩きはじめると、背後でアニータが尾行者を呼び止める声がした。嬌艶《きようえん》な声で強引に誘いかけている。

志穂は今のうちだと早足で建物の角を曲がった。

今日は父に会うつもりだから尾行者がいてはまずい。後は刑事の尾行をまけばいいのだが……。

ルイサを頼ったすり替わり作戦はもう通用しないだろうし、そうなると――。

歩き回るうちに妙案が閃《ひらめ》いた。

志穂は広場でタクシーを拾った。一般車両二台を挟み、黄色のセダンが尾《つ》けてくるのが分かる。背後二台は途中で入れ替わるが、尾行車だけは変わらない。

若い運転手に五千ペセタ札を渡し、作戦に協力してもらった。迷路状に入り組んだ旧市街を走ってもらい、途中で一本道の路地裏に曲がった。

タクシーが急停車した。志穂は素早くドアから躍り出た。石壁にもたれる物乞いの老婆の隣に隠れる。タクシーが発車する。

数秒後、黄色のセダンが姿を見せた。路地裏には曲がってこず、通りを一直線に走り去った。

あれ？　と思った。黄色のセダンは尾行車ではなかったのだろうか。そのときだった。タクシーが一本道の先の角を曲がると、しばらくしてグレーのセダンが後を追っていくのが見えた。

刑事は二台に分乗して尾けていたのだろう。タクシーが一本道の路地裏に入ると、最初の尾行車は正体を見抜かれるのを危惧《きぐ》し、追跡を中止した。二台目の尾行車が先回りし、出口で張っていたから続きはそちらに任せたということだろう――。

警察が見張りに人数を裂いているのは、すり替わり作戦で一度刑事を出し抜いたからだろう。こっそり父親と会っていると察したに違いない。

志穂は立ち上がると、路地裏から顔を出した。刑事が無人のタクシーに気づく前に逃げ出そう。

尾行者が一人もいないことを確認し、安ホテルに足を運んだ。父親を匿ってくれる主人に感謝の言葉を述べてから階段を上り、目的の部屋を訪ねた。

「尾行は大丈夫だったか？」父は小窓に近づき、カーテンの隙間に目を寄せた。「見張りはいないようだな」

「細心の注意を払ったから」

志穂は黄色いソファに腰を下ろした。父が対面のベッドの縁にドカッと座る。

「今日は暗号の話をしたくて。カタルーニャとガウディの関係について調べて違和感に気づいたの」

志穂はガウディがカタルーニャ語に固執していた話をした。父は驚いた様子もない。

「変だと思わないの？　石板の暗号はカスティーリャ語よ。本当にガウディが遺した石板ならカタルーニャ語のはず」

「そうとはかぎらない。ガウディがカスティーリャ語で刻んだのは、たぶん先見《せんけん》の明《めい》だろう。カタルーニャ語は弾圧と解放を繰り返してきた言語だ。ガウディの生前も同様だった」

「時代背景は知ってる」

「ガウディの時代もカタルーニャ語は弾圧されていた。将来、カタルーニャ語が禁じられる可能性もあった。事実、フランコの独裁政治がはじまると、禁じられた。ガウディはそんな危険を予測し、普遍性のあるカスティーリャ語を使ったんだと思う。カタルーニャ語を読める人間がいなければ、カタルーニャ語で設計図のありかを記しても無意味だからな」

確かに理に適《かな》っている。普遍性のためにガウディは仕方なくカスティーリャ語で刻んだ。カタルーニャ語に固執していたから、慣れないカスティーリャ語に綴《すた》りミスがある——。

だが、違う気がした。ガウディは将来カタルーニャ語が廃れるとは考えもしなかったのでは？危機に晒されながらも生き残ると確信していたのではないだろうか。だとしたら、暗号をカスティーリャ語で刻んだことに鍵がある気がする。カスティーリャ語でしか表現し得なかった暗号とか。

「……お父さんは暗号が解けるまで逃げ続けるつもり？」

逃亡が長引けばますます警察の心証が悪くなる。

父は揺らぎのない表情でうなずいた。

「ああ。暗号を解くまでは捕まるわけにいかない。俺は必ず石板を守ってみせる。アンヘルから託された石板を、命懸けでな」

命懸けで守る、か——。

「……その情熱の一部でもお母さんに向けてほしかった」

唐突な感情だった。

一言――たった一言の父の台詞が引き金になった。衝動とも言える感情が突き上げてくる。言葉があふれてくる。

「お母さんはお父さんの愛情を求めてた。ダイエットで痩せたのも、褒めてもらいたかったからよ。でもお父さんは無言だった。あの日、お母さんが泣いてたの、知ってる？　あの強いお母さんが陰で泣いてた」

言い切ると、志穂は肩で息をした。

父は靴先で鋼色の絨毯をこすっていた。突然、立ち上がり、冷蔵庫から安物のワインを持ってきてグラスに注いだ。ベッドの縁に腰を沈め、赤茶色の液体を明かりにかざし、目を閉じて口に含む。喉を鳴らし、目を開けた。瞳には苦悩の色が沈殿《ちんでん》している。

「……あいつのダイエット宣言は、俺のためじゃない」

「他に男がいたなんて馬鹿げたこと言わないでよ」

「そんなことは言わんよ」

「じゃあ何？」

「あいつがダイエットだと言っていたのは――体重が減り続ける本当の理由をお前に隠すためだ。膵臓《すいぞう》がんだったんだよ、あいつは」

20

氷の手で心臓を鷲摑《わしづか》みにされたようだった。

がん？　膵臓の？　元気一杯で明るかったあの母が？

「たちの悪い冗談はやめてよ」

「……本当なんだ。二人で七つもの病院を回った。診断結果は一緒だったよ。手術も不可能で、余命八カ月だった」

志穂は絶句した。

「お前は十歳だったたし、二人で話し合って病名を隠しておこうと決めた」

「急にそんな話をされても――。信じられない」

「こんな大事なことで嘘を言ってどうする」

「それは――」

「あいつはお前のことを思って、真実を隠し通したんだ」

たしかに今になってそんな作り話をする理由がない。父の瞳には涙の薄膜があった。

――。

父の告白で真実を知って当時を思い返せば、信じていた世界が引っくり返った。何もかも
体重が減ったことを私の前で喜びながら父に報告し、スタイルよくなったでしょ、と笑った母。それを石のような目で見返した父。実はあの目には感情があったのではないか。私に分から

ない深い感情が――。

あの日の夜中、母が台所で一人泣いていたのは、父の冷淡さが悲しかったのではなく、死が怖かったのだとしたら――。

志穂は胸を押さえつけた。

父は過去の苦しみを吐き出すように、ぽつりぽつりと語りはじめた。十五年前の真実を。

母が助からないことを知り、父は神頼みをした。

彫刻に救いを求めた。

モチーフは、オルフェウスとエウリディーケのギリシャ神話だ。

毒蛇に嚙まれて死んだエウリディーケを生き返らせるため、夫であるオルフェウスは冥界《めいかい》に降り、冥王《めいおう》ハデスに会う。そして、音楽で冥王ハデスの心を動かし、条件付きで妻を生き返らせるチャンスを貰う。条件とは、地上に続く階段を上る際、一緒に上るエウリディーケを振り返らない、というものだ。しかし出口間近に来たとき、オルフェウスは妻の顔を見たい誘惑に負けてしまい、エウリディーケは冥界に連れ戻されてしまう。

父は、天を見上げるオルフェウスを彫った。右手は穴の中に伸びている。エウリディーケの手を握ったまま、最後まで振り返らなかったという構図だった。

父は苦渋に満ちた口調で語った。

「そういう彫刻のモチーフを選んだのは、奇跡を望んだからだ。振り返らないオルフェウスを彫り上げることができたら、あいつが膵臓がんに打ち勝つかもしれない。死の淵から帰ってくるかもしれない。そう思ったんだ。だから石を打った。一念は岩をも穿《うが》つと自分に言い聞かせながら

――」

志穂はかすれた声を絞り出した。

「じゃあ、お母さんが路上強盗に刺されたとき、お父さんがバルセロナに来なかったのは――」

「最後の仕上げだったた。彫り上げたら助かると信じていた」父は苦しみを噛み締めるような顔をした。「……駄目だったけどな。結局、俺のしたことは何だったのか。あいつを見捨てただけだったのかもしれない」

父の声は悔恨《かいこん》に押し潰されていた。

志穂は膝頭《ひざがしら》を握り締めた。

後悔が胸を掻《か》き毟《むし》る。

母は死が避けられない病を抱えながらも、娘に動揺を与えないように耐えていた。父は自らの無力を嘆きながらも、自分にできる精一杯のことをしようとしていた。

何も知らなかった自分の頬を張り飛ばしたくなる。

父は母を見捨てた罪悪感を噛み締めていたから、娘から薄情者となじられても耐え忍んでいたのだ。きっと自分への罰だと思いながら――。

謝るべきだと分かっている。

だが、口にすべき言葉は喉元で堰《せ》き止められていた。十五年も父に反感を抱いてきたからか、素直になれない。

志穂は下唇を噛み、拳を睨みつけた。

思えば父の愛情にずいぶん守られていた。母の死のショックから立ち直れず、感情を吐きつける対象として父を選んでも、言いわけ一つしなかった。

聖家族――。

聖母マリアとキリストを見守るヨセフ。サグラダ・ファミリアの象徴――。

同じように父は家族を守り続けていた。

志穂は心の中で何度も父に詫《わ》びた。

21

朝起きて身支度《みじたく》していると、ホルヘから電話があった。従兄のフリアン刑事から警告を受けたらしい。君の恋人があと一度でも尾行をまいたら、彼女を父親の共犯で逮捕することになる、と。

当分はおとなしくするほうがいいだろう。

「どうして刑事をまいたんだい?」

ホルヘが困惑気味に訊いた。

「……しつこく付きまとわれるのにうんざりして」

父と会ったことや、石版の存在はまだホルヘに話していなかった。心配してくれている彼には一刻も早く話すべきだと思ったが、父の警告が頭にあって、口が重くなっていた。

志穂はもう小細工はしないと分かってもらうため、堂々とサグラダ・ファミリアに赴《おもむ》いた。尾行されているのに気づいたが、刑事を出し抜くことはしなかった。する意味もない。

聖堂の仕事場に入ると、迷惑と心配をかけたことをホルへに謝り、天使像を完成させた彼に祝福の言葉を述べた。

「設置されるのが楽しみだよ」ホルへは唇に微笑を載せた。「僕は父さんと違って構造まで綿密に計算してるからね。完璧だ」

ホルへは父親の寄付のことを知らない。父親の陰の愛情を知らない。昨日までの自分のように――。

「……カザルスさんの作品も素晴らしいものでしょ？」思わず擁護《ようご》の言葉が口をついて出た。「理不尽な扱いをされたって聞いたけれど、ちゃんと結果を出したんだから」

ホルへは緩やかにかぶりを振った。

「理不尽な扱いなんてのは、父さんの被害妄想だよ。第一、父さんの作品は――肝心の構造が、ね」

「何なの？」

「構造とデザインと象徴の一体化だよ。百聞は一見にしかず、だ。見せてあげよう」

ホルへに案内され、『誘惑』と名付けられた『ロザリオの間』に進み入った。

最初に目が捉《とら》えたのは、カタルーニャの衣服を身につけた若者の彫刻だった。片手を後ろに回し、背後にいる人面の悪魔から爆弾を受け取ろうとしている。小指の先端が爆弾にかかっている。

「あれが気になるかい？」ホルへは言った。「あれは悪の象徴だ。悪魔にそそのかされ、聖母マリアに爆弾を投げつけようとしている宗教の破壊者さ。実在したアナーキストがモデルなんだ」

ホルヘは簡潔に説明した。

一八九〇年代、弾圧の後でアナーキズムの暴力行為が広がり、無差別になりはじめた。カタルーニャ軍総司令官マルティネス・カンポス将軍の暗殺未遂事件などが起こる中、ガウディを最も激怒させ、悲しませたのは、リセオ劇場の悪夢だった。サンティアゴ・サルバドールという青年が客席に二個のオルシニ爆弾を投げ込んだのだ。二十人の死者が出た。

生涯独身だったガウディが若いころに愛した数少ない女性の一人、ペピータ・モレウの家族も巻き添えになった。

「ガウディは怒りをぶつけるようにこの彫刻を作っただろうね」

「怒り――」

「ああ」

「……ガウディが神の家である聖堂の彫刻を怒りで作ったっていうの？」

「大事な女性の家族が犠牲になったんだ。誰だって怒りを感じるだろ」

「それはそうだけど……」

「見せしめみたいなものだよ。それより――」ホルヘは扉口上部の聖母マリア像を指差した。

「僕が見せたかったのはあれさ。昔、父さんが修復した彫刻なんだ」

目を向けた瞬間、その聖母マリア像が揺れた――気がした。

目の錯覚だったのだろうか。

「この『ロザリオの間』はガウディの生前に完成していたんだけど、彫刻群は内戦のときに破壊されちゃってね。最も重要な聖母マリア像は父さんが修復したんだけど、ガウディの理論が踏襲されてないんだ。僕が設置し直したいくらいだよ」

もやもやした感情が胸に兆《きざ》した。

ホルヘは父親を誤解している。カザルスが陰で聖堂に寄付しているから、石塊を手に入れられているのに。ホルヘが順調に仕事を貰えているのは、父親が見守ってくれているからなのに
――。

何度も真実を話したくなった。だが、カザルス本人に口止めされて約束もしている以上、勝手に喋ってしまうわけにはいかない。

志穂は代わりに拳をぐっと握り締めた。そして――当たり障《さわ》りのない話を選択した。

「設置し直すって、それだけで何かが変わるの？」

「もちろん変わる。父さんの方法じゃ、構造が脆《もろ》すぎるんだ。ガウディはね、機能とデザインと象徴を同時に解決してる。真の天才建築家さ。でも父さんの作品は、デザインだけなんだ。例を挙げよう。来て」

ホルヘは『ロザリオの間』を出た。

受難のファサードと後陣の間に、階段のための建物があった。高さ六十メートルの部分に、植物の芽をモチーフにした五つの彫刻があり、それを載せるベランダに蔦《つた》の彫刻が施されている。

「この建物は構造的に弱い。でも、それをベランダで補強し、そのベランダの弱い部分を蔦の彫刻で補強してる。しかも、ベランダ自体が芽の彫刻の台座になってる。全てが一体なんだよ」

ホルヘは説明しながら歩いた。

生誕のファサードでは、無数の装飾が扉口のアーチを強固にし、その装飾と構造が天使像など

を置くための台となり、聖書の物語を表現するのにも一役買っている。

ガウディは、彫刻に補強が必要になったとき、その彫刻の象徴になるものを配《はい》した。構造やデザインは機能と象徴をより豊かにするためにある、と考えて。

「だから、ガウディの彫刻に無駄なものや無意味なものは一切ない。でも、父さんの修復は構造面が弱い。デザイン性を重視しすぎて全然補強してない。構造が彫刻を引き立て、彫刻が構造を強くし、その両者に象徴的な意味を持たせる――。そんな一体感が重要なのに、さ」

カザルスの愛情を想うと、胸が痛んだ。

「『ロザリオの間』に戻ろうか」

ホルへは踵《きびす》を返し、歩きはじめた。志穂は彼の後に付き従い、『ロザリオの間』に戻る。

彼は改めて内装を見回した。

「何にしても――この『ロザリオの間』は重要だよ。石の遺言とも言えるんだ」

「遺言って……文字が刻まれてるの？」

「いいや。『ロザリオの間』そのものが遺言なんだ。彫刻の完成度やプロポーション、構造、寸法、補強の仕方――。どれもが手本になる。後世の職人のために手本を遺したんだろう」

ホルへは語った。

ガウディは『書物の中に探し物はほとんどない。見つかっても間違っていることが多い』と言い、『私は自分の芸術的考えを他人に説明できない。自分自身、それが具体的にどんなものか分かっていないのだから』とも言った。他の建築家のように著述を残したり、インタビューを受けたりはしなかった。作品を見て考え、解釈し、理解することが大事だと考えていた。

「分かるかい？『ロザリオの間』を研究すれば、ガウディの方法論が見えてくるんだ」

父が狙われているのは、ガウディの幻の設計図が原因だ。

書物を残さなかったガウディが遺した設計図——。だからこそ聖堂関係者が目の色を変えるほど重要なのだろう。

ホルへの説明を聞きながら聖堂の仕事場に戻ると、石材の奥から聞き覚えのある声がした。思い出したくない声だった。

石材の裏に身を隠し、声のする方角を見た。

四人の人間がいた。一人はアルマンド刑事だ。斜視ぎみの目で宙を睨み、黒煙草をくゆらせている。隣にはフリアン刑事が温柔《おんじゅう》な顔で立っていた。二人と顔を合わせたら、二度も尾行をまいたことを責められるだろう。

アルマンド刑事の前に目をやると、石工のフェルナンドが石塊に腰掛けていた。卑屈《ひくつ》な笑みを浮かべている。

横には金髪女性が立っていた。ピンク色のビキニトップのみの上半身は、蜂蜜《はちみつ》色の肌が剝き出しになっている。股下数センチのスリットスカートからは、肉感的な太ももが伸びている。以前アルマンド刑事にワインをぶっかけた女性とは別人だった。

「——分かってまさあ。もちろん見かけたら報告しますよ、アルマンドの旦那」

フェルナンドはアルマンド刑事を見上げた。

「仲間意識で隠したりしてねえだろうな？」

「旦那に隠し事なんてするわけありませんや。兄弟の居場所だって密告しまさあ」

「……いいだろう。何か情報があったら必ず報告しろ」

アルマンド刑事は煙草を踏みにじると、仕事場を出ていった。フリアン刑事が従う。

フェルナンドは胸を撫で下ろすように石壁にもたれ、ラジオのスイッチを入れた。アップテンポのラテン音楽が流れ出す。

金髪女性は体に貼りつく超ミニのスリットスカートから右脚を伸ばして彼の腰に絡め、音楽に合わせて身をゆすりはじめた。フェルナンドは彼女の腰に手を回してスカートをめくり上げるようにし、首筋にキスをする。

志穂は一呼吸おくと、思い切って二人の前に進み出た。絡み合う動きが停止する。

フェルナンドが目を剝き、「あ、あんた……」とつぶやいた。

「神の家を造る職人が警察に媚《こび》を売ってるなんてね」嫌味の一つくらいは言いたくなった。「ガウディは自分の信念を貫いて逮捕までされたってのに」

フェルナンドは黒眉を下げ、口元を歪めた。金髪女性は『何なの、こいつ』という目をしている。

志穂は金髪女性に一瞥をくれてから、フェルナンドを見据えた。平然と仲間を差し出す約束をする男に腹が立つ。警察に媚びて情報を売ろうなんて――。

志穂はかぶりを振り、二人のもとを立ち去った。

22

カザルスの部屋を訪ねたのは、日曜日の夕方だった。ホルヘがバルに行って留守だったため、二人きりだ。

アンティーク調の書棚には、キム・ムンゾーやセルジ・パミアス、ジュゼップ・マリア・アスピナス、ムンサラット・ロッチの作品が並んでいた。マホガニーのデスクには、読書用の拡大鏡と聖書が置かれていた。蓋のない小箱には、カザルスと妻を撮影した白黒写真が収められている。

「興味深い本でもあったかね？」

カザルスが二個のワイングラスを運んできた。刈り整えた灰色の髪の下には、無数の皺が走った顔がある。

「私は切れ味鋭い作品を書くパミアスが好みだが」

「私はカタルーニャ語が読めませんし、どちらかといえば小説より映画のほうが好きです。ドン・キホーテは何度も観ました」

「名作を映像で知ろうとするのは、テレビの普及が起こした最大の愚行だよ、シホ」

カザルスは顔の皺を深めて微笑すると、安楽椅子に腰を下ろした。浅黒いズボンの裾が数センチ引き上げられ、黒い靴下が覗く。

志穂はソファに座り、ガラス製のローテーブルを見た。聖像を彫り込んだレトロなオルゴールがある。

「これかね？」カザルスはオルゴールを一瞥し、二つのグラスにワインを注いだ。「妻の形見でね」

志穂はグラスを受け取ると、思い出話――一人で外を出歩く女が売春婦扱いされた時代にどうやって妻と知り合ったか――を聞き、酔いの回ったころに本題を切り出した。

「ホルヘには話すべきだと思うんです」

「何をだね？」

「珪肺病のことも、寄付のことも」

カザルスは自嘲の籠もった薄笑いを浮かべた。

「話す気はないよ。息子に余計な心配はかけられん」

膵臓がんを隠していた母、石を彫る本当の理由を隠していた父――。今になって真相を知っても感謝はできない。

なぜ自分だけ知らなかったのか。家族なら苦しみも葛藤《かっとう》も分かち合い、残された人生を一緒に歩みたかった。もし知っていたら素直にもなれたのに――。

「後で知ったら後悔と苦痛しか残りません。愛情からくる秘密でも、子供は隠されていたことにショックを受けるものです」

彼は苦悩を呑み下すようにワインを呷《あお》り、グラスを置いた。両目は赤色の液体に据えられている。

「……寄付は愛情などではないのだよ。本当は違うのだ」

カザルスは安楽椅子の上で身をよじった。霊園にたたずむ老兵に似た虚無の表情がある。

「私は珪肺病で引退した自分の代わりに石を彫ってほしかった。贖罪《しょくざい》行為を受け継がせるために――」

「贖罪行為を？」

「うむ。私は、私の父の犯した罪を償《つぐな》うため、石を彫り続けてきた。贖罪聖堂であるサグラダ・ファミリアのな」

「私には何が何だか……」

カザルスは顔を上げ、言った。

「アントニ・ガウディを殺したのは私の父なのだ」

23

一瞬、言葉が耳を素通りした。ガウディは市電に撥ねられて七十三年の人生を終えたはずだ。

「一体何の――冗談です？」

「……正確には、間接的にガウディを殺したというべきだろう」

カザルスは再び視線を落とすと、墓石のように重々しい声で告白をはじめた。

ガウディは一八八三年から聖堂建設に人生を捧げるようになった。一九二五年十月以降は、『グエル公園』の自宅ではなく、サグラダ・ファミリアの仕事場に泊まるようになった。一日じゆう現場で過ごし、午後五時半ごろに聖堂を後にし、サン・フェリペ・ネリ・オラトリオ会聖堂に向かうのを日常とした。

そして運命の日――。

一九二六年六月七日月曜日の午後五時半ごろ、ガウディは聖堂を出ると、振り返って仲間に言った。

「明日も最高の仕事をしようじゃないか」

仲間が「ええ」と答えると、ガウディは満足げにうなずいた。

彼は浮浪者さながらの衣服を身に纏い、背を曲げ、習慣どおりの道を歩いた。背後には尾行者の姿がある。血気盛んな瞳をした黒髪の男だ。年齢は三十二歳。

男は怒《いか》っていた。

カトリックは労働者を見下《みくだ》し、ボロ雑巾《ぞうきん》になるまで働かせる権力者の味方だ。サグラダ・ファミリアはそのカトリックを表現している。彫刻も装飾も全て聖書をモチーフにしている。

許せない。

――祈りで飯は食えねえ。

聖堂が建設されるにつれ、破壊せねばならないという衝動が強く突き上げてくるようになった。アナーキストに囲まれて育ち、十五歳のころの〝悲劇の一週間〟では活躍もした。仲間と一緒になり、修道院や教会に火を放った。短剣で司祭を追い回したこともある。軍隊に見つからなければ殺していただろう。

サグラダ・ファミリアは破壊せねばならない。仲間だったアナーキストたちが十七年間、黙認してきた建築物だとしても――。

自分がやらなければ他に誰がやる？

仲間は、サグラダ・ファミリアがバルセロナの記念碑的建築物だとか、職人に仕事を与えているとか言うが、勘違いもはなはだしい。その職人に払う給料はどこから出ている？　パン一切れのために腐《くさ》った水をすすって働く我々労働者の金からだ。寄付した者にはその代償として百日間の免償《めんしょう》――罪の赦《ゆる》し――とローマ教皇による祝福が与えられるらしい。

――冗談じゃねえ。俺たちは罪の赦しや祝福よりも、今日食うための金が欲しい。

聖堂は寄付という都合のいい言葉で金を奪い、労働者を苦しめる。

完成までに何百年もかかると言われるサグラダ・ファミリア――。建設者どもは、孫の孫の孫の代まで下級層の人間から金を毟《むし》り取る気だ。

男はガウディの尾行を続けた。

聖堂を破壊するだけなら方法はいろいろとある。ガウディは図面を用いないから、一度潰せば再生できないだろう。

ただ――。

最近耳にした噂によると、ガウディは聖堂を守るために設計図を残しているという。事務所の模型や図面だけなら焼けば済むが、設計図を隠しているなら面倒だ。

――本人から聞き出すか。

午後六時、ガウディはバイレン通りに着いた。バルセロナ電車会社の目印から『赤十字』と呼ばれる路面電車が走っている。

男はガウディに呼びかけた。白髪の老人が振り返った。青い瞳で男を見据え、髭に覆われた口を動かす。

「何だね？」

「聖堂の設計図はどこにある！」

ガウディはかぶりを振り、「……何の話か分からんね」と背を見せた。下りの線路を抜け、上りの線路を渡りはじめる。

「サグラダ・ファミリアは永遠に完成しない！」男は叫んだ。「聖堂は崩壊するぞ！」

ガウディは足を止め、緩慢《かんまん》な動作で振り返った。青い瞳には深い悲哀の色がたゆたっている。

男は同じ言葉を大声で繰り返した。

ガウディは男を見つめた後、未来を嘆く表情で背を向けた。

その瞬間――。

テトゥアン広場へ向かう上りの電車が走ってきた。ガウディは、はっとして飛びのいた。だが、間に合わず、枯れ枝のような体が宙を舞った。ガウディを撥ねたのは、カタルーニャ広場へ向かう下りの電車だった。

男はつかの間立ち尽くしたものの、我に返ると、ガウディに駆け寄って衣服を漁《あさ》った。ポケットには一握りのレーズンとナッツ、福音書が一冊。他には――ガウディの名が記された聖書があった。

男は躊躇せず聖書を抜き取ると、現場を逃げ去った。身分を証明できるものがなければ、浮浪者として死ぬかもしれない。建築家が消えれば聖堂の建設は難しくなるだろう。

男が去った直後、ガウディのもとに二人の人間が駆けつけた。偶然の目撃者は、無関税港所の従業員と王立伝書鳩飼育協会員だった。ガウディが物乞いのような風体だったため、二人は彼の正体に気づかなかった。

助けを求めた四台のタクシー――後にそのうちの一台はタクシーに該当しなかったことが判明――すら乗車拒否をした。

夜の十時半、主任司祭のヒル・パレス師は、聖堂の門番からガウディの不在を聞かされた。しばらく待っても帰宅しないため、何か異常事態が起こったと確信し、タクシーで救急病院を訪ね回った。何も分からなかった。

アントニは一体どこにいるのだろう。

真夜中になると、サンタ・クルス病院へ赴き、前日の入院患者を順々に調べさせた。すると、電車に轢《ひ》かれた老人が午後八時ごろに運び込まれ、サント・トマス外傷病室に移されたことが判明した。ヒル・パレス師はある種の予感を覚え、医師に案内させた。

ベッドに横たわっているのは――信じがたいことに、ガウディだった。

救急病院でも全員が正体に気づかず、長い間放置していたらしい。脳震盪《のうしんとう》を起こし、肋骨《ろっこつ》を数本骨折していた。頭蓋骨底部骨折の可能性もあった。

九日の水曜日は重体が続き、夜中に心臓の鼓動が不整になり、十日の朝に容体が悪化した。午前六時十五分ごろ、頬に赤みが戻った。ガウディはベッドの周囲に集まる者たちに微笑を見せたものの、顔はすぐ土気色になった。

命の灯火が掻き消えたのは、午後五時八分だった。

十五年前に作成されていた遺言書が開かれた。ホアキン・ルビオとサンタロー博士に渡されるものを除く全財産をサグラダ・ファミリアに遺すこと、埋葬《まいそう》のための行列をしないことの二点がしたためられていた。

遺体は防腐処理が施され、飾りがないオーク材の柩《ひつぎ》に納められた。葬儀はガウディの遺言に反し、壮大なものとなった。

葬列が通りの石畳を埋め尽くしている。病院からカルメン通りへ出た後、複数の通りを抜け、聖堂に至る葬列だ。先頭に市警察の騎馬隊、長マントを羽織《はお》った司祭が並び、その後ろに芸術機関の守衛、高等建築学校の学生、聖堂の職人、十字架を掲げた病院の聖職者が続いた。

涙に暮れる群衆も凄まじかった。葬列に参加した群衆は街を呑み込んでいた。葬列の先頭が聖堂に着いたとき、まだ病院から出発する人々がいたほどだ。アパートのバルコニーからは追悼《ついとう》の垂れ幕が下げられ、街じゅうの店舗は喪《も》に服して閉められた。

葬儀が無事終わると、柩はサグラダ・ファミリアの地下礼拝堂に安置された。

「――分かるかね?」カザルスは言った。「ガウディを間接的に殺した男が私の父だ」

信じがたい話――いや、とんでもない話だ。

志穂は衝撃に打ちのめされながらも、何とか言葉を押し出した。

「でも、直接殺したわけじゃありません。不運が重なっただけです。カザルスさんが責任を感じる必要は――」

「違う、違うのだ!」カザルスは拳をガラス製テーブルに落とした。書物が跳ねる。「私の父の愚行《ぐこう》はまだあるのだよ。一九三六年――内戦がはじまったときだ。七月十九日、聖堂は過激派のグループに襲われ、火を放たれた。模型や図面が焼き払われた事件だ」

知っている。以前、食事の席でラモンから聞いた。模型や図面が残っていないから聖堂の建築は困難を極めているらしい。

すると、カザルスが次に口にする言葉はもしかして――。

「その過激派のグループを扇動《せんどう》したのが私の父なのだ」

予想できたとはいえ、衝撃は相当なものだった。ガウディの死に関わっただけでなく、模型や図面の破壊にまで手を出していたとは――。

「私の父は模型や図面を焼いた後、財源の貴金属を略奪し、『ロザリオの間』を破壊し、火まで放った。扉口の彫刻の数々は死んだよ。聖母マリアの顔は潰され、キリストの首はもげ、聖ドミンゴの片目片腕は壊され、聖カタリーナの両腕は千切られた。しかも、父はガウディの墓も暴いた。暴徒の仕業《しわざ》に見せかけ、設計図に関係するものが隠されていないか、確かめるためにな」

昨日ホルへに案内された『ロザリオの間』の彫刻を思い出した。カザルスが聖母マリア像を修復したのは、そんな愚行を犯した父の罪を償《つぐな》うためだったのか。

「シホは知っているか？『カサ・カルベット』の爆弾事件を」

「知っています。先日、ホルへと一緒に見学したときに話を聞きました。ガウディの作った家具は、爆風で吹き飛ばされても椅子の脚が外れた程度で無事だったとか。まさか、その爆弾を投げ込んだ犯人も――？」

「父は『黒薔薇《くろばら》十字団』というスペインの裏社会で暗躍する秘密結社に接触し、手を借りたのだ。『黒薔薇十字団』は反カトリックのイデオロギーを持ち、極端なカタルーニャ主義で、カトリックの象徴を憎んでいる。父は聖堂だけでは飽き足らず、他の建築物も狙った。父はその際、思わぬものを発見した。シホが言った椅子だよ。脚が外れたことにより、脚の中央部が空洞になっているのに気づいた。丸めた紙が収められていたらしい。その紙には『聖堂の設計図の隠し場所を示した石板を信頼できる者に預けた』と書かれていた。アルフォンスが石板の存在を口にする前に不慮の事故で死んだ場合でも、石板が永遠に封印されないための予防策だろう」

過去の出来事が一本の線に繋がっていくようだった。

「ガウディの生前に噂で聞いていた設計図の存在が幻ではなくなり、現実に存在するものとして父に襲いかかってきた。父は石板を持つ者を探そうと思ったが、その前にすることがあった。他の場所にも同様の文章を書いた紙が隠されているかもしれないから、それらを探し出して隠滅《いんめつ》することだ。その紙を見つけた者が石板の持ち主を先に捜し出してしまっては困るからな。父と『黒薔薇十字団』はガウディ関連のものを漁り回った。『カサ・バトーリョ』に侵入し、家具を奪い去ったのも父たちだ」

「その持ち去り事件も聞いてます。見事な手際だったとか」

「うむ。父は生前、酔った勢いで一度だけ自慢話のように話したよ。真実を知った私は愕然《がくぜん》とした。子供のころ、父が否定する聖堂に興味を持ち、密かに見に行って以来、聖堂に魅了されていたからだ。父が脳梗塞《のうこうそく》で逝《い》ってからの私は、父の犯した罪を贖《あがな》うため、サグラダ・ファミリアに身を捧げる決意をした」

恐ろしい真相に眩暈《めまい》がした。

カザルスは悲痛な表情をしていた。

「これでも息子に全てを話すべきだと思うかね？」

24

カザルスから聞かされた衝撃的な真相に頭がくらくらし、その日は眠ることができなかった。

カザルスの父がガウディの事故死に関与し――事故死そのものは故意ではなかったとはいえ、殺意は胸に秘めていた――、『黒薔薇十字団』という秘密結社と結びついて破壊の限りを尽くしていたとは……。

『黒薔薇十字団』がいまだ存在するならば、サグラダ・ファミリアの幻の設計図を狙うのは彼らかもしれない。グエル公園で襲撃してきた二人組や、髭面の尾行者――。

相手がどれほど強大で、組織的か、想像もつかない。

秘密結社が敵だとすれば、ガウディの遺言を守りきるのは難しいかもしれない。

だが――。

敵が誰であれ、聖堂の建築を根底から変えてしまいかねない設計図を易々《やすやす》と奪われたくはない。

サグラダ・ファミリアを好いていなかったにもかかわらず、今では何としてでも守りたいと心底思っている。

そのためにはまず、石版の暗号を解かねばならない。何より、それが父を救うことにも繫がる。

　志穂はアニータに協力してもらい、刑事の尾行をまいた。彼女は長年の娼婦生活で抜け道を知り尽くしている。助けを借りると、見事に逃がしてくれた。四日間おとなしくしていた矢先の逃亡だったから、刑事に対して不意打ち効果は抜群だった。

　父が隠れ住む安ホテルを訪ねると、コーヒーテーブルを挟んで黄色いソファに腰掛け、カザルスから聞いた話を語った。父はまずいコーヒーでも飲んだかのような渋面で聞いていた。

　やがて、重い嘆息と共に口を開いた。

「そんなことがあったとは――な」

「私もびっくりした」

　志穂は、ふう、と息を吐いた。自分一人が抱えていた秘密を話せたことで少し心が軽くなる。

「『黒薔薇十字団』――か。聞いたことはあるな。ヨーロッパにはこの手の結社は数多い」

「今も存在すると思う？」

「分からん……。が、眉唾《まゆつば》の存在でもないだろう。秘密結社の会員は、子子孫孫、秘密裏に受け継がれていくことが多い。仲よく家族ぐるみで付き合っていた隣人が実は――なんてこともあるだろう」

　父の深刻な表情を目の当たりにし、志穂はおぞけ立った。絵空事《えそらごと》のような組織が急に実態を伴って迫ってきたような――。

「そういう秘密結社は、大抵、シンボルマークで同志だと認識し合ってる」

　シンボルマーク――。

志穂ははっと思い立ち、鞄からメモ帳を取り出した。マリア・イサベルが描いてくれたイラストを見せる。

「これ、もしかして――」

父は眉を顰《しか》めた。

「交差《クロス》している十字剣と薔薇――。間違いない。『黒薔薇十字団』のシンボルマークだ」

指輪がシルバーやゴールドでなく、黒鉄色だとしたら、薔薇のデザインは〝黒薔薇〟になる。

「これをどこで？」

「ラモンが会っていた男がこのデザインの指輪をしていたらしいの」

「ラモンが――？」

「マリベルが教えてくれた」

「……ラモンが『黒薔薇十字団』と結びついているのか。あるいはメンバーなのか。こうなると、お前のことが一番心配だ。もう手を引いたほうがいい」

手を引く――か。

正直、不安も恐怖もある。

だが――。

志穂は決意を拳に握った。

「私は石板を守りたい。謎を解きたい。そのためにも手を引きたくない」

「しかし――」

「お父さんもいつまでも隠れてられないでしょ？　暗号の話をした時点で私はもう無関係じゃな

いんだから」

父は顰めっ面でうなった。

志穂は雰囲気を明るませるため、軽く手を叩いた。

「お父さん、外出もろくにできてないなら食料もないでしょ？　何か食べたいものはある？　私が買ってくる」

父は、ふう、と息を吐いた。

「何でもいいよ。腹は空《す》いてない」

「ちゃんと栄養は摂《と》らなきゃ。じゃあ、適当に買ってくるから、待ってて」

志穂は安ホテルを出ると、スペインを代表するデパート『エル・コルテ・イングレス』の地下にある食品売り場に行き、缶詰めやビスケット、若鶏のもも肉、ハム、チーズの詰め合わせ、ポテトサラダ、焼きアスパラガスをパッケージに入れてもらった。

シネス地区の入り組んだ暗い路地を行き来しながら、一応、尾行の存在を確認した。薄闇の中、売人と思《おぼ》しきアラブ系の男や、布切れを纏《まと》っただけのような服装の娼婦、獲物を狙って徘徊《はいかい》するスリが目についたが、刑事や髭面の男の存在はなかった。

安堵しながら目的地へ移動し、アパートの角から安ホテルの様子を窺《うかが》った。影が行き来している。夜の闇は自分自身の姿も隠してくれる。

突然、肩を叩かれた。

志穂は飛び上がるように振り返った。

女たらしの石工、フェルナンドが立っていた。瞳には陰険《いんけん》な光が宿っている。隣には股下五センチ程度の赤いボディコンのワンピースを着た金髪女性が寄り添っている。聖堂で見た女性とは別人だった。

「……き、奇遇ね」志穂は早鐘《はやがね》を打つ心臓を意識しながら言った。「シネス地区なんかで何してるの」

「あんたこそ何してる?」

「私は――」志穂は手提げ袋を掲げた。「見てのとおり夕食の買い物よ」

フェルナンドは手提げ袋を一瞥し、意味ありげに笑った。

「一人分にしちゃ多いな」

「……ホルへの分もあるのよ。今夜はカザルスさんも一緒に食事なの」

見え透いた言いわけだ。周囲を警戒している姿を見られていたら、嘘に気づかれるのではないか。

「……いいねえ。恋人の家族と仲良く食事か。あんたの父親も一緒なら最高だったのにな」

「仕方ないじゃない。居所が分からないんだから」

フェルナンドは再び意味ありげな笑みを見せた。

志穂は唾で喉を湿らせた。

思えば、フェルナンドは遊び慣れた感じの女性をいつもはべらせている。父の隠れる安ホテルは娼婦が好んで利用するらしいから、それで付近をうろついているのだろう。

志穂は「じゃあ私は帰らなきゃ」と早々に切り上げ、父の隠れる安ホテルとは正反対の方角へ歩き出した。

予想に反してフェルナンドは後を尾《つ》けてこなかった。遠回りしながら五分は路地裏を彷徨《ほうこう》し、戻ってきた。安ホテルを遠目に窺う。

闇の中に建物がそそり立っていた。横の煙草屋の前に刑事らしき風貌《ふうぼう》の男が立っていた。公衆電話の受話器を握り、話し込んでいる。顔には犯罪と闘ってきた男の力強さがあった。

氷塊《ひょうかい》を飲み込んだように胃が重くなり、体が冷たくわなないた。

フェルナンドが情報を売ったのかもしれない。

――例の日本人女が注視していた安ホテルがあるんですがね、もしかしたら父親が潜伏《せんぷく》しているかもしれませんぜ。

志穂は深呼吸で不安を抑え、建物の陰を回るようにした。

闇夜に紛《まぎ》れ、刑事らしき男が電話で話し込んでいる隙に移動した。安ホテルのロビーに飛び込む。カウンター裏に主人がいた。警察に追われる父を匿《かくま》ってくれている。

「大変です」志穂は声を潜めた。「表に刑事がいるんです」

主人の顔色が驚愕《きょうがく》に染まった。

「そ、そうか。刑事、刑事か。表にな」

「すぐ父に伝えに行きます」

「ソウイチロウに？　伝えに？」

「裏口があるんですよね？」

前に父が言っていた。わけありの客が利用する安ホテルだから、逃げやすいように裏口が設けられているらしい。普段はスライド式の飾り棚で隠されているとか。

「あ、ああ」主人は二度うなずいた。「廊下の突き当たりだ。ソウイチロウも知っている」

志穂は階段を走り上がった。心音が駆け足になる。息が乱れる。四階に着いた。廊下を駆ける。一号室を抜ける。二号室を抜ける。部屋を次々抜ける。七号室のドアをノックする。二度、三度――。息も絶え絶えに「私よ、開けて」と繰り返した。

ドアが開いた。父が顔を出した。

「刑事に突き止められたの。逃げなきゃ」

説明は不要だった。父は部屋の奥に駆け戻り、机の中から石板の入った小箱だけを取ってきた。

「表は駄目。裏口へ！」

父は「分かってる！」と駆け出した。志穂は後を追った。突き当たりの飾り棚をスライドさせる。木製のドアが現れた。石の階段がある。薄闇に空虚な足音を響かせながら駆け下りる。一階に着く。裏口から躍り出る。

目の前にアルマンド刑事が立っていた。薄闇と同色のシャツを着、落書きだらけのダストボックスに背中を預けていた。酷薄な薄い唇を吊り上げ、斜視ぎみの目に嘲笑の色を浮かべている。

「逃げられるとでも思っているのか？」

アルマンド刑事の隣にはフリアン刑事もいた。二人の斜め後ろにフェルナンドの姿があった。役目を果たして満足げな表情をしている。隣の金髪女性は、股の付け根まで覗ける赤いボディコンから太ももを剝き出しにし、女王然と立っていた。他人を見下《みくだ》す嫌な笑みが貼りついている。

フェルナンドが金髪女性を抱き寄せた。

「俺の女どもにあんたの写真をばら撒いてな。顔を見たら連絡してくれって頼んでおいたのさ」

志穂は拳をわななかせた。四人の後ろから、安ホテルの主人が申しわけなさそうに現れた。

「すまんね。あんたが飛び込んでくる前に刑事が来てたんだ。私もね、警察に目をつけられちゃあ、商売やっていけないんでね」

「恨んじゃいない」父はそう言うと、志穂を見やり、日本語に切り替えた。「彼を恨むな。黙って泊めてくれるだけで構わないという約束だったんだ。警察を敵にしてまで匿ってもらう気はなかった」

視線を落とすと、父が後ろ手に小箱を小さく上下させていた。志穂は意図を察し、それを受け取った。父親の背中を壁にして手提げ袋に落とす。若鶏のもも肉とハムが音を殺してくれた。

アルマンド刑事は父に言い放った。

「さあ、警察署に来てもらおうか」

25

志穂はすぐさまルイサの付き添いで日本大使館へ行き、父が無実であると訴えた。不当な扱いはさせないと約束を取りつけてから、マリア・イサベルが待つ安ホテルに帰った。

肘掛け椅子に座り、石板の暗号を見つめた。真横の窓から夕日が射し込んでいる。

父から託《たく》された石板――。

サグラダ・ファミリアを崩壊させることも可能な、ガウディの遺言。一体これをどうすればいいのだろう。連行された父の代わりに解読する？

石板は聖堂関係者に渡したら処分されてしまう。ガウディの遺志を継ぐには、設計図を入手しなくてはいけない。

「シホは食べないの？」

顔を向けると、ルイサがサンドイッチ《ボカディージョ》を皿に並べていた。車椅子に座ったマリア・イサベルは、白くて細長いソーセージを齧《かじ》っている。

「食欲ないの？」ルイサはボカディージョを振った。「お父さんのことが気になるのは分かるけど、ちゃんと食べなきゃ」

父が連行された昨晩から食事があまり喉を通っていない。

「私なら大丈夫よ。考え事をしていただけだから」

「それは何なの――？」

ルイサの視線は石板に注がれていた。

父が逮捕された今、一人で抱えているには重すぎる秘密だ。

志穂は思い切って全てを語り聞かせた。

ルイサは衝撃の余韻《よいん》を引きずったように、ゆっくりとかぶりを振った。

「まさか、そんな恐ろしいものが――」

「だからこれを解読しようとしてるの」

答えながら立ち上がったときだった。真横の窓から見える四階下の路上に目が釘づけになった。血の色をした夕焼けの下に髭面の男がいた。六人の仲間を従えている。このホテルを指差し、大袈裟な身振りで言葉を交わしている。

両脇に汗が噴き出た。

『黒薔薇十字団』か――?

尾行されていたのか?

黒幕は父が連行されたことを知ったのだろう。警察から父が石板を持っていなかったと聞き出し、今は娘が所持していると推理したのかもしれない。娘が大使館に助けを求めると予想し、建物の周辺で見張っていた――。

危機感が全身を駆け抜ける。

男たちはホテルの従業員から居場所を聞き、四階に上がってくるだろう。石板を守りきるのは不可能に近い。

どこかに隠す?

でもどこに?

ソファの縫い目を切り裂いて中に隠すとか?

駄目だ。男たちは絶対に家捜《やさが》しする。すぐ見つかってしまう。

焦燥《しょうそう》だけが募った。ルイサと少女が首を傾げている。

「悪い奴らが来たの」志穂は言った。「私の石板を狙ってる」

二人の顔色が変わった。ルイサが窓に駆け寄り、ガラスごしに路上を見下ろした。

「七人もいる。どうするの?」

「私にも分からない。でも石板を守らなきゃ」

志穂は室内に視線を走らせた。

適当な隠し場所は見当たらない。

部屋から逃げ出す？

駄目だ。連中は唯一の階段を上ってくるから鉢合《はちあ》わせしてしまう。三階の廊下に潜んでみる？

男たちが四階に上がった隙に脱出を――。

男たちは二人を残し、安ホテルの入り口に姿を消した。

駄目か。連中は入り口に見張りを置いている。完全に追い詰められた。

「あたしが持つ！」

声を上げたのはマリア・イサベルだった。

「何を言い出すの、急に」

「あたしが隠し持って部屋を出る。悪い人たちはあたしのことまで知らないでしょ？　あたしなら見つからずに逃げ出せるかも」

「でも――」

「あたしにやらせて。役に立ちたいの」

幼い胸にある決意に驚き、志穂は言葉を失った。思考だけが目まぐるしく動く。

ルイサと二人で大使館に行った。大使館から尾行されていたなら、ルイサの存在も知られている。彼女に石板を託しても身体検査される恐れがある。

それなら――。

「早くしなきゃ」ルイサが言った。「連中が来るわよ。マリベルに任せましょ」

迷っている暇はなかった。男たちが従業員を締《し》め上げたなら、四階に現れるのは時間の問題だ。

「……分かった。じゃあお願いね、マリベル」

石板を小箱にしまって手渡すと、マリア・イサベルは両膝の上に載せた。ルイサが小熊柄のタオルをかける。小箱が隠れた。

志穂はフロントに電話すると、車椅子の少女が一階に下りるのを手伝ってほしいと告げた。

ドアを開けると、仄白《ほのじろ》い光が照らす廊下が延びていた。

部屋を出ると、マリア・イサベルは肩ごしに振り返った。ガラスの造花《ぞうか》のように硬い表情でありながらも、決然とうなずく。

「じゃあ、行って……くるね」

マリア・イサベルはハンドリムを握り、車椅子を進めはじめた。

少女が廊下の先に着いたとき、複数の靴音が響いてきた。髭面の男を先頭に五人が駆け上がってきた。邪魔だ、と一人がマリア・イサベルの車椅子を蹴り飛ばした。小柄な体が廊下に転がった。少女は体を庇《かば》うより、タオルで隠した小箱を抱きかかえた。

ドアの隙間から見ていた志穂は、両目を瞠《みは》った。

助け起こしに行きたい衝動を抑え込んだ。血の味がするほど下唇を噛む。少女と関係があると気づかれたら一巻の終わりだ。

髭面の男が「あの部屋だ」と声を上げ、駆けてきた。マリア・イサベルは車椅子にしがみつき、起き上がろうと全身を震わせている。そのときだった。タンクトップから覗く肩に蛇の入れ墨をしている男が立ち止まり、少女の体を抱え起こした。

「へい、かわい子《ボニータ》ちゃん。大丈夫か」

「何してる！」

髭面の男が叫び立てると、入れ墨の男は叫び返した。

「四人で充分だろ」

入れ墨の男はマリア・イサベルに向き直り、何やら言葉をかけ、返事を聞き、うなずいた。少女の小柄な体を抱き上げ、車椅子を片手で持ち上げる。マリア・イサベルはタオルに包んだ小箱を胸に引き寄せていた。二人は階下に下りていった。

髭面の男は拳の人差し指と小指を立てて甲側を階段に向け、クソッタレ野郎め、と侮辱《ぶじょく》の仕草で毒づき、二人が消えた先を睨みつけた。双眸《そうぼう》が射竦《いすく》める先にあったのは、仲間なのか、マリア・イサベルなのか。

志穂は不吉な想像をし、全身が総毛立《そうけだ》つのを覚えた。もし悪党にマリア・イサベルの正体を見抜かれてしまったら？

石板を奪われ、彼女まで危険に晒される。マリア・イサベルが持っているのは、悪党たちが殺人を犯してでも入手したい世紀の秘密なのだ。

髭面の男はドアを乱暴に開け、「見つけたぞ」と言いながら向かってきた。仲間三人と一緒に押し入ってくる。

「何なの！」志穂は不安に押し潰されないように怒鳴った。「私たちに何の用があるの！」

髭面の男は仲間一人に目配せしてから、向き直った。

「石板を出せ。親父から受け取ったよな？」

「……父から受け取ったのは愛情だけよ」

「ふざけんな」髭面の男は懐《ふところ》からナイフを取り出した。「いいな。抵抗したら命はないぜ」

髭面の男が見張りに立ち、仲間二人が室内を荒らしはじめた。冷蔵庫を開け、ソファを裂き、引き出しを叩き落とし、ベッドを乱し、クローゼットを漁る。

ルイサは黙ったまま立っていた。

三人の悪党に逆らっても勝ち目はない――。

三人？

絵画を逆さまに見ているような違和感だった。

志穂は室内を見回した。髭面の男の他には悪党が二人――。

おかしい。何かがおかしい。最初、連中は四人だったのでは？　今は三人だ。一体いつの間に？

内臓が沈み込む感覚を覚え、胃が引《ひ》き絞《しぼ》られた。髭面の男が仲間の一人に目配せした光景が脳《のう》裏《り》を走る。

仲間の男は何か合図を受け、部屋を抜け出した。胸騒ぎがする。考えたくない。髭面の男は入れ墨の男とマリア・イサベルを睨みつけていた。観察するように。思惑《おもわく》ありげに。

仲間の男はマリア・イサベルのもとに行ったのでは？

突然、甲高い悲鳴が聞こえた。マリア・イサベルの声に似ていた。

横目で見ると、ルイサが両目を剝いていた。顔面蒼白《そうはく》だ。

志穂は反射的に部屋を飛び出そうとした。髭面の男が立ちはだかる。ナイフを右手から左手に移し、再び右手に戻す。

「逃がしゃしないぜ。石板が手に入らなきゃ、帰れねえんだよ」

聖像を蹴散《けち》らしそうなほど乱暴な口調だった。

志穂は歯嚙みした。

マリア・イサベルが危ない。

強行突破？　駄目だ。相手はナイフの扱いに長《た》けている。素手《すで》の女に勝ち目はない。武器は？　何か役立ちそうな武器は――。

室内を見回したときだった。髭面の男の後ろから仲間が現れた。姿を消していた四人目の男だった。一緒に入れ墨の男が入ってくる。目元が薄黒く腫《は》れていた。

「……見境《みさかい》ねえな」髭面の男は入れ墨の男を睨みつけた。「可愛らしいガキを見たら手当たり次第かよ。役目はこなしやがれ」

一拍遅れて言葉の意味を理解した。

入れ墨の男はマリア・イサベルを毒牙にかけようとしていたのか。苛立ちが駆け抜ける。彼女は無事だろうか。

「……石板を渡さねえなら身体検査だな」

水色のタンクトップの盛り上がった胸元に髭面の男の視線が落ちる。短めのデニムスカートから伸びる太ももに視線が滑る。

髭面の男はニヤつきながらナイフ片手に迫ってきた。

「冗談よしてよ」志穂は後ずさった。「こんな薄着の中に一体何を隠せるっていうの？」

「何でも隠せるだろうよ。脱がされるのが好みじゃなきゃ、自分で脱ぎな。俺たちが優しく脱がしてやってても――」

廊下を走る足音が聞こえ、続けざまに男が駆け込んできた。見張りの男だった。

「警察だ！　クソッ、従業員の奴に呼ばれちまった」

男たちの間に動揺が広がった。

「従業員を見張っておかなかったのか、間抜け！」髭面の男は舌を鳴らし、忌《い》ま忌《い》ましげに吐き捨てた。「仕方ねえ。ずらかるぞ」

仲間全員が首を縦に振った。あっと言う間に部屋から走り出る。姿を消すのは一瞬だった。

解放されたとたん、ルイサが「マリベル！」と叫びながら部屋を飛び出した。

志穂は震えが残る体に鞭打《むちう》ち、彼女の後を追った。

少女はロビーの片隅にいた。小柄な体を両腕で抱きかかえている。隣には従業員の青年が立っていた。

ルイサは娘に抱きつき、「よかった」と繰り返した。

志穂は「大丈夫だった？」と訊いた。マリア・イサベルはうなずき、母親の体の間から小熊柄のタオルにくるまれた小箱を差し出してきた。

「私が訊いたのはマリベルのことよ」

「……一階に着いたとき、あの男が覆いかぶさってきたの。あたし、石板を抱えたまま叫んでた。そうしたら――」

マリア・イサベルはチラッと従業員を見上げた。従業員の青年は優しさにあふれた笑みを見せている。唇には血が滲《にじ》んでいた。

「危機一髪でした。揉《も》み合ってる最中に奴らの仲間が来たときはもう駄目かと思いましたけど、仲間の愚行《ぐこう》を止めにきたらしく、何とか無事でした」

志穂とルイサは感謝の言葉を何度も口にした。

一段落してから部屋に戻ると、志穂は室内の後片付けをしながら言った。

「ホテルを変えましょう。また襲われないためにも」

26

事情を全て説明すると、ホルへは机に尻《しり》をもたせて、石板を見つめたまま唇を結んで「うーん」とうなった。ルイサはベッドの縁に腰掛け、マリア・イサベルは車椅子に座っている。

志穂は立ったまま彼の言葉を待った。

新しいホテルの一室は、去年、ルイサ親子が二人でレストランで食事をしたことがあるホテル『マグニフィコ』だ。『素晴らしい』という名の割には客室の湯が出にくかったり、廊下の電灯が明滅《めいめつ》していたり――。設備は古い。

「石板、ガウディの暗号、悪党どもの襲撃、か――」ホルへが口を開いた。「僕の知らないあいだに洒落《しやれ》にならない事態が起きてたんだね。続けざまに聞かされる事実で、僕はいっぱいいっぱいだよ」

「続けざま？　他に何かあったの？」

「シホは知ってたんだろ。寄付と珪肺病《けいはいびょう》と祖父の愚行だ」

理解した。カザルスは息子に全てを話したらしい。ホルへの瞳は困惑に揺れている。知らされた真相の重さに耐え切れないように――。

「……まあ、僕の家庭事情はどうでもいいさ。問題はガウディの暗号を狙う奴だな」ホルへはルイサとマリア・イサベルを見やり、言いにくそうに口を開いた。「二人には悪いけど……怪しいのはラモンだよ。現場監督の立場を考えたら、設計図を狙う動機がある。もし背後に建設委員会のお偉方がいるなら、その手足になってる可能性もある。職人に一番近いから情報を入手しやすく、聖堂を守る義務感を職人より強く持っている。何か思い当たる節《ふし》はないかな？」

ルイサは黙り込み、自らの手元を見つめた。赤色のマニキュアが施された指を無意味に動かしている。

しばらくしてから顔を上げた。

「実は――定期的に手紙が届くの」

「内容は？」

「見たことはないわ。私が触るだけで怒鳴られるから。でも、その手紙を見た日にかぎって機嫌が悪くなるの」

家出を手伝ったときにも、ルイサはそんなことを言っていた。

「この数年は途切れていたんだけど、最近また届くようになったの。そうしたらラモンの暴力が復活したわ」

　最近届くようになったのなら、建設反対派からの苦情の手紙とは違うだろう。以前の夕食の席でラモンは言っていた。苦情の手紙は毎年何十通も届く、と。

「それは怪しいな。もう捨てられてると思う？」

「手紙のこと？　たぶんまだ持ってると思うわ。ゴミを捨てるのは私の役目なんだけど、いつもゴミ箱にないから」

「興味あるな。手に入る？」

　ルイサはビクッと肩を震わせると、両腕で体を抱えるようにした。黒いボブヘアを乱しながら首を振る。

「無理よ、無理。絶対に無理だわ。もしラモンに気づかれたら、私、一体どんな目に遭わされるか……」

「いや、つまらないことを言った。ごめん」

　ホルヘは机から離れると、腕を組んで壁に寄りかかった。部屋を沈黙が支配する。

　家庭内暴力の事情を知る彼は無理強いしなかった。

「ねえ、私ならどう？」志穂は言った。「私なら忍び込める。後で侵入がバレても、私が勝手にしたことにすればルイサは安全よ」

「シホが危険すぎる」ホルヘは言った。「手紙が犯罪の証拠になるようなものならシホの命が危ない。同じ侵入するなら僕がする」

「ホルヘには無理よ。二〇三号室の間取りを知らないでしょ。私は何度も訪ねてるから、慣れてる。私が侵入する」

「……なら二人で侵入しよう」

「二人も不要よ。それより、ホルヘには見張りをお願いしたいの。ラモンとは聖堂で会うでしょ。彼が帰宅準備をはじめたら、電話で知らせてほしい。二人で侵入してたら、向こうの動きが分からないから」

ホルヘはうなったものの、話し合った結果、了承してくれた。

「決まりね。じゃあ、私は自分の部屋で連絡を待ってる。ラモンの動向が分かったら行動開始」

志穂はルイサから鍵を受け取り、薄暮の中にたたずむホテル『マグニフィコ』を出た。

アパートに帰り、四〇二号室に入った。自室を含め、部屋全体が荒らされていた。本棚の書物は散らかり、机の引き出しは開け放され、寝室のベッドには洋服類や下着類が撒かれていた。

予想していたから驚きはなかったものの、不快な気分になった。プライバシーを蹂躙《じゅうりん》され、プライベートな空間も犯された感覚――。私物全てが男たちの目に晒されてしまった。

間接的なレイプに近い。

とはいえ――。

自分はこれからラモンの部屋で同じことをしようとしている。罪悪感はあるが、真相を明らかにするには仕方がないと割り切った。

次の日――。

ホルヘから電話があった。ラモンは聖堂で職人に指示を出した後、実測図を持って事務室に入ったらしい。

「手筈《てはず》どおりやろう。僕は事務室の入り口で見張ってるよ」

志穂は「了解」と返して電話を切った。部屋を出て階段を下り、二〇三号室の前に来た。深呼吸し、気持ちを落ち着ける。

ラモンは当分仕事だろう。

ルイサから借りた鍵を差し込み、解錠する。ドアを開けると、薄闇《うすやみ》が広がっていた。廊下には窓がないため、壁にあるピレネー山脈を描いた絵画も花瓶の青い薔薇も暗く沈んでいる。

志穂は薄暗い廊下を進み、ダイニングとリビングを素通りし、マリア・イサベルの部屋の先にあるラモンの私室を目指した。高鳴る胸を押さえ、ノブに手をかける。室内でラモンが待ち構えている錯覚に捉われた。

大丈夫だと自分に言い聞かせる。予想外のことは何も起こらない。

ドアをゆっくりと引き開けた。真っ暗な部屋が広がっていた。黒い影が――机や椅子や棚の黒い影がうずくまっている。ジーンズのポケットから懐中電灯を抜き、スイッチを入れた。金色の光で闇を薙《な》ぎ、寄せ木細工の机や詩集が並ぶ本棚を照らした。

懐中電灯を持ち上げる。光の輪の中に無数の赤ん坊の死体が浮かび上がった。

息が止まった。心臓が跳ね上がる。

両目を瞠ったまま動けなかった。凝視しているうちに、巨大な写真だと気づいた。

落ち着いて見つめると、ガウディ時代の白黒写真だった。ヘロデ王による幼児虐殺の場面を再現するため、ガウディが死産した赤ん坊を石膏で型取り、製図室の天井に吊るした写真だ。数多くの赤ん坊の死体が首を吊っているように見える。

身の毛がよだつ光景だった。

隣には数々の白黒写真――受難のファサードを撮影した一枚、建設現場でガウディが司教を迎えている一枚、ガウディの仕事場の一枚――が並んでいる。

志穂は息を整え、家捜しをはじめた。懐中電灯の光を頼りに棚を開ける。書類があった。光を当てて目を通す。ガウディ建築に関する論文だった。目的のものではない。

次に隣の引き出しを開けた。サグラダ・ファミリアの実測図が大量にある。難解な数字が記されている。

違う。これも違う。

資料の下に隠されていないか探してみた。手紙はなかった。

本棚の詩集を順番に手に取り、逆さまにして振り、手紙が落ちてこないか調べた。ルイサがとばっちりを食わないよう、元どおりにする。

寄せ木細工の机の上を調べた。『ABC《アー・ベー・セー》』や『エル・パイス』などの新聞紙が広げられている。

机の中を漁った。手紙はなし。

闇の中を這い回り、机の下に頭を突っ込んだ。懐中電灯の光を左右に走らせ、何かないか確かめた。

謎の手紙はどこにあるのか。

本当に残しているのだろうか。ラモンが証拠を隠滅《いんめつ》するために焼き捨てていたとしたら?

疑心暗鬼《ぎしんあんき》になってくる。だが、可能性がわずかでもある以上、諦めるわけにはいかない。

再び懐中電灯を這わせたときだった。電話の甲高い音が鳴った。肩が飛び上がった。

机の下から這い出る。黒電話がコール音を発していた。

電話に歩み寄り、本体を見つめた。ホルへからだろう。ラモンに動きがあった場合、二〇三号室に電話してくる手筈になっている。妻子が家出中の自宅にラモン自身がかけてくることはない。聖堂関係者や彼の知人からなら、適当に言い繕《つくろ》えばいい。

志穂は受話器《オイガ》を取り上げた。

「もしもし」

予想どおりホルへの声だった。

「私よ。何かあったの？」

「まずい事態になった。早く逃げろ」

張り詰めた声だった。

「一体どうしたの？」

「説明してる暇はない。とにかく逃げるんだ」

「まだ手紙を見つけてないのよ。理由も分からず逃げられない」

「分かった。手短に説明する。ラモンに出し抜かれたんだ。奴が事務所にいないんだよ。職人がドアを開けたときに覗いたら、無人だったんだ。窓から抜け出したらしい」

「このアパートに戻ってくるとはかぎらないでしょ」

「何言ってるんだ。意味もなく姿を消すわけがない」

「彼は私が忍び込んでいることを知らないのよ。窓から逃げたのには何か他に理由があるのかも」

「このタイミングで姿を消したのが偶然だって？　あり得ないね。奴は感づいたんだ。早く逃げろ。ラモンが帰ってくる」

「駄目よ。私は手紙を探す」

「馬鹿言うな。ラモンに見つかったらまずい。手紙を探す機会ならまたあるさ」

「これが最後のチャンスなの。ホルヘの言うとおり、ラモンが侵入に気づいたのだとしたら、即証拠を処分してしまうはずよ」

「僕がすぐ駆けつけるよ。だから――」

「時間が惜《お》しいから切るね」

志穂は受話器を置いた。懐中電灯を握り直し、光を滑らせる。暗闇の一部分が拭われる。

急がなくてはいけない。

一分、二分、三分――。

光が絨毯《じゅうたん》の隅を浮かび上がらせたときだった。違和感に気づいた。

――陰影ができている。

おかしい。おかしすぎる。

平らに敷かれたはずの絨毯に影ができるはずがない。下に何かが隠されていて絨毯が盛り上がっていないかぎり。

志穂は、はやる気持ちとは裏腹にゆっくり近づき、膝を落とした。絨毯の隅をめくり上げる。

差出人の名前がない手紙が敷き詰められていた。五十通はあるだろう。

胸が高鳴った。適当な一通を取り上げ、中身を確認する。

ジョルディ・カザルスに死の石をあてがえ。抗議されたら断固たる態度で一蹴《いっしゅう》せよ。

一九七六年九月三日

読み終えた手紙を脇に置き、別の一通を調べた。

ジョルディ・カザルスの作品を却下《きやっか》せよ。腕の部分の彫りの甘さを指摘しろ。命令に従わなければ、あの事実を公表する。

一九七七年二月十四日

封筒に戻して脇に積みながら、順々に中身を読んだ。

内容は似ていた。

ジョルディ・カザルスの作品を切り捨てよ。ジョルディ・カザルスの石を適当にカットせよ。ジョルディ・カザルスの作品の造形に文句をつけよ。逆らったらあの事実を公表するぞ――。

カザルスが多くの作品を残せなかったのは、本当に嫌がらせが原因だったのか。

彫りにくい石をあてがわれ、出来不出来にかかわらず彫刻を却下されていたのだ。何者かに脅迫されていたラモンによって――。

差出人も気になるが、ラモンが命令に従わなくてはならなかった理由も気になる。

意味もなく〝あの事実〟と記されていただけで、ラモンが隷属するとは思えない。差出人は必ず一度は脅迫の材料に触れているはずだ。

手紙を全部確認している暇はないから、アパートを脱出してから調べよう。

志穂は絨毯の下にある手紙を掻き集めると、読み終えて積んだ手紙を後ろ手に探った。指先に紙の感触がない。肩ごしに振り向き、薄闇の中で目を凝らす。

置いたはずの場所に手紙がなかった。

消えている――？

懐中電灯を向けると、光の輪の中で革靴が絨毯を踏んでいた。

「探しているのはこれか？」

頭上から声が降ってきた。息が止まり、戦慄が背筋を走った。

怖《お》ず怖《お》ずと視線を持ち上げると、薄闇の中にラモンの白い顔が浮かび上がっていた。オールバックに撫でつけた黒髪、銀縁眼鏡、理知的な瞳――。彼は手に持った手紙の束をヒラヒラと振っている。

志穂は呼吸を取り戻すと、立ち上がろうと膝に力を入れた。

「座っていろ。私も顔見知りを盗《ぬす》っ人《と》と間違えることはあるんだ」

志穂は膝立ちのまま動きを止めた。

ここにいるのはラモンだけだ。暗闇の中に盗っ人の影があったから家財を守るために殺したんです、という弁明も通りかねない。

「口封《くちふう》じに私を殺すんですか」

「馬鹿を言うな。シホは家内の大事な友人だろ。私が殺すか？　馬鹿馬鹿しい想像はやめてくれ」

「なら帰してくれるんですか」

「私は話がしたいだけだよ。手紙を読んだな。どこまでだ？」

志穂は懐中電灯を絨毯に立てた。天井に光の輪が刻まれ、室内全体がぼんやりと明るくなる。

「……脅迫の内容が書かれている部分とあなたの弱みです。私にはあなたが差出人の言いなりになる理由も分かってるんです」

危険を承知でカマをかけた。口封じに襲われるかもしれないが、彼の口から理由が漏れるかもしれない。

ラモンは黙って見つめてきた。志穂は見返した。銀縁眼鏡の奥の黒光りする瞳に揺らぎはない。

「嘘だな。私の弱みを知っている顔ではない」ラモンは手に持った手紙十通に目を通した。「ほらな。弱みが書かれた手紙はない」

相手は冷静だった。志穂は仕方なく話題を変えた。

「カザルスさんに嫌がらせを繰り返したのは、脅迫されていたからなんですね」

「……ああ」ラモンは額に横皺を作った。「彼には悪いことをした。カザルスが私を恨むのは当然だろう」

「相手は何者なんです？　なぜカザルスさんを？」

「分からん。何も分からん」

「カザルスさんに恨みがある人間の仕業でしょうか？」

「さあな。それより、一緒に『マグニフィコ』に行こうじゃないか」

自分の耳を疑った。『マグニフィコ』？　なぜ？　なぜルイサとマリア・イサベルが泊まるホテルを知っているのだろう。

「驚くことはない。私は電話で教えられたんだよ」

「一体誰に――ですか？」

「マリベルだよ。娘は常に居場所を電話で教えてくれていたんだ」


意味が理解できなかった。

マリア・イサベルがラモンに電話？　暴力的な父から逃げていたのに？

「『カサ・ミラ』や『グエル公園』に行くときも、マリベルは電話で予定を教えてくれた」

確かにラモンは毎回、見学中に姿を見せた。

「最初のホテルのときは大体の場所しか聞けなかった。幼い娘には小難しい住所が分からなかったのだろう。だが、今回の滞在先は昔、娘が行ったことがあるホテルだから、名前を覚えていたんだよ」

たしかに筋《すじ》は通っている。『マグニフィコ』は前に行ったことがあるホテルだとルイサから聞いた。ラモンの告白が真実なら、マリア・イサベルは母を虐待《ぎやくたい》する父を嫌いながらも、心の奥では愛情を欲していたのかもしれない。電話で自分たちの居場所を教えれば、父が喜び、自分に優しくしてくれると思った――。

そこまで考えたとき、ある可能性に思い当たった。

志穂は立ち上がり、自分より十センチは背が高い彼を見つめた。

「……夜の『グエル公園』で私を襲ったのは、あなただったんですね」

ラモンは片眉《かたまゆ》をピクッと吊り上げた。

「電話であなたが訊いたんでしょう？　シホが陰で父親と連絡をとっている様子はないか、って。マリア・イサベルはあなたに褒《ほ》められたいと思って、私が『グエル公園』に行くことを話した――」

マリア・イサベルを怒る気持ちはない。少女は少女なりに悩み、友情と愛情の狭間で葛藤しただろうから。友人同士が見張り合い、密告し合い、裏切り合ったフランコ独裁時代の国民のように。

知人を売らなければ父親から愛情が貰えない――という二者択一に苦しんだことを可哀想に思う。

「私が『グエル公園』に行くことを知る手段は他にありません。誤魔化《ごまか》せませんよ、もう」

断言してラモンの目をじっと見据える。彼は視線を逸らさずにしばらく睨み返していたものの、やがて、ふう、と諦念《ていねん》が籠もった息を吐いた。

「……手紙の送り主に脅迫されたんだ。カザルスの引退後はずっと途絶えていた手紙がまた届いてな。今度はシホを見張り、石板を奪えという。だから、ある秘密結社の人間に相談した」

「黒薔薇十字団――？」

ラモンは少し驚きを見せた。

「よく知っているな」

脅迫状でカザルスの作品を却下させていた者の指示――。

すると、彼に恨みを持つ者が黒幕なのか。

一体誰だろう。

「石板を持っているんだろう？　私に渡してくれ」

「……渡したら闇に葬《ほうむ》る気なんでしょう？」

「私には現在のサグラダ・ファミリアを守る義務がある。聖堂を壊しかねない設計図の存在は邪魔でしかない」

「なら渡せません。私は父から預かったんです。責任があります」

「世界の宝が崩壊しかねないんだぞ」

「ガウディの遺志はどうなります？　現在の聖堂は彼の手を離れ、本当の構想と異なっている可能性が高いんですよ」

「だからサグラダ・ファミリアを潰し、造り直せと？　私には、聖堂を潰すべく、ガウディの亡霊が現代に蘇ったとしか思えん」

「亡霊――ですか。でも、現在の形を維持したまま、設計図の案を活《い》かすことも可能かもしれないじゃないですか」

「無理だな。ガウディの手を離れた時点でガウディの作品ではないと言う連中も多い。奴らは造り続けるべきではないと言う。もしガウディの設計図が見つかり、聖堂の完成形が現在の形と異なれば、連中は格好の攻撃材料を手に入れたことになる。容赦なく非難を浴びせてくるだろう。私は聖堂を守りたい。分かるだろ。石板を渡してくれ」

心が揺れた。ラモンの言い分には理がある。聖堂を壊したら再建築はできないのではないか。

しかし、容易には返事できない。

「アンヘルは石板を守ろうとして殺されました。彼の遺志を継ぐためにも渡せません」

ラモンは鉄板でも嚙み砕きそうなほど歯を剝き出し、手紙の束を握り潰した。Yシャツから覗く前腕の筋肉が震えている。

「石板を渡すくらいなら、私は命を懸けて抵抗します」

ラモンはしばらく歯を剝いていたものの、やがて嘆息《たんそく》した。浮き出ていた腕の青筋が薄れる。

「……仕方あるまい。その件は話し合いの余地がありそうだな。とりあえず、『マグニフィコ』へ行こうか」

「冗談でしょ。二人はあなたに怯えています」

「私は二人が逃げるほどひどいことはしていない」

「ルイサは怪我をしていました。怒鳴られたとも言っています。家庭内暴力ですよ、それは」

「たしかに手を上げてしまったことはある。だが、それは妻が乱暴な言葉を吐きつけるから、カッとなってしまったんだ。口汚く罵《ののし》られたりしなければ、暴力を振るったりしない」

「ルイサがそんなことをしたとは思えません。あなたの前では傷つけられた子犬のように怯《おび》えていました。そんな彼女があなたを本当に罵るんですか？」

「……罵る、という表現はオーバーだったかもしれん。だが、感情を逆なでする言葉を吐いたのは事実だ。それで私も感情が抑えきれなくなった」

「責任転嫁《てんか》じゃないですか。自分の行為を否定したり、正当化してるうちは解決なんてしませんよ」

「分かってくれ。私は仕方なく――」

ラモンは弁解を続けようとしたものの、そこで唇を引き結び、革靴の先端に視線を落とした。

「……暴力はいけないことです。あなたは自分の行為の責任を引き受けなくちゃいけないんです」

ラモンはうなりながら椅子を引き、倒れ込むように腰を沈めた。膝の上で両手を絡ませ、親指をクルクルと回す。

「あなたが心を入れ替えないかぎり、二人は毎日虐待に怯えて過ごさなくてはいけません」

ラモンはしばらく親指を回し続けた後、顔を上げた。表情には使い古された背広のような哀《あい》愁《しゅう》がある。

「……シホの言うとおりかもしれんな。私が姿を見せたら妻と娘は動揺するだろう。私は二人を失い、初めて事の重大さに気づいた」

口調に悔恨《かいこん》が滲む。

「今思えば、八つ当たりじみた過剰反応だったかもしれん。私は脅迫の手紙で命令されるたび、鬱積《うっせき》した不満を妻にぶつけた。妻の些細な言い回しが癇《かん》に障《さわ》り、それを口実にして怒鳴りつけ、時に手を上げた。妻を恐怖と暴力で縛ることにより、私は強いのだと――他人にコントロールされる弱者ではないのだと思いたかったのだろう。私は身勝手な振るまいをしてしまった。私はどうすればいい？」

傲慢《ごうまん》だったラモンが初めて見せた後悔だった。

「私はこういう問題の専門家じゃありません。何が正解なのか、正直、分かりません。でも、もしルイサが許すなら、理性的に話し合うべきだと思います」

「……分かった。私も家族を取り戻したいんだ」

打ちのめされた表情を見るかぎり、後悔や反省は演技とは思えなかった。

「あなたの気持ちは分かりました。でも、私が勝手に連れていくわけにはいきません。ルイサの意見も聞いてみないと」

「……ああ」

志穂は彼の部屋からホテル『マグニフィコ』に電話した。だが、ルイサは留守だった。

一体どこに行ったのだろう。侵入作戦の決行中に外を出歩くとは思えない。

漠然とした不安が頭をもたげてくる。

「私を連れていってくれ」ラモンは言った。「二人が心配だ」

志穂は迷ったすえ、ホルへの到着を待ってからラモンを連れて『マグニフィコ』に戻った。

ルイサはロビーを歩き回っていた。

マリア・イサベルが誘拐《ゆうかい》されていた。

27

ルイサが平静を取り戻すまでには、相当な時間が必要だった。彼女はロビーのソファに座り、喉を震わせつつ途切れ途切れに語った。ときおり、宿泊客が怪訝《けげん》そうな一瞥を向けて歩み去る。

「ホテルの人が来てね、シホから電話だって言ったの。ロビーに下りて受話器を取ったら無言だった。あなたに何かあったのかと思って呼びかけ続けたんだけど……反応がなかった。変だと思いながら部屋に戻ったら、マリベルがいなかったの」

「で、代わりにこれがあったのね」

志穂はベッドに置かれていたという一枚の手紙を掲げた。


警察には通報するな。刑事のにおいは嗅げば分かる。日本人女一人で来い。刑事や他の仲間がいたら取引は中止だ。石板を受け取り、無事に設計図を入手したら少女を返す。


下段には受け渡しの場所と日付、時間、方法が記載されていた。

犯人はラモンの部屋の電話も盗聴していたのだろう。マリア・イサベルの泊まるホテルの情報を盗み聞きし、利用できると思ったのだ。

しかし、どうやって騒がれずに車椅子ごとさらうことができたのか。

「私のせいだ……」

ラモンは我が身を引き裂かれたような表情をしていた。噛んだ唇に血が滲み、拳骨《げんこつ》が打ち震えている。

「もしマリベルの身に何かあったら……」

彼は不安を否定するようにかぶりを振り、ロビーを歩き回った。壁に拳を叩きつけ、犯人に対する罵詈雑言《ばりぞうごん》を口にした。

「落ち着いてください」志穂は言った。「とりあえず、場所を変えましょう。ここは犯人に知られていますし、盗聴の危険もあります」

四人で別のホテルの一室に移動した。警察への通報も親としてはためらわれるようで、二人は悩んでいた。

ラモンは黒革張りの古いソファに座り、「石板を渡すのか?」と訊いた。

「反対ですか?」

「犯人が石板を破壊したいなら反対する理由などない。ただ、問題は——石板を渡して無事に娘が帰ってくるかどうか、だ」

「……受け渡し場所に現れた犯人を尾行しましょう。相手が素直に人質を返すとは思えません」

犯人を逃がすわけにはいかない。石板を手に入れたら犯人は二度と接触してこないだろう。逃げられてしまったらマリア・イサベルを救えないし、父の無実も証明できなくなる。二人を救い出すためにも犯人を突き止めなくてはいけない。

「私に考えがあります。現場に集まる人たちの中に、犯人に顔を知られていない人間を送り込むんです」志穂はホルヘに視線を向けた。「フリアン刑事の協力を得られない?」

従弟のホルヘが事情を話せば協力してくれるのではないか。フリアン刑事なら適任だと思う。警察関係者に見えない優男風だし、現職の刑事だから尾行は得意だろう。

「分かった。話してみよう。親父さんの無実を信じさせるのは難しくても、誘拐犯逮捕には協力してくれるかもしれない」

三十分以上、四人で話し合った結果、ラモンもルイサも賛成した。

ホルヘは警察署に電話した。フリアン刑事はいたらしい。カタルーニャ語で喋り、途中で口から受話器を離す。

「刑事としてじゃなく、個人として協力するってさ。明日は何時に来てもらったらいいかな？」

取引の時間は正午だ。早めに集まって打ち合わせをしたい。

「ア・ラス・ヌエベ・イ・メディア（九時半に）」

ホルへは受話器を口元に戻し、「ドス・クアルツ・ダ・デウ」と言った。

カタルーニャ語とはいえ、カスティーリャ語と発音が似た単語の組み合わせだったから聞き取れた。

あれ？

一体なぜホルへは——。

ホルへは「グラシアス」と礼を言い、電話を切った。志穂はホルへの目を見つめた。

「……なぜフリアン刑事に違う時刻を教えたの？」

「違う時刻？　僕が？」

「ドス・クアルツは四分の一が二個って意味だから、半分。これは分かる。でも、その後、デウって言った。これは十《ディエス》のことでしょ。私が言ったのは九《ヌエベ》よ」

ホルへは目をしばたたかせた後、合点《がてん》がいったように微笑した。

「シホは知らないのかい。カタルーニャ語の時刻の言い回しは特殊なんだよ。カスティーリャ語や英語だと、二時をすぎたら『二時十五分』『二時三十分』というふうに表現する。つまり、三時までを二時の領域と考える。でも、カタルーニャ語では、二時をすぎた時点で三時の領域と考える。だから、カスティーリャ語の九時半は、カタルーニャ語では十時半と表現するんだ」

説明を聞いて思い出した。

バルセロナに住んでまだ間もないころ、カタルーニャ語の時刻表現の特異さを聞き及んだことがある。普段の生活ではカスティーリャ語しか使わないため、記憶からすっかり消えていた。

納得しつつホルへを見ると、彼の顔がこわばっていた。ホルへのこんな表情を見るのは珍しい。マリア・イサベルを救えるかどうか、両肩にのしかかる重圧を感じているのだろうか。

「……細かな準備も必要だし、僕はちょっと出てくるよ」

ホルへは思い詰めた表情のまま、部屋を出ていった。

28

志穂は日陰になっている狭い路地を歩いた。足を一歩進めるたび、緊迫感《きんぱくかん》が膨れ上がる。

中世の名残《なごり》をとどめる黒ずんだ石の建造物が両側に建っていた。石壁には内戦の爆発で焼けた跡が残っていたり、銃弾《じゅうだん》がめり込んだ跡が残っていたり、悲愴《ひそう》な歴史を感じさせる。

歩み続けると、様々な音楽が聞こえてきた。中南米人のグループが民族音楽《フォルクローレ》を演奏している。

中年男がギターを弾《ひ》いている。オペラ歌手の卵がアリアを歌っている。

ゴシック様式の重厚な聖堂《カテドラル》が見えてきた。バルセロナの守護聖人、サンタ・エウラリアの遺骨が眠る大聖堂だ。以前にも参拝《さんぱい》に訪れたことがある。礼拝堂、聖歌隊席、ステンドグラスの壮麗《そうれい》さは圧巻だった。だが、今日は敬虔《けいけん》な気分にはなれないだろう。

さらに進むと、カテドラルを囲んで、王の居城だったレイアル・マジョール宮殿があった。その横にあるフレデリク・マレー美術館の脇を五十メートルほど行き、左に曲がると、王の広場があった。正面には王宮、左側には副王の館、右側にはアガタ礼拝堂がある。右奥には四分円の小さな階段がある。

ここが目的地だった。

十五分ほど待つと、正午になった。

約束の時間だ。

広場にはミサを終えた男女が集まりはじめている。

志穂は瞳だけ動かして左右を確認した。犯人はどこから見ているのだろう。分からないが、指示どおりに行動するしかない。

男女たちは広場の真ん中に荷物を置いている。

志穂は石板を入れた紙袋を一緒に置いた。犯人が手紙で指定していた種類の紙袋だ。バッグ類の中では一際目立っている。

黒幕はどのようにして石板を入手する気なのか――。

志穂は答えを出せないまま、荷物から離れた。

単調な物悲しいメロディが広場に広がりはじめた。街の有志で編成された『コブラ』と呼ばれる吹奏楽団が演奏していた。集まったカタルーニャ人たちは荷物を取り囲むように手を繋ぎ、輪になり、ステップを踏み出した。

古代ギリシャに起源を持つと言われるカタルーニャの民族舞踊、サルダーナだった。フランコ独裁政権によって弾圧され、踊りが禁止されていた時代も廃《すた》れなかったらしい。繋いだ手が民族の団結を象徴している。土曜日の夕方と日曜日の正午にカテドラル前の広場で踊られるのだ。

哀愁《あいしゅう》の漂うメロディが淡々と続いていた。弦《げん》のように張り詰めた音色だった。輪になった人々は音に合わせ、緩やかにステップを踏んでいる。

志穂は踊りを眺めていた。石板を入れた紙袋を囲む輪の中には、フリアン刑事が交ざっている。広場で踊らない人間は目立つため、参加しているのが一番自然だ。離れた場で待ち構える案もあったが、人込みに紛れた犯人を逃す危険があったから無理だった。

犯人が用いる手段として考えられるのは——サルダーナの最中に輪の中に飛び込んで袋を奪い、人込みに紛れる方法だ。

もしそうなら困ったことになる。走って追えば、刑事の存在が一発でバレるだろう。人質の命が危なくなる。回収者を捕らえても黒幕は使い捨てにするかもしれないし、回収者を問い詰めても黒幕の正体を知らないかもしれない。

何事もなく十五分ほど経過したときだった。

地面で硬質のものが跳ねる音がし、白煙が広がった。

「爆弾《ラ・ボンバ》だぞ！」

白煙を怒鳴り声が貫いた。悲鳴が上がる。足音が入り乱れる。白煙の中で影が将棋倒《しょうぎだお》しになる。悲鳴、足音、影、悲鳴、足音、影、悲鳴、足音、影——。

人々が白煙から駆け出てくる。あっと思ったときには遅かった。

志穂は大勢の人間に押し倒された。耳の横を数多くの靴の音が駆け抜ける。悲鳴が散り散りになる。踏まれないように頭を抱え込み、事態が収拾するまで耐えた。

大混乱が収まったときには、石板を入れた紙袋は消えていた。

29

事情を説明した後、志穂はラモンとルイサに頭を下げた。フリアン刑事も手落ちを何度も詫びた。

ラモンとルイサは言葉を失っていた。ホルへは眉間の皺を揉んでいる。

沈黙を破ったのはルイサだった。

「……仕方ないわ」声は弱々しく、疲労が滲み出ている。「犯人が娘を返してくれることを信じましょう」

「本当にそうだといいがな」ラモンは十数本目の煙草《タバコ》をアルミ製の灰皿ににじりつけた。「相手は卑劣《ひれつ》な誘拐犯《ゆうかいはん》なんだぞ」

「でも、信じて待つ以外に何ができるの？」

「分かっている。分かっているよ」

二人の沈痛な面持《おもも》ちを見ていると、罪悪感が胸に広がった。

発煙筒で爆弾騒ぎを起こした隙に強奪《ごうだつ》するとは予想できなかった。もしマリア・イサベルの身に何かあったら――。

「どうするね？」

ラモンがフリアン刑事に渋面を向けていた。

「一応、同僚に話して近辺を捜査させますが、期待薄でしょう。基本的には奥さんの言うとおり、犯人を信じて待つしかありません。目的の物を奪われた以上、犯人との接触機会を作るものがないですからね」

「……分かった」ラモンは妻を見やり、彼女の肩に手を回した。「二人で娘の無事を祈りながらアパートで待とう」

夫の腕に抱かれたルイサは怯えも見せず、静かにうなずいた。今、二人の頭にあるのは娘の無事だけだろう。

五人で二台のタクシーに分乗し、アパートに帰った。ラモンとルイサが入り口に姿を消すと、志穂はフリアン刑事に言った。

「石板の話は事実なんです。悪党は本当にいるんです。この話を警察に伝えたら父は解放されませんか？」

敵に石板が渡った以上、警察に真相を隠していても仕方ない。

「……すぐには無理でしょうね。僕も働きかけてはみますが」

「お願いします」

フリアン刑事が去ると、ホルへとカフェに移動した。窓際の席に向き合って座る。

これからどうするべきか。

石板を奪われ、殺人犯に逃げられ、全てが犯人たちの思いどおりになったら最悪の結末だ。

最後に逆転の一発を食らわせるには――。

先に設計図を見つけるしかない。

犯人より早く暗号を解き、隠し場所で待ち構える。犯人が後から現れるときが最後の接触チャンスだ。

志穂は計画を話し、暗号を書き留《と》めたメモを見せた。

La llapida de la agonía narra
María lamentar un amor blasfemos
Oh, la agonía
El padre triste
La llapida de la agonía narra
La biblia blancca no es la vida de Jesús
Oh, la agonía
María lamenta un amor miserables
Oh, la agonía
María lamenta un amor ammable
El día de la fiesta,
María lamentar un amor alegre
Oh, la agonía

苦悶の石碑は語る。

マリアは冒瀆的《ぼうとくてき》な愛を嘆いている。
おお、苦悶よ。
悲しい父よ。
苦悶の石碑は語る。
白い聖書はイエス・キリストの生涯ではない。
おお、苦悶よ。
マリアは哀れな愛を嘆いている。
おお、苦悶よ。
マリアは優しい愛を嘆いている。
祭典の夜、
マリアは喜びの愛を嘆いている。
おお、苦悶よ。

「何か分からない?」

ホルへはうなった。

「〝四つの目は二つの目より多くを見る〟って言うけど、解読には二十、三十の目が必要な気がするよ。難しいね。うーん、繰り返される『おお、苦悶よ』の文章がキーなのかな?」

「聖母マリアが嘆いているものは、冒瀆的な愛、哀れな愛、優しい愛、喜びの愛――」

「うん。これはどうだろう。言い回しの違いに意味はあるのかな。ただの思わせぶりな詩に見えるけどね。ガウディは設計図をどこに隠したんだろう。後世に残すには、地形が変わるような場所はまずい。百年以上経っても取り出せるような場所か……」

「石板の存在を記した紙は、『カサ・カルベット』の家具の脚に隠されていたらしいの」

「父さんから聞いたよ。同じ考え方かな。ガウディは自作の中に隠したのかもしれない。バルセロナの象徴的建築物になる作品なら、絶対、後世に残る」

「ガウディの作品といえば、『レイアル広場の街灯』『グエル邸』『グエル別邸』『カサ・カルベット』『カサ・ミラ』『カサ・バトーリョ』『グエル公園』――」

「他にもあるよ。『フィゲーラス邸』や『ミラーリェス邸の石門』『グエル酒蔵』」

「全てを探すのは無理よね。暗号を解かなきゃ、何カ月かかるか……」

一時間以上話し合ったが、何も進展はなかった。ホルへと別れて部屋に戻る。

ソファに腰を落ち着け、一人で頭を捻っていると、電話が鳴った。アニータだった。盗聴しているはずの敵に筒抜けにならないように彼女の言葉を押しとどめ、外で会うことにした。

彼女はピカソ美術館の前に立っていた。

「今夜、勝負を決めるわ」アニータは朱色の唇に微笑を浮かべ、乳房を強調したキャミソールを撫でた。「この体で例の髭もじゃ野郎の誘惑に成功してね。ホテルに誘い出したのさ」

「無茶はしないでよ。相手は危険な奴なんだから。調べられてるって知ったら何するか……」

「男ってのはね、ベッドじゃ口が軽くなるものさ。駄目でも持ち物を調べてやる。頭悪そうだし、黒幕からの命令とか、何かメモに書き残してるかも。あの髭もじゃ野郎を丸裸《まるはだか》にしてやるわよ」アニータは人差し指の上に中指を交差させ、不吉なことが起きないまじないをした。「今夜の零時、ベルメール通りのカフェ『ノブレサ』の前に来ておくれ。分かったことを教えるよ。ただし、一人でね」

「ホルへも駄目？」

「悪いけど、あたいにとっちゃ見知らぬ赤の他人だからね」

「分かった。私一人で行く」

アパートに戻ると、再び一人で暗号について思案した。だが——解読の糸口すら摑めなかった。


ベルメール通りへ向かったのは、午後十一時四十五分だった。暗闇が影を呑み込んでいた。石畳を踏む自分の靴音だけが響いている。ときおり、うなる風に乗って犬の吠え声や猫の鳴き声が聞こえてくる。

約束の十分前にカフェ『ノブレサ』の前に着くと、聖画像が彫られた黄色い石壁の前で待った。月光が建造物の屋上を通り越し、石畳に青白い明かりを落としている。

腕時計に視線を落としながら待った。破れたオペラのポスターが夜風に舞い、中世的なアパートに押しつけられてカサカサと鳴った。

アニータを待ち、腕時計で零時五分を確認したときだった。路地裏の暗がりから足音が駆けてきた。人影がポスターを蹴散らしながら躍り出る。

心臓が喉元に迫り上がり、志穂は後ずさった。人影はよろめき、倒れそうになりながら顔を上げた。仄《ほの》かな月明かりにアニータの顔が浮かび上がった。顔面は墓土色《はかつちいろ》をしている。

志穂は彼女に駆け寄った。白い薔薇を描いたキャミソールがどす黒く染まっている。アニータは汗まみれの顔に弱い笑みを浮かべた。

「しくじっちまった。しくじっちまったよ、シホ」

「喋らないで！」

悲鳴じみた声が闇夜に響き渡った。

「あの髭もじゃ野郎、刺しやがった」アニータは血反吐《ちへど》を吐くと、空《から》えずきを繰り返した。「刺して逃げやがった。クソッタレ。眠り込んでる隙に懐、探ってたら、目、覚ましやがったんだ。言いわけする間も、なかった」

「喋っちゃ駄目よ。すぐ救急車を呼ぶから」

「無駄だね。来ちゃくれないよ。公営のやつは真っ当な患者優先さ。あたいみたいな娼婦は、いつも後回しなんだ」

「だったらスペイン王女が怪我してるとでも言ってやる！」

立ち上がろうとすると、アニータにTシャツの裾を掴まれた。ベージュの生地に皺が寄る。

「いいんだよ。いいんだ。間に合わないさ」

「何言ってるのよ。早く通報しなきゃ――」

「最後に伝えなきゃ、駄目、なんだ。黒幕が、分かったんだよ」

「無事に助かってから聞くから」

「今言わなきゃ間に合わない。あんたにゃ、残酷な現実を、突きつけることになっちまうかもしれないけど……」

「アニータが刺されてる以上に残酷な現実なんてない！」

志穂はアニータの手をもぎ離し、路地を駆けた。闇夜に自《みずか》らの息遣いだけが溶け込んでいく。大通りに出た。視線を走らせる。

公衆電話、公衆電話は――。

目当てのものは煙草屋の前にあった。駆け寄って五ペセタ硬貨を溝に置いた。電話機は硬貨を呑み込まなかった。詰まっているのか。舌打ちして公衆電話を蹴り飛ばす。

だからバルセロナの公衆電話は嫌いだ。五台に一台も繋がらない。

通りを駆け回り、一一二番して救急に繋いでもらえたのは、四台目の公衆電話だった。

志穂はアニータのもとに駆け戻った。彼女は石畳に横たわり、血染めのキャミソールを握り締めて息を喘《あえ》がせていた。

「すぐに救急車が来るから。大丈夫よ。大丈夫だから」

気休めと分かっていても繰り返すしかなかった。

「最後に聞いとくれ」アニータは血の気が失せた顔を上げた。「残酷な現実だけどね、メモで見ちまったんだ。名前が書いてあった。あんたの恋人の名前だよ。ホルへって記してあった」

目の前で衝撃が弾けた。

「冗談……でしょ？」

「残念ながら、現実だよ」アニータは悲しげに首を振ると、最後の力を振り絞るように続けた。「メモを見たときにこれは誰なのって訊いたら、俺の雇い主さ、って笑ってた。日本人女を尾行してブツを奪えば報酬も貰える、ヤクや娼婦も買い放題だ、って」

「……充分分かった。もう口を閉じて」

「最後まで言わせとくれ。ホルへは聖堂に死体を吊り下げた犯人だ。あの髭もじゃ野郎、もっと金を巻き上げるために雇い主のこと、こっそり調べたらしくてさ、ホルへと若い男がそんな会話してるのを盗み聞きしたらしいんだ。信じたくなかったよ。ホルへってあんたの恋人だしね。だから何か救いになるような情報がないか調べようとしたんだけど、途中で目、覚まされちまった。娼婦を装った刑事か何かと思われたんだろうね。自分からペラペラ喋ったくせにさ、口封じときた。まさか、このあたいが殺されるとは思わなかったよ」

「諦めちゃ駄目よ。家族、作るんでしょ。夢なんでしょ」

黒幕の正体より、アニータの怪我のほうが切実だった。

死なせるわけにはいかない。絶対に駄目だ。孤独に生き、孤独に死ぬなど――。

「あんたが代わりに家族を作っておくれ。幸せな家族を、さ。あんたならできるよ」

「馬鹿言わないで。家族を作るのはアニータでしょ。生きなきゃ駄目よ。絶対に死んじゃ駄目」

アニータを励ましながら涙があふれ出てきた。視界が滲んだ。涙が止まらず、彼女の血塗られたシャツの上にしたたり落ちる。

「あたいのために泣いて、くれるのかい？」アニータは脂汗の噴き出る顔に笑みを浮かべた。

「嬉しいねえ。妹が――家族ができた気がするよ。あたいみたいな娼婦の姉、あんたにゃ、迷惑かもしれないけど、ね」

志穂は涙を流しながらかぶりを振った。

「……あたいみたいな娼婦が、姉でも、いいのかい？」

嗚咽が交じり、返事ができなかった。代わりに首を縦に振る。

「嬉しいねえ。何だか元気が出てきたよ……。痛みも薄れてきたし、生きれそうな気がするよ」

青白い月明かりの下、アニータは冷たく硬い石畳を抱くように息絶《いきた》えた。

30

警察の事情聴取には、髭面の男の特徴を説明した。

警察から解放されると、志穂は目的もなく街中をさ迷い歩いた。

ホルへと会いたくない。

アニータの言葉が脳裏にこびりついている。

――メモで見ちまったんだ。名前が書いてあった。あんたの恋人の名前だよ。ホルへって記してあった。

冷静に考えればあり得る。

ホルへは聖堂関係者だから、夜中に侵入しても聖堂の番犬は吠えないだろう。彼ならマリア・イサベルの誘拐も容易に実行できる。ラモンが事務所に入るのを見届けた後、『マグニフィコ』に舞い戻って彼女を連れ出し、父親に電話させるのだ。シホが自宅に忍び込んで手紙を探している、と。

誘拐発覚後、フリアン刑事に電話したホルへが思い詰めた表情でホテルを出ていったのは、石板の回収者に罠《わな》が仕掛けられていることを伝えるためだったに違いない。

全てが一致する。思えば疑わしいことが山積みだ。それなのに自分はなぜホルヘを疑わなかったのだろう。恋人だったたから？

違う。たしか自分は――。

思い出した。

アリバイ。アリバイだ。

ホルヘにはアリバイがある。聖堂で死体が吊り上げられた時間帯、彼は父親のカザルスやその仲間とバルで賭《か》けポーカーに興じていた。では、ホルヘが死体を吊り下げた犯人だという話は？

アニータが死に際に嘘をつくとは思えないから、髭面の男の勘違いとか？

志穂は唇を噛み締めた。

ホルヘにはアリバイがある。完璧なアリバイが――。

老人から犯行時刻を聞いたとき、自分が聞き間違えたのだろうか。老人がカタルーニャ語で時刻を口にしたとはいえ、カスティーリャ語と似た単語だったたから聞き間違えるはずはない。

い、い、い、い、い。

カタルーニャ語？

何かが頭の中で引っ掛かった。

何だろう。違和感がある。

カタルーニャ語とカスティーリャ語の違い――。

たしか最近聞いた気がする。あれは一体いつだっただろう。

立ち止まり、街灯に額を押し当てて記憶を手探りした。排気ガスの臭気を撒き散らしながら走行音が駆け抜ける。一台、二台、三台、四台、五台——。

突然、求めていた記憶を鷲掴みにできた。

カタルーニャ語の時刻表現はカスティーリャ語とは違う!

ホルヘはフリアン刑事と電話で話した後、教えてくれた。カタルーニャ語では、九時半を十時半と表現する、と。

老人はカタルーニャ語で『ウン・クアル・ドウナ』と言った。カタルーニャ語で一時十五分ということは、実際は零時十五分だ。

つまり本当の犯行時刻は、零時十五分だったのだ。ホルヘがカザルスたちと合流したのは、一時だからアリバイが崩れる。

目の前が真っ暗になり、築き上げてきた信頼が瓦解《がかい》した気がした。ホルヘは髭面の男が見たという共犯の若い男と組み、犯行を実行したのか? 仲間は一体誰だろう。聖堂の石工だろうか。あるいは想像もつかない人物か。

志穂は悄然《しょうぜん》とした気分のまま歩きはじめた。

電報局の近くを通ったときだった。看板に『TELEGRAFS』『TELEGRAFOS』と記されていた。最近も見上げた記憶がある。

何かが気になった。何だろう。カタルーニャの歴史を考えれば、両言語が並んで表示されているのは珍しくない。スペイン全土の公用語であるカスティーリャ語、カタルーニャの公用語であるカタルーニャ語——。バルセロナでは二つの言語が公用語になる。当然の光景だ。一体何が気になったのだろう。

疑問と格闘しながら見つめていると、突然、頭の中に立ち込めていた濃霧《のうむ》が吹き飛んだ。
両方の言語の単語は似ている。些細な違いだけの単語もある。電報局の看板のように『O』の文字があるかないか、謝罪の言葉『perdón』と『perdó』のように『n』があるかないか——など。

志穂はアパートに駆け戻ると、メモの暗号を凝視した。

La llapida de la agonía narra
María lamentar un amor blasfemos
Oh, la agonía
El padre triste
La llapida de la agonía narra
La biblia blancca no es la vida de Jesús
Oh, la agonía
María lamenta un amor miserables
Oh, la agonía
María lamenta un amor ammable
El día de la fiesta,
María lamentar un amor alegre
Oh, la agonía

苦悶の石碑は語る。
マリアは冒瀆的な愛を嘆いている。
おお、苦悶よ。
悲しい父よ。
苦悶の石碑は語る。
白い聖書はイエス・キリストの生涯ではない。
おお、苦悶よ。
マリアは哀れな愛を嘆いている。
おお、苦悶よ。
マリアは優しい愛を嘆いている。
祭典の夜、
マリアは喜びの愛を嘆いている。
おお、苦悶よ。

誤字を再び抜き出してみる。
『llapida』は『l』が一個多いから正確には『lápida』と綴る。『lamentar』には動詞の変化が必要だ。主語の『maría』は三人称だから、後に続く動詞は『lamenta』としなくてはいけない。『un amor』は単数形だから、それを修飾する形容詞『blasfemos』は複数形の『s』を外す。

次の『llapida』は『l』が余分だ。『biblia blancca』は『c』が余分。単数形の『un amor』を修飾する形容詞『miserables』は『miserable』となる。『ammable』は『amable』だ。『lamentar』は動詞を変化させ、『lamenta』とする。

余分に付け足されている誤字のアルファベットを全部並べると、『l r s l c s m r』となる。暗号の話を父としたときは、母音がないから文章を形成できないと結論づけた。だが、推理が正しければ暗号には母音が隠されているはずだ。母音だけじゃなく、子音も隠されているかもしれない。

志穂はカザルスの家を訪ねた。ホルへは今、仕事場だ。

話せる範囲で事情を説明し、メモの暗号を見せ、カタルーニャ語への翻訳の仕方を教えてもらった。

最初の文章である『la agonía narra』を訳してみる。カタルーニャ語だと、定冠詞『la』は母音の前では『a』が省略されるため、『l' agonia』と綴る。

次の単語『blasfemos』はカタルーニャ語だと、『blasfem』と綴る。父親という意味のカスティーリャ語の名詞『padre』は、カタルーニャ語では『pare』となる。悲しみを意味する形容詞『triste』は『trist』。祭典を意味する『fiesta』は『festa』となる。

全文をカタルーニャ語にして括弧の中に書き、並べたカスティーリャ語版と比べた。

La llapida de la agonía narra
(La lápida de l' agonia narra)
María lamentar un amor blasfemos
(Maria lamenta un amor blasfem)
Oh, la agonía
(Oh, l' agonia)
El padre triste
(El pare trist)
La llapida de la agonía narra
(La lápida de l' agonia narra)
La biblia blancca no es la vida de Jesús
(La biblia blanca no és la vida de Jesús)
Oh, la agonía
(Oh, l' agonia)
María lamenta un amor miserables
(Maria lamenta un amor miserable)
Oh, la agonía
(Oh, l' agonia)

María lamenta un amor ammable
(María lamenta un amor amable)
El día de la fiesta,
(El día de la festa,)
María lamentar un amor alegre
(María lamenta un amor alegre)
Oh, la agonía
(Oh, l' agonia)

翻訳しても文章の印象は大差なかった。些細な違いがあるのは単語十数語だけだ。たとえば、『narra』『biblia』『un amor』『no es la vida de Jesús』などの文章は、カタルーニャ語にしても変わらない。だが、比べてみると、分かることがある。カタルーニャ語版を見ても意味が分かるほど互いに似ている文章だが、全ての文に一個以上の違いがある。

翻訳した際に不要になるアルファベットがあるのだ。

例えば『blasfemos』では『o』『s』、『triste』では『e』、『fiesta』では『i』という具合に。

全てを確かめた志穂は、頭の中で推理を組み立てた。想像したとおりだった。暗号を解く鍵は文章の意味にはなかったのだ。暗号の解読のためには誤字を抜き出すだけではなく、カタルーニャ語に固執したガウディを理解し、カタルーニャ語に訳す必要があったのだ。

「何か分かったのかな?」

カザルスに問われると、志穂は返事に窮した。

カザルスからホルヘに伝わったら？　彼が息子に情報を漏らしてしまう可能性はある。

「駄目です、まだ分かりません……」

志穂は首を横に振ると、誤字と各々の文で不要となったアルファベットを頭の中で順番に並べてみた。

ｌａｒｏｓａｄｅｌａｃａｓａｍｉｒａ

適切に繋げ、適切な位置で区切ると――。

la rosa de la casa mira

ラ・ロサ・デ・ラ・カサ・ミラ――。

つまり『カサ・ミラの薔薇』という意味になる。

ガウディは〝悲劇の一週間〟のとき、アルフォンス少年と一緒に燃える街を見下ろし、聖堂の危機を口にした。幸いにもサグラダ・ファミリアは無事だったものの、未来に不安を抱いた。急遽《きゆうきよ》設計図を描き上げ、隠す場所に悩んだ。そんなとき、建築中の『カサ・ミラ』にマリア像を据えつけることが不可能になった。代わりに『石の薔薇』を設置する許可を貰った。

ガウディは、ここになら隠しても大丈夫だと考えた。施工主がマリア像の設置を拒否したのは、カトリックの象徴的建築物と誤解され、破壊の対象になっては困ると思ったからだ。

つまり、マリア像を設置していない『カサ・ミラ』は、サグラダ・ファミリアのように狙われる心配がない。

しかも、後に歴史的建築物として認められる可能性が高い建物だから、半永久的に残り続けるだろう。設計図の隠し場所としては最適だ。

問題は今後の行動だった。

設計図を守り、マリア・イサベルを救い、父の無実を晴らす形勢逆転の一発――。設計図を破棄したいラモンを出し抜き、ホルへの行動を逆手《さかて》にとっての一発――。その方法はある。

一種の賭けになるだろう。

31

闇夜に『カサ・ミラ』が白く浮かび上がっていた。カタルーニャの聖山モンセラートを思わせる壁面が蠢《うごめ》いているように見える。建物の正面上部には『石の薔薇』があった。

「ここに設計図があるのか……」ラモンは『石の薔薇』を見上げると、振り返って言った。「先に入手して本当に大丈夫なのか？　犯人の気持ちを逆撫でするのではないか？」

「設計図を切り札にマリベルを助け出します。信用してください」

「……設計図は娘を救出した後で破棄するんだな？」

「はい」

だが、本当は違った。マリア・イサベルを助け出し、設計図も守るつもりだ。その賭けに勝つか負けるか――。

ラモンの隣には、バンダナをした石工が従っていた。設計図の入手には職人の技術と現場監督の権威が必要だ。

「じゃあ、お願いします」

ラモンはうなずくと、石工を連れて『カサ・ミラ』に入った。志穂は入り口で待っていた。ラモンは管理人に声をかけ、サグラダ・ファミリアの現場監督という立場を証明し、天井を指差している。

「聖堂の建築に関する重要なことを調べなきゃならん」

管理人との交渉に勝つと、二人は階段を上がっていった。志穂は後退して建物を見上げた。五分後、屋上を取り囲む低い壁面をバンダナの石工が乗り越えた。彼は体を水平にし、『石の薔薇』の位置まで下りている。屋上の煙突《えんとつ》にザイルを結《ゆ》わえているのだろう。

石工は体勢を元に戻し、壁面に張りつくようにした。咥《くわ》えた懐中電灯で『石の薔薇』を照らし、手に持った工具でこじる。通行人の数人が彼の姿に気づき、興味深そうに視線を投じていた。

突然、『石の薔薇』が動いた。抜けるように取れたのだ。壁面に穴が穿《うが》たれている。石工が腕を差し込み、そして、引き抜いた。石の小箱が握られている。

志穂は『カサ・ミラ』に入り、管理人に話しかけた。

「屋上で二人が世界遺産を傷つけてます」

「何だって？」

管理人は顔色を変え、あっと言う間に階段を駆け上がっていった。道路に戻ると、石工が『石の薔薇』を元に戻す作業の途中だった。無事にはめ込み、石の小箱をリュックサックにしまう。同時に壁面から管理人が顔を突き出し、怒鳴った。石工が動揺したのが分かる。巻き添えになった彼には悪いが、設計図入手後にラモンを足止めするには他に方法がなかった。

志穂は両手を広げ、「こっち！」とアピールした。石工は管理人の顔と地上を交互に見やり、覚悟を決めたようにリュックサックを放り落とした。志穂は真下で受け止めた。あらかじめクッションを詰めておいたから、重みと衝撃で怪我することはない。

後の行動はもう決まっていた。ラモンの拘束《こうそく》中にルイサを訪ね、盗聴されているであろう部屋で犯人に訴えてもらう。娘の声を聞いて無事だと分かったら暗号の解読方法を教える、と。

ホルへはマリア・イサベルに電話させるため、監禁場所に行くだろう。彼を見張っていたら少女を救い出せる。彼女を助け出せたら、設計図をコピーして公布しよう。

決意を胸に顔を上げたときだった。背中を突き飛ばされ、眼前を褐色《かっしょく》の髪が駆け抜けた。少年がリュックサックを揺らしながら遠ざかる。

「あっ！」と声が弾《はじ》けた。

盗《と》られた！

志穂は慌てて駆け出した。引ったくりを追いかける。

少年はグラシア通りの歩道を駆けた。巧みに人込みを縫っていく。

「誰か捕まえて！」

叫んだ瞬間、少年がグラシア通りを外れた。建物に挟まれた暗い通りに消える。通行人に助けを求めるのを諦め、懸命に追った。

少年の背は旧市街に入り、路地裏に飛び込んだ。左右を挟む石のアパートが一続きになっていた。薄暗がりに黒いシャツが溶け込む。闇に呑み込まれて姿が消える。

――逃がすわけにはいかない。設計図を取り返さなくては。マリベルの命がかかっている。

全力疾走した。二度ばかりつんのめりながらも追う。

横っ腹が痛みはじめたとき、闇の中に走る影が浮かび上がった。少年の姿を視認できたとたん、「待ちなさい！」と叫んだ。少年は肩ごしに振り返り、速度を上げた。距離が遠のきはじめた。逃げ足を鍛えているのだろう。

必死で追いかけたものの、見失ってしまった。

途中の十字路で視線を走らせた。闇が遠方に延びている。建物の石壁の前には、割れたワインの瓶や壊れたニンニク潰し器が転がっている。丸まった新聞が風に飛ばされてガサガサと走ってくる。

乱れる息を殺し、耳を澄ませた。肌に突き刺さる夜風に乗り、石畳を蹴る足音が聞こえてきた。

――右の路地裏だ！

そう思ったとき、唐突に足音が止まった。間をおき、夜空に打ち上げ花火が炸裂《さくれつ》した。赤や黄や緑の火が広がり、一瞬、周辺の闇が吹き飛ばされた。

一体何だろう、と思いながらも、右の路地裏へ進んだ。焦げた火薬のにおいが充満する中、少

年の背中があった。行き止まりだった。レンガ造りの建物が屹立《きつりつ》し、周囲に闇が吹き溜《ふだ》まってい
る。

志穂は足を止め、横っ腹を押さえながら息を喘がせた。唾を飲み込んで喉を湿らせ、強い語調で声をかける。

「さあ、リュックを返しなさい。金目のものは何もないんだから」

褐色の髪の少年が振り返った。発見されたことに対する驚きの表情を見せたものの、次の瞬間には勝ち誇った笑みに変わっていた。

志穂は自らの速まる心音を聞きながら、相手を見つめた。少年の余裕はどこからくるのだろう。

――一体なぜ。

疑問と不安が同時に頭をもたげた瞬間、吹き溜まる闇の中に石畳を踏む足音が広がった。目を凝らすと、複数の人影が窺えた。一人、二人、三人、四人、五人、六人――。十人はいるだろう。背丈から少年だと分かる。

「ここいらは俺らの溜《た》まり場さ」

褐色の髪の少年は見下すように言い、薄汚れたジーンズのポケットからガムを取り出した。放り上げて口で受け止める。

クチャクチャとガムを嚙みながら、建物の前にある巨大なダストボックスに歩み寄る。下部の横棒をペダルのように踏みつけた。クポッと音がして蓋が開いた。薄闇の中、ポルノ雑誌や三流新聞紙があふれているのが見えた。その中に赤黒く染まった野良猫の死骸《しがい》が横たわっている。少

年が足を離すと、蓋が閉まった。

「ダストボックスを棺桶《かんおけ》にしたくなきゃ、諦めて消えな」

少年の口から聞くには不釣り合いな台詞だった。生活と人生の苦汁《くじゅう》を舐め続けた者の粗暴さか。

周囲に押し殺した笑いが広がった。

少年はクポッ、クポッと音を響かせながら、ダストボックスの蓋を上下させている。血染めの野良猫の死骸が覗き、消え、覗き、消え、覗き、消え——。

志穂は息を呑んだが、後退せず踏ん張った。

設計図を渡すわけにはいかない。アンヘルの遺志を継ぎ、父の無実を晴らし、マリア・イサベルの命を救うためにも。

「……中を調べてよ。金目のものは何もないから」

少年はリュックサックを抱えたまま、ダストボックスを開け閉めし続けていた。そして視線は——。

自分のジーンズのポケットの膨らみに向けられているのに気づき、志穂は財布の重みを感じた。少年が舌舐めずりしたのが分かった。闇の中で数人の少年が移動し、背後を塞《ふさ》ぐように位置する。

志穂は耳の裏で脈打つ自分の鼓動を聞いた。

「じゃあ、取引しましょ。中身は恋人との思い出の品なの。返してくれたら五千ペセタ出す」

交渉の主導権を握る必要がある。どうせ財布を奪われるなら、設計図だけでも取り返さなくてはいけない。

背後で金属の擦《こす》れる音がした。肩ごしに振り返ると、三白眼《さんぱくがん》の少年が折り畳みナイフをもてあそんでいた。

背筋が粟立《あわだ》った。少年たちの心の中が読めるようだった。別にリュックサックを渡さなくても金は手に入るぜ——。

少年たちの姿が闇の中から薄ぼんやりと現れ、距離を詰めてきた。志穂は後ずさった。背後の足音を聞き、足を止める。逃げ場がない。囲まれてしまっている。一体どうすればいいのか。

「ま、待ってよ。欲しいなら、あり金全部置いてく」志穂は財布を取り出し、掲げた。「リュックサックを返してくれたら、警察にも通報しない」

声は上ずっていた。少年たちの黒目に、獲物を屈服させた満足感が窺えた。反抗したい気持ちがあったが、三白眼の少年にナイフの先端で財布を突っ突かれると、気概は萎《な》えてしまった。

「いくらある？　出せよ」

志穂は一万ペセタ札二枚、五千ペセタ札三枚を抜き出した。

「全部よ。硬貨も欲しいなら財布ごと持っていって」

少年はペセタ札を引ったくり、財布に手を伸ばした。

「やめろ！」

闇を貫く怒声だった。少年全員が振り返った。建物の裏口にある木製ドアの前に真っ黒な人影があった。

「彼女に金を返してやれ」

ナイフを持った少年が「パキート……」とつぶやいた。闇の中から現れたのは、幼い面立ちに厳しさがある少年だった。背後には二人の少年を引き連れている。

「パキート、何でだよ？　三万五千ペセタは結構な金だぜ」

「俺たちロマ族《ヒターノ》は誇り高き一族だ。恨みも忘れねえが、借りも忘れねえ」

聞き覚えのある台詞だった。すぐに思い出した。前にカタルーニャ広場で会ったスリの少年だ。

「俺は彼女に借りは返すと約束した。ほら、早く返してやれ」

「……分かったよ」

少年はナイフを折り畳むと、ぶっきらぼうに紙幣を突き返した。受け取って財布にしまい、褐色の髪の少年に視線を投じる。少年はリュックサックを握り締めていた。

志穂は言った。

「お金より、それを返してほしいんだけど……」

パキートが目配せした。褐色の髪の少年は首を横に振り、リュックサックを持ったまま後退する。

「俺の命令に従えないのか？」

褐色の髪の少年は表情に怯えを走らせたものの、リュックサックは抱えたまま離そうとしなかった。パキートが目を細める。

「どうやら無意味にスッたわけじゃねえみたいだな」

「いや、お、俺は……」

「誰に頼まれた?」

志穂は目を見開き、少年を見据えた。

頼まれた?

「言えよ」パキートは少年の襟刳《えりぐ》りを摑んだ。「俺たちは誰の指図《さしず》も受けねえ。俺たちが盗むのは自分たちが生きるためだ。首輪に繋がれた飼い犬になるためじゃねえ」

褐色の髪の少年はうつむき、視線を左右にさ迷わせた。

「金はそれぞれ好きに稼げばいいが、見過ごせねえこともある。誰に頼まれた?」

褐色の髪の少年は頭を搔き毟《むし》った後、観念したように言った。

「知らないんだ」

「知らないはずねえだろ。どんな奴だ? 歳は?」

「本当に知らないんだ」

「説明しろ」

「……溜まり場に鞄が置いてあったんだ。中に手紙と写真があった。写真の日本人女を見張って、その女が入手したものを奪えって書いてあった。女の住所も全部書いてあった。目的のものが手に入ったら報酬は十万ペセタ。打ち上げ花火で合図した三十分後、サグラダ・ファミリアの『ロザリオの間』で取引する手筈《てはず》だった。女の写真は何枚もあったから、俺はみんなに配った。六人で女を見張ったよ」

パキートは理解したというふうにうなずくと、褐色の髪の少年を突き飛ばした。振り返り、言う。

「だとさ。あんた……何か面倒に巻き込まれてるみたいだな」

志穂はうなずきながら頭をフル回転させた。

犯人は髭面の男が殺人容疑で指名手配されて使えなくなったため、急遽スリの少年たちを利用したのだろう。だが、本当にホルへが石板を狙う黒幕なのだろうか。彼なら少年に頼む必要はない。恋人の行動を監視することも簡単だ。

日本人女を見張れと命じた黒幕が別にいるとしたら――。

日本人女を見張れ？

瞬間、四散していた真相の断片の嵌《は》め方が分かった気がした。

黒幕が命じたのは、日本人女の見張りだけだ。これはおかしい。普通はラモンも見張るのではないか。

犯人が見張りを日本人女に限定した理由はまさか――。

真犯人が分かったかもしれない。

32

志穂は電話でホルへとラモン夫妻を呼び出し、サグラダ・ファミリアへ向かった。

頭の中は〝彼〟をどう説得するかでいっぱいだった。

真犯人が『日本人女を見張れ』と命じたのは、暗号を解いたと推測したからだろう。それが可能だったのは〝彼〟しかいない。

〝彼〟を疑ったとき、連鎖的に全ての謎が符合した。聖堂の番犬が吠えなかった理由も、アニータが『ホルへ』の名前を残して息絶えた理由も――。

闇の中にサグラダ・ファミリアが浮かび上がっていた。ライトアップされ、夜空に突き刺さる石の塔が輝いている。生誕のファサードの彫刻群は亡霊さながらに青白く光っている。

守衛がまだ入院しているため、勝手に門を開けて中に入った。金目の物がない建設中の聖堂に守衛の代役はいなかった。

番犬は眠らされていた。生誕のファサードを通り、薄暗い『ロザリオの間』に入る。濃い闇が隅《すみ》にとぐろを巻いていた。

一歩一歩進むと、彫刻群が見えてきた。幼子イエス、聖母マリア、聖ドミンゴ、聖カタリーナ――。その真下にある黒ずんだドアの前にジョルディ・カザルスが立っていた。骨灰色《こつばいいろ》のハンチングを被り、痩《や》せさらばえた体を薄手のベストで包んでいる。

直後、ラモンとルイサとホルへがやってきた。

「これは一体――」ラモンが困惑した声で訊く。

「そうだよ」ホルへが言った。「どうして父さんが？」

志穂は深呼吸すると、カザルスから視線を外さず、言った。

「友達のアニータが犯人を調べてくれたの」

志穂は下唇を噛んだ。胸が痛む。

今から明らかにしなければいけない真相は――。

「犯人は――」志穂は一呼吸おいた。「カザルスさんだったんです」

場の空気が一瞬で緊張した。

アニータは髭面の男が手帳に記していた名前を見た。『ホルヘ』と書かれていたらしい。だからこそ、ホルヘを疑った。

だが——。

大きな勘違いをしていた。『Jorge《ホルヘ》』——。

『Jorge』をカタルーニャ語読みすると、『ジョルディ』になる。

ジョルディ・カザルス。

そう、カタルーニャには子が親の名前を受け継ぐ習慣がある。

アントニオ・ガウディが母アントニアの名前を受け継ぎ、兄が父フランシスコの名前を受け継いだように。

迂闊《うかつ》だった。なぜ気づかなかったのか。

名前だけはカタルーニャ語読みに固執《こしつ》するカザルスのことは、『ジョルディ・カザルス』と記憶していたし、何より彼のことは名字で呼んでいた。だから『ホルヘ』と同じ名前であることを忘れていた。

カタルーニャ語で『ジョルディ』は『Jordi』と綴る。厳密には『Jorge』なので綴りは違うが、髭面の男は『ジョルディ』の名前を聞いたとき、不慣れなカタルーニャ語の綴りではなく、慣れたカスティーリャ語の綴りを使ったのではないか。

それを見たアニータは、当然カスティーリャ語で読んだ。つまり、黒幕はホルヘ・カサルスではなく、父親のジョルディ・カザルスだったのだ。

カザルスには石板の存在を知る機会があった。父の話によると、石板を入手したアンヘルはその扱いに困り、引退した石工たちに相談したらしい。その中にカザルスもいたのだろう。

推理を語ると、ホルへの顔がこわばった。

「僕の父さんが犯人だって？」

カザルスに暗号の翻訳を頼んだとき、たぶん彼は推測した。シホは石板の謎を解き明かしたに違いない——と。だから即座にスリの少年たちに見張りを依頼した。

自分もカザルスが犯人だとは思いたくなかった。珪肺病で苦しんでいるカザルス。聖堂に関して色々と教えてくれたカザルス。息子のために寄付をしているカザルス——。

カザルスの顔には諦念があった。

「……〝糸玉は糸によって引き出される〟ということか。細い糸でも手繰《たぐ》っていけば全貌《ぜんぼう》にたどり着く」

「一体なぜこんな大それたことを？」

カザルスはハンチングを被り直すと、石壁を撫でた。ガウディの墓碑銘《ぼひめい》でも慈《いつく》しむように——。

「職人一人一人が神の家を造る仕事に命を懸け、ファサードの柱の足元にある亀の彫刻が象徴するように、一歩一歩、歩みは遅くとも前進し、史上最大級の聖堂を完成させようとしている。私が仕事をしていたころは、永遠の未完だと思っていたものだ。だが、最近になって事情が変わってきた」

観光客の増加による莫大な入場料のことだろう。このペースで順調に資金が集まれば、サグラダ・ファミリアは二〇二〇年代に完成する可能性が高いという。

「……私は珪肺病でいつまで生きられるか分からん。二〇二〇年には八十五歳になっている。私は命があるうちに鐘の音を聞きたい。ガウディが求めた神の声を。バルセロナの街に降《ふ》る神の声を」

志穂は黙って告白を聞いていた。

「だが、設計図が公になれば、聖堂建築が見直され、現在着工している部分の進行は遅れ、計画が崩壊しかねない。万が一、最初から造り直すはめになったら？　技術者や責任者が試行錯誤のすえに導き出した聖堂の完成予想図が崩れたら、間違いなく、サグラダ・ファミリアは死ぬ」

反カトリックの『黒薔薇十字団』が聖堂建築を妨害するために設計図を抹消《まっしょう》しようとしているのに対し、カザルスは聖堂建築が止まらないよう、設計図を葬ろうとしている。

言葉を途切れさせたカザルスに代わり、志穂は言った。

「だからアンヘルを拷問《ごうもん》して殺した」

「待ってくれ！」ホルへが声を上げた。「シホは忘れてる。アンヘルの死亡推定時刻は朝八時だろ。警察の発表じゃ、聖堂関係者全員にアリバイがあった」

志穂はゆっくりとかぶりを振った。

「いいえ。カザルスさんに殺害は可能だったの」

「冗談はやめてくれ。父さんにはアリバイがある。警察が裏付けも取ってる」

「……朝八時のアリバイは無意味よ。実際の殺害時刻は朝じゃなく、真夜中だったんだから」

「冗談だろ」ホルへは言った。「死亡推定時刻の算出法はテレビで何度も放送してた。警察は、外気温や被害者の体格や雨に晒されていた時間を計算し、正確に導き出してる。間違いなんてありっこない」

「残念ながらあったのよ。テレビで法医学者の説明を聞いたならホルへも知ってるでしょ。死亡推定時刻には温度が関係してる。死体を温めると、実際の犯行時刻より遅くなる。つまり、カザルスさんは熱を利用して死亡推定時刻を錯覚させたのよ」

「……馬鹿な」

「ホルへは前に説明してくれたでしょ。ガウディが彫刻を作ったとき、虫や花を石膏で型取りしたって。だから多くの生物が死んだって。覚えてる？」

「当然だよ」

「じゃあ、これも覚えてる？　石膏を塗られると、人間でも悲鳴を上げたらしい。何でだった？」

「そりゃあ、あまりの熱に耐えられなくて――」ホルへは言い切れず、両目を剝《む》いた。「まさか――」

「ええ。カザルスさんは殺害後に死体を石膏の中に隠したのよ。だから、高熱で死亡推定時刻がずれた」

「待ってくれ。法医学者の話によると、死体を温めたら腐敗速度が通常より早くなるから、直腸温度と矛盾が起きるはずだろ。腐敗は進行しているのに直腸温度は高いまま――なんて状況になるから、小細工は一発で見破られるそうだよ」

「テレビで聞かなかった？　死体を土に埋めると、腐敗速度が緩やかになる。だから、カザルスさんは石膏に包んだの。空気を遮断できるから。つまり、石膏で包めば、熱で直腸温度の低下を緩やかにすると同時に、腐敗速度も遅らせることができる。そうすれば両方を調べても矛盾は起きない。差が表れたとしても、それは極めて小さくなる」

「たしかにな」ラモンが同意した。「石膏は綺麗に剝がれるから、地中に埋めたときのように土が死体に付着して細工がバレるようなこともないだろう」

「そうなんです」志穂はうなずいた。「溶けにくいビニールで死体を包んでから石膏で固めれば、石膏の破片すら付着しないし、隠し場所にも困らない。大量の石膏像や石材の中に紛れ込ませれば、一日くらいは見つからない」

『ロザリオの間』に沈黙が降りてくる。石の芳香がぷんと鼻を突く。誰もがカザルスの発言を待っていた。

「……殺すつもりはなかった」カザルスは平坦な声で言った。「石板の話を知った私は、真夜中、アンヘルをサグラダ・ファミリアに呼び出した。守衛は酒を飲んで酔っていたから、秘密の話をするには打ってつけだった。守衛はアベックや空中散歩の男が忍び込んでも気づかないくらいだからな。私は設計図が聖堂に及ぼす問題を説明し、暗号の破棄を求めたのだ。だが、断られた。ガウディの遺志を継ぐほうが大事だと言われてな。気持ちは分かる。私もガウディに傾倒する身だ。ガウディの目指した真の聖堂があるのなら、それを見てみたい。だが、理想だけではいかんのだ。今、聖堂が崩壊したら二度と立ち直れん。設計図の存在が明らかになるなら、五十年は前に明らかになるべきだった。なぜ今ごろ？　手遅れなのだよ」

カザルスの父は間接的にガウディを死なせた後、設計図の存在を抹消するため、『カサ・カルベット』や『カサ・バトーリョ』の家具を破壊したり、盗んだりしたらしい。父からその話を聞かされたカザルスは、設計図があること自体は知っていた。当然探そうとしただろう。聖堂を永遠に破壊するために設計図を探した父とは違い、建設中の聖堂を守るために――。

だが、発見できなかった。それなのに、聖堂の建設が軌道に乗りはじめた今になって、石板の存在が明らかになった――。

「アンヘルは私の説得を頑《かたく》なに突っぱねたよ。設計図を公にした結果、完成に数百年かかることになったとしても真の聖堂を造るべきだ、とな。私は何としてでもアンヘルが隠し持つ石板を入手したかった。脅迫的な言葉も口にした。すると、石板は信用できる人間に預けていると言われた。渡す気はないようだった。だから私は彼の顔に拳を叩きつけた。目を覚まさせるつもりだったんだ。だが、その一発でアンヘルは石材に頭を打ちつけ、動かなくなった」

『ロザリオの間』の空気が一気に重々しくなった。ホルヘとラモンとルイサも言葉をなくしている。

「……私は混乱する頭を必死に働かせ、考えたよ。警察に通報したら動機を話さなくてはいけなくなる。口をつぐんだとしても、拘束されることは間違いない。聖堂を守れなくなってしまう」

「だから隠蔽《いんぺい》工作を――」

「……ああ。私は思い悩んだすえ、フリアンに相談した。事情を話すと、彼は助けてくれた」

唐突な告白に衝撃を受けた。

優男風のフリアン刑事の顔が脳裏に浮かんだ。

思えばホルへの従兄であるフリアンは、ホルへの家族と一緒に暮らしていたこともあり、聖堂建築に造詣《ぞうけい》が深い。叔父であるカザルスに同調しても不思議ではない。

「石膏で死亡推定時刻を狂わせる方法は彼が？」

「……そうだ」

現職の刑事なら法医学にも詳しいだろう。

「私はアンヘルの血が付着した石材の角を削って犯行現場を隠すと、後はシホの言ったとおり、死体の入った石膏像を石材や彫刻群の中に隠した。石板を探す必要があったからだ。信頼できる者に石板を預けた――というのがハッタリだったなら、アンヘルの部屋に石板があるかもしれないだろう？　警察沙汰《ざた》になれば、忍び込むことが不可能になってしまう。翌日、私は家捜しした。石板は発見できなかった。本当に誰かに預けているらしい。私は悩み抜き、石板を入手する計画を立てた」

「尖塔に死体を吊るしたのが計画ですね？」

「そうだ。私とフリアンは夜中の聖堂に出向いた。フリアンが守衛を気絶させた。私とフリアンは石膏像からアンヘルの死体を取り出し、電動リールを使った。冒瀆的《ぼうとくてき》な行為も聖堂を守るためだと正当化し、躊躇《ちゅうちょ》しなかった」

「石板の持ち主に警告する意味があったんですよね」

それと死体を早く見つけさせるためか。熱の細工を用いたなら、死体を早期発見させなくてはいけない。発見が遅れたら正確な死亡推定時刻が割り出せなくなる。細工が無意味になる。

「……少し違うな」カザルスは言った。「聖堂に吊るすことにより、単純な怨恨や痴情《ちじょう》のもつれが動機ではないと推理させたかった。聖堂関係者全員が疑われる状況が必要だったのだ」

「どういう意味ですか」

「死体をその辺に放置したりすれば、通り魔や強盗の仕業だと思われかねないだろう？」

「むしろそのほうが助かるのでは？」

カザルスは「いや」と首を横に振った。「事件が発覚したら、フリアンが容疑者の取り調べを担当する。取り調べで追及し、誰がどこに石板を隠し持っているか、突き止める手はずだった。聖堂関係者を一人一人警察で取り調べるため、死体を聖堂に吊るす必要があった」

「でも、父が行方を晦《くら》ませたから、取り調べるまでもなく石板の持ち主が分かった――」

「そうだ。後は説明するまでもないだろう。私はフリアンから受け取った盗聴器をシホやラモンの住むアパートの電話に仕掛けた。珪肺病で老い先短い身に怖いものはないし、石工も引退している私に失うものはない」

――大事な息子を失いましたよ。

志穂は言葉を吞み込み、肝心の話を切り出した。

「真相は分かりました。でも、サグラダ・ファミリアのためにマリベルを傷つけてほしくはありません。彼女を返してください」

カザルスは目尻の皺を深めた。その瞬間、上部で何かが動いた気がして志穂は顔を上げた。扉のアーチ上に据えつけられた聖母マリア像が揺れた――気がした。以前『ロザリオの間』に来たときも、揺れ動くのを見たような……。

「駄目だ」

カザルスの声が薄闇に響いた。

「マリベルはどこにいるの！」

ルイサが叫んだ。

志穂はカザルスに視線を戻した。

「子供に罪はありませんよ、カザルスさん」

「設計図を渡してくれ。渡してくれたら返す」

志穂は躊躇した。設計図を破棄されたら、ガウディの遺志を失うことになる。

「言うとおりにしろ！」ラモンが一喝した。「マリベルの命が最優先だ」

志穂は逡巡した。

設計図を素直に渡すか。それとも――。

いや、何より大切なのはマリア・イサベルだ。

志穂は息を吐くと、リュックサックに入れていた石の小箱を差し出した。

カザルスはそれを受け取り、丹念に検分した。

「コピーは取っていなさそうだな。接着面が古い」

石の小箱を地面に叩きつけた。真っ二つに割れ、破片が飛び散った。石の小箱の中には、保存用の油紙に包まれた設計図が収められていた。

カザルスは拾い上げると、油紙を取り去り、設計図を広げて中身を確認した。

沈黙を伴った緊張が横たわる。数秒が一分にも二分にも感じた。

カザルスは顔を歪《ゆが》め、紙を表向きに掲げた。

設計図は白紙だった。

33

志穂は言葉をなくし、立ち尽くしていた。

「……どういうことだ？」カザルスの声は怒りを含んでいた。「私を謀《はか》ったのか？」

志穂は愕然としてかぶりを振った。

白紙？　設計図が？　あり得ない。ガウディの暗号は完璧に解き明かしたはずだ。他に解読方法はない。暗号の示す場所に石の小箱は確かにあったのだ。では、一体なぜ白紙だったのか。

「マリベルの命が懸かっているのに、そんなこと、しません」

「では、なぜ白紙なのだ」

「私に訊かれても――」

「他に誰がすり替える？　石板を入手してから肌身離さず持っていたのか？」

「私はずっと――」

本当にそうだろうか？　スリの少年たちにリュックサックを奪われた。取り返しはしたものの、一時的に手を離れていた。そのときにすり替えられた可能性は？

いや、不可能だ。

設計図がどのように収められているか誰にも分からなかったのに、あらかじめそっくりの石の小箱を作っておくことはできない。

ガウディが白紙の設計図を入れたとしか――。

志穂ははっとした。

本当にガウディが白紙の設計図を入れたとしたら?

そう考えたとき、ガウディの真意に気づいた気がした。ガウディが後世に残したかった真の遺志――。

志穂は頭の中で考えを組み立てながら、ゆっくりと語りはじめた。

「ガウディは――設計図を用いない建築家でした」

「誰もが知っている。普段設計図を用いないガウディが残した設計図だからこそ、数百枚の資料に勝《まさ》る価値がある」

「いいえ」志穂は首を横に振った。「ガウディは最初から設計図なんて残していなかったんです」

「何だと?」

「時代が進化するにつれ、技術は変わる――。未来を見通す建築家だったガウディも、全ての技術のたどり着く先は予想できなかった。だから、後の建築は後の世代の人間に託した。ガウディは最初から最後まで設計図にこだわらなかったんです」

「冗談はよしてくれ」

「冗談なんかじゃありません。ホルヘが言うには、この『ロザリオの間』はガウディの遺言になってるそうですね。彫刻の完成度、プロポーション、寸法、補強の仕方、象徴解釈――。あらゆるお手本として作られてるそうです。ガウディは同じく白紙の設計図にメッセージを込めたんじゃないでしょうか」

「メッセージ？」

「〝自分たちの技術と解釈を信じ、各々が全力を尽くし、最高の仕事をしろ〟――と」

ガウディが市電に撥ねられた日、聖堂を去る間際に仲間にかけた言葉は、『明日も最高の仕事をしようじゃないか』だったという。この言葉が全てを表しているのではないか。

「ガウディは口で語る建築家ではありませんでした。模型を見せ、実際に線を引き、自作の中にお手本としてメッセージを込める――。そんな建築家でした。だから、白紙の設計図には深い意味がある。自分を信じろ、という」

「馬鹿な……」カザルスは魂が抜けたようにつぶやいた。「では、私がしたことは一体何だったのだ。取り返しのつかない罪を犯し、犯罪行為に手を染め――」

声に悔恨が滲み出ている。

「……たしかにアンヘルは戻りません。でも、罪を償《つぐな》うことはできます。これ以上罪を重ねないことも」

「私の行為は、何を正当化しても、赦されんよ。赦されん」

カザルスの口調には投げやりな自責の念が窺えた。瞳は暗く沈み、闇に吸い込まれそうに見える。

志穂は彼の痛々しさから視線を逸らした。そのとき、悪魔から爆弾を手渡される青年の彫刻が目に飛び込んできた。爆弾にかけた小指が目に留まる。爪の先だけが触れている。

ホルヘが言っていた。リセオ劇場に爆弾を投げ込んだアナーキストがモデルになっている、と。爆弾を持って聖母マリア像を睨みつけている悪の象徴。宗教の破壊者。

しかし、本当にそうだろうか。青年は爆弾をがっしり摑んでいるわけではない。内戦で破壊されたこの彫刻を修復した作者は、指に青年の迷いを表現したのではないだろうか。暴力に訴えないと世は変えられないと考え至った青年に、悪魔が誘惑してくる。爆弾を受け取れ、と。

父が母のために彫った『エウリディーケの生還』に込めた意味を思い出した。ガウディもきっと同じように――。

彫刻のモデルとなったサンティアゴ・サルバドールは爆弾を受け取ってしまったが、ガウディは『青年が行動を起こす前に罪の深さを考え、自問自答していたら――』と考えたのではないか。爆弾テロ行為を一方的に憎悪していたら、自分が愛した女性の家族すら巻き添えにしたアナーキストをモデルにしたはずはない。

この部屋にはダビデやヘロデの彫刻もある。つまり『誘惑』と名付けられた『ロザリオの間』は、〝罪の赦し〟がテーマになっている――。

志穂は青年の彫刻の意味を話し、続けて言った。

「旧約聖書のダビデやヘロデは道を踏み外しました。でも、後に懺悔《ざんげ》し、神に仕《つか》える身になってます。聖人でも過ちを犯します。大切なのは自らの罪を受け入れ、償う気持ちを持つことではないでしょうか。サグラダ・ファミリアは贖罪《しょくざい》聖堂なんですから」

カザルスは視線を上げると、二度ばかり空咳をした。瞳には罪悪感の揺らめきがある。

「……少女を返そう。傷つけてはいない。傷つける気もなかった」

カザルスは彫刻の下にある黒い扉を開けた。携帯ランプでも置いてあるのか、仄《ほの》明かりが漏れてきた。少女の名前を呼ぶと、キーッキーッという音が近づいてくる。

奥から車椅子を漕ぐマリア・イサベルの姿が現れた。

「マリベル！」

真っ先に声を上げたのはラモンだった。ルイサは、ただただ涙を流している。

駆け寄ろうとするラモン夫妻をカザルスが手で止めた。

マリア・イサベルはカザルスの横で車椅子を止めた。志穂は少女を見やり、カザルスに視線を戻した。

「聖堂に連れてきていたんですか？」

「うむ。少年たちから設計図を受け取ったら、ラモンに電話でここにいると教えるつもりだった」カザルスは優しい手つきで少女の頭を撫でた。「最も安全な返還場所だと思ったもんでね」

カザルスの言うとおりかもしれない。聖堂の中なら安全だ。何より、カザルス自身、正体を隠しやすい。ホテルのような人目も明かりもある場所と違い、ハンチングを目深に被っておけば、車椅子の少女を連れている最中に目撃されても、暗い中だから人物特定はされにくい。

ラモンは両手を胸の高さで軽く広げ、「マリベル！」と呼んだ。マリア・イサベルがかぶりを振る。長い黒髪が乱れる。

カザルスは腰を落とし、少女と視線を等しくした。話しかける声音《こわね》は思いやりに満ちている。

「謝っただろう？　君のパパが荒れていたとしたら、それは私が悪いんだ」

「何の話をしている？　娘に何を吹き込んだ？」

ラモンが声を尖らせると、カザルスは肩ごしに目を向けた。

「すまんね。あんたに脅迫状を送っていたのは私なんだ」

ラモンの顔に驚愕の色が浮かんだ。

志穂も言葉を失った。

ラモンの部屋の絨毯の下から発見した脅迫状の数々を思い出した。カザルスに死の石をあてがったり、彼の彫刻に難癖《なんくせ》をつけるように命令が記されていた。あれらがカザルスの自作自演？

カザルスは淡々と説明した。

思わぬことからラモンのある弱みを握ったカザルスは、自分と正反対の建築理論――建物も彫刻もコンクリートで造るべきだ――を提唱する現場監督を追い出すため、彼の評判を下げようとした。脅迫状を送りつけ、カザルス自身を理不尽に扱うように指示し、職場でラモンを〝無能な悪役〟にしようとした。

カザルスにとっては、ラモンの排除も聖堂のためだった。

思い返せば、脅迫状の中で嫌がらせの標的になっていたのはカザルスだけだった。あれは、ラモンの評価を下げるためとはいえ、他の職人が人生を賭《と》して彫った彫刻を切り捨てさせるような残酷なまねができなかったからなのだ。

ラモンはカザルスを睨んだものの、娘に視線を投じ、再び腕を広げた。

「さあ、一緒に帰ろう」

マリア・イサベルは不安をたたえた瞳で父親を見つめた。

「……もうママを叩いたり、しない？」

ラモンの息を呑む音が聞こえた。

カザルスは腰を上げ、ラモンを見た。

「少女を責めないでやってくれ。私は『私と一緒に来てパパを心配させたら、パパはもうママを殴らなくなるかもしれないよ』と囁き、連れ出したのだ」

ラモンが目を剝いた。

すんなりと誘拐が成功した理由が分かった。マリア・イサベルは自分の意思でホテルを抜け出したのか。

「私が言うのもなんだが、子供には安心を与えてやってくれ。様々な感情を……。恐れ、怒り、愛、悲しみといった様々な感情を表に出してもいいという安心を……」

カザルスは、設計図さえ破棄できれば、捕まる覚悟があったのかもしれない。

ラモンは娘を見た。マリア・イサベルの不安に揺らぐ瞳が父親を見返す。

「私は……」ラモンは自身の罪を嚙み締めるように言った。「私は愚かだった。脅迫状のことは言いわけにできん。私は私の意思でルイサを苦しめた。マリベルにもつらい思いをさせた。すまない、ルイサ、マリベル。私が間違っていた。もう二度と二人を傷つけたりしない。戻ってきてくれ」

マリア・イサベルは父親の瞳を見つめた。彼の心の奥の感情まで探るように――。両手はハンドリムを握り締めている。強く、葛藤しているように――。

聖家族贖罪聖堂の『ロザリオの間』に静寂が満ちた。

「……あたし、また家族三人で暮らしたい」

マリア・イサベルはつぶやくと、幼い顔を歪めつつ、車椅子から腰を上げた。ワンピースから伸びる両脚が全体重を支えた瞬間、顔がますます歪んだ。ラモンが身を乗り出した。娘の真っすぐな瞳に見返され、動きを止める。

「あたし、自分で立ちたい。あたし、自分の脚で歩きたい」

マリア・イサベルは交互に足を引きずりながらも、一歩一歩、確実に歩みを進めた。四歩目でつんのめり、両手をついた。ラモンとルイサが「マリベル！」と声を上げる。少女は顔を上げ、両脚を震わせつつ立ち上がった。

瞬間、カザルスの頭上で音がした。

聖母マリア像が揺れ、横ざまに傾いだ。

「危ない！」

志穂は声を上げた。カザルスが仰ぎ見て硬直する。ラモンが視線を上げた。聖母マリア像が落下する。ラモンが娘に覆いかぶさった。彫像がカザルスを押しひしぎ、石の頭部が砕け散った。

一瞬の出来事だった。カザルスは石塊の下敷きになり、血反吐《ちへど》を吐きながらうめいていた。ラモンは娘の頭を抱え込み、頬と額から血を流している。飛散した石の破片を浴びたのか。

最初に動いたのはホルヘだった。「救急に連絡する！」と叫び、『ロザリオの間』を飛び出した。

ルイサはマリベルとラモンを助け起こしていた。

志穂は我に返ると、カザルスのもとに駆け寄った。

「救急車がすぐ来ます」

カザルスは倒れ臥したまま、石塊の下で首を持ち上げた。

「……罰が、下ったようだ、な。神は私に死ぬべきだと――」

「違います。罰なんかじゃありません」

「神が私を、断罪したのだよ、私、を」

「違います。補強が甘かったんです。ホルへが前に言っていました。神じゃなく、人為的《じんいてき》なものです」

カザルスの目が見開かれた。

「つまり、私の未熟さが原因、か。私のミス、か」

「だから、生きて罪を償ってください」

「駄目だ。私は、もう……助からん。最期《さいご》に……聞いてくれ」

「喋らないでください」

忠告したものの、カザルスは口を動かした。血に濡れた唇が震える。言葉は断片的に聞き取れた。その意味を嚙み締める間もなく、ホルへが戻ってきた。

「父さん！」

ホルへは父親のかたわらに両膝をついた。カザルスは石塊の下敷きになったまま、焦点の合わない瞳を揺らした。咳をしたとたん、口から血があふれ出る。彼の唇が痙攣《けいれん》を伴って動いた。

「鐘の音が、聞こえる……」

耳を澄ませてみた。『ロザリオの間』は静寂に包まれていた。

「聞こえる。鐘の音が……。ガウディが聞いた鐘の音が……。バルセロナの街に降る鐘の音が……」

カザルスは幻の鐘の音に包まれ、聖母マリアに抱《いだ》かれているような安らかな顔で永遠の眠りについた。

34

「白紙、か」父は嘆息を漏らした。「空《むな》しいものだな」

志穂は「ええ」とうなずいた。

「だが、意義はあった。俺たちは〝ガウディの遺産〟を崩さないように注意を払い、大胆な構想を避けてきた。俺たちはもっと自分自身の解釈を信じ、サグラダ・ファミリアを全員で造り上げることが必要なのかもしれないな。最高のものを完成させるために――」

志穂はソファに背中を預けた。無罪なのだから当然だが、とにかく父が解放されてよかったと思う。

カザルスとアニータの葬儀が終わった直後、逃亡していた髭面の男が逮捕され、手厳しい取り調べに屈して自供した。アニータを警察のスパイと思い込み、カッとなって刺したらしい。

ホルヘとラモンは真相を話し、フリアン刑事も自身の罪を認めた。結果、父は釈放された。

「私にも言いたいことは分かる」志穂は言った。「ガウディの解釈に迷って建築が遅滞してる今だからこそ、白紙の設計図は重要な意味を持つ――」

「ああ。大量の資料より、よほど役立つだろう。書いてないほうが雄弁に語ることもある。思えば、ガウディのデッサンを無視した受難のファサードの彫刻も、職人が命懸けで導き出したものなのかもしれない。まあ、俺があれこれ言っても仕方ないいな」

「後は建設委員会が指針を決める――でしょ？」

ラモンから真相を聞いた建設委員会は、白紙の設計図を公表し、ガウディの遺志を一般大衆に説明した。『ガウディが死した今、聖堂を造り続けることはガウディ建築の純粋性を失うことになる』と非難する反対派を抑えつける効果があるだろう。

ガウディは、将来このような反対意見が出ることも予測していたのかもしれない。もしかしたら、白紙の設計図はそんな反対派の人間たちに向けたメッセージでもあったのではないか。

自作の中に一生読み解けないほどのメッセージを込めている、神に仕える建築家ガウディ――。

だからこそ深読みではないと思う。

自分の推測を語ると、父は微笑を浮かべた。

「一カ月の間に詳しくなったな」

「まあ、ね」志穂は苦笑いした。「事件を探っているうちに自然と」

「……志穂のおかげで助かったよ。殺人犯にされるところだった」

「私は真実を明らかにしただけよ」

照れ隠しに視線を外しながら言い、横目でチラッと見やる。父は嬉しそうに笑みを見せていた。

家族の絆を取り戻した気がして、胸が温かくなった。

午前十時半になると、志穂は二〇三号室を訪ね、ラモンと彼の私室で会った。彼は肘掛けに鷲の細工がしてある椅子に腰掛けていた。銀縁眼鏡の奥の目は優しげに細められている。

ラモンは向かいのソファを指し示した。

「いいえ、立ったままで結構です」

「無理に勧めはせんがな。で、用というのは?」

「……マリベルやルイサとはどうです?」

「うまくいっているよ。私もずいぶん落ち着いた。今日も昼から三人で出掛ける約束なんだ。私はバルセロネータで海水浴をしようと提案したんだが、娘は『グエル公園』がいいと言ってね」

「私たちと一緒に『グエル公園』を見学したとき、マリベルは親子連れを羨《うらや》ましそうに眺めていましたから」

「そうか。私は最愛の妻と娘にたっぷり愛情を注ぐよ。家族三人、やり直したい」

ラモンは明けっ広げな笑みを見せた。以前の彼からは想像もできない表情だった。

志穂は目を閉じて間を取った。一息つき、目を開けてラモンを見据えた。

「……十五年前、私の母を刺殺した路上強盗は、あなたの差し金だったんですね」

ラモンは墓穴に蹴落とされたような顔をしていた。

「カザルスさんが死に際に言いました」志穂は言った。「墓の中に持っていくわけにはいかない真実がある、と」

ラモンは煙草に火を点けると、一服して紫煙《しえん》を吐き出し、クリスタルの灰皿を引き寄せて灰を落とした。

「……私は罪を背負ってきた。赦されない罪だ」

もう一度吸ってから火をにじり消す。

「どうする？　警察に訴えるか？」

「動機は何だったんです？」

ラモンは天井を見上げ、息を吐いた。視線を下げたとき、表情には強い悔恨の色があった。

彼が一語一語押し出すように語りはじめると、母が刺殺された事件の全貌をようやく理解することができた。

母と二人でバルセロナに旅行したとき、『グエル公園』を見た。陸橋の下を散歩していると、柱を被覆《ひふく》していた石が剝がれ落ちていた。その石の裏側に文字が刻まれていたという。『サグラダ・ファミリアの設計図の隠し場所を記した石板を友人に預けてある』とあり、ガウディの署名があったのだ。

ガウディは『カサ・カルベット』や『カサ・バトーリョ』の家具の中の空洞に手紙を隠しておいた。設計図の隠し場所を記した石板を友人に預けてある、と書いた手紙を――。

ガウディはレンガ造りの柱にも同様の内容の文を刻み、石で被覆していたのだ。悪意ある者に手紙を破棄され、石板が永遠に封印される状況を危惧し、複数の場所に同様の伝言を隠しておいたのだろう。

――大変！　聖堂関係者に渡さなきゃ。

母が深刻な表情をしていた真の理由が分かった。ガウディの遺言ともいうべき文字を発見したなら、その衝撃は相当なものだろう。

母は石の被覆の裏で発見した文章の重要性を知り、聖堂関係者を訪ねた。『サグラダ・ファミリアに行ってくるから、おとなしく待っていてね』と娘を置いて出ていったときだ。

サグラダ・ファミリアで会ったのは、若きラモンだった。不運な出会いだった。当時のラモンは、コンクリートを用いる手法をはじめとする異質な建築論が認められ、念願が叶《かな》って聖堂で働けるようになったばかりだった。

ガウディの設計図で自分の建築論が間違っていると判明したら、千載一遇《せんざいいちぐう》のチャンスを逃してしまう。しかも設計図が発見されたら、ようやく再開したばかりの建設が中断され、聖堂建築が何年――あるいは何十年も凍結される事態になるかもしれない。幻の設計図に関するものは何が何でも処分しなくてはいけない。

ラモンは『黒薔薇十字団』の人間に話をした。

『黒薔薇十字団』との関係は、ラモンが聖堂に関わるようになった直後に生まれたらしく、向こうから接触があったのだという。秘密結社の人間と一度接点を持ってしまうと、その繋がりを捨てることは難しい。

ラモンが事情を伝えた結果、犯行動機を知られないよう、『黒薔薇十字団』のメンバーが『金《ディネロ》だ、金《ディネロ》』と強盗を装って母を刺殺した。幻の設計図の存在を知る人間の口封じだ。

一方、反目する現場監督の弱みを探っていたカザルスは、彼と『黒薔薇十字団』のやり取りを盗み聞きしており、殺人事件にラモンが関与していることを知った。それ以来、カザルスはそのことをネタにしてラモンに脅迫状を送りはじめた。

現場監督を辞任するように直接脅迫しなかったのは、手紙の送り主を特定させないためだろう。カザルスは何度もラモンと激論し、『あんたは聖堂の建築者として不適格だ、辞めろ』と繰り返していたらしい。現場監督を辞任するように手紙に書いたら、脅迫者がカザルスだと判明し、志穂の母のように命を狙われる恐れがある。だから、カザルスは自分自身に嫌がらせをするように指示し、ラモンの評価を下げ、間接的に退職に追い込もうと考えた――。

「あなたは母の口封じを依頼したんですか？」

ラモンは眉間に皺を作り、小さく首を横に振った。

「そんな恐ろしいことは依頼していない。あんなことになるとは想像もしていなかった」

ラモンの悔恨に押し潰されそうな表情を見て、彼の言い分を信じたい自分がいた。

彼は緊張を帯びた糸のような息を吐いた。

「で――私をどうする？」

志穂は唇を噛み締めた。

母は膵臓《すいぞう》がんだった。余命は八カ月だったらしい。だが、残り少ない人生を一生懸命生きようとしていた。理不尽な暴力で終わらせられていいということはない。

「一つ、質問があります」

「何だね？」

「私の父を雇うのに賛成したのは――罪滅ぼしの気持ちがあったからですか？」

「……否定はしない。私はササキの名前を聞いて驚いた。彼は『妻を交通事故で亡くした』と語ったが、嘘だと思った。事故の詳細を問いただしたら彼は言葉に詰まり、妻はバルセロナで路上強盗に殺されたと教えてくれた。だが、私がソウイチロウを強く推したのは、彼の腕前が聖堂の完成に役立つと思ったからだ」

一かけらの安堵を感じた。

「もう一度訊こう。私をどうする？」

マリア・イサベルの顔が頭に浮かんだ。長年苦しんでいた少女が見せた満面の笑みを消すことはできない。改心した父が帰ってきた直後、警察に連行される姿を見たらショックは永遠に拭い去れないだろう。

母を失った悲しみに慣れてしまったわけではない。だが、サグラダ・ファミリア贖罪聖堂の精神は――。

志穂はラモンを見据え、一言、言った。

「あなたはルイサとマリベルのために生きてください」

罪からは決して逃れられないが、人間、罪を負う者を赦すことはできる。

35

四〇二号室に戻ると、リビングの父に訊いた。頭に浮かんだ疑問だった。母は『グエル公園』の石の被覆の裏からガウディの伝言を発見した。聖堂を根底から覆《くつがえ》すかもしれない伝言を――。

父はソファに腰を沈め、膝の上で両手を組み、視線を絨毯に落とした。

「……あいつが刺されたと連絡を受けたとき、俺は彫刻の最後の仕上げに没頭した。前にも話したが、振り返らないオルフェウスの彫刻が完成したら、あいつが死地から帰ってくると思ったからだ。俺は作品を彫り上げ、急いでバルセロナに飛んだ。病院に駆けつけると、あいつは死に際に言ったよ。『ガウディを調べて』と」

「私には『来てくれてありがとう』って言われたって」

「本当は違った。あいつは最後まで俺の成功を想ってくれていた。あいつは石の被覆の裏からガウディの言葉を見つけたから、たぶん、俺が世紀の発見をできるようにと、『ガウディを調べて』と言い遺したんだろう」

「じゃあ、バルセロナ行きを強引に決めたのは――」

「俺はあいつの遺した言葉の意味を知るため、バルセロナに住んでガウディに接したいと思った。しかし、一番強かったのは罪悪感だ。あいつのもとにすぐ駆けつけなかったことに対する、な。だから、サグラダ・ファミリア贖罪聖堂の建築に携わることで、罪滅ぼしをしようと思った」

志穂は黙ってうなずいた。

全てが一本に繋がった満足感より、自分一人が何も知らなかったことに悔しさがあった。だが、父が母をないがしろにしたり、母が父を恨んだりしていなかったと分かったのは、嬉しかった。

父は不器用なりに家族を見守っていたのだ。母はそんな父を愛し、幸せな人生を生きていたのではないか。
初めて家族というものに信頼感が持てた。

エピローグ

　真昼の陽光が窓から射し込む時間帯、電話が鳴った。志穂はベッドの縁に腰を下ろし、受話器を取り上げた。

　ホルヘからだった。

「シホは一人だろ？」

「父は仕事場だもの。ホルヘは一緒じゃないね。シホは今、何してる？」

「今日は一緒じゃないの？」

「……ベッドにいるの。今、裸よ」

　意識的に挑発的な口調で答えると、急に彼の息遣いが遠のいた。一体どうしたのだろう。怪訝《けげん》に思っていると、ノックの音がした。

「誰か来たみたい」

　志穂は受話器をナイトスタンドの横に置き、腰を上げた。リビングを抜けてドアを開ける。

　ホルヘが立っていた。視線が体に注がれた。キャミソールを突き上げる胸から、ジーンズをはいた脚へと滑らせる。

「……シホは嘘つきだ」

志穂は笑顔を見せ、言った。

「あなたが望めば、本当になる」

ホルヘはニッと笑った。抱え上げられ、寝室のベッドに運ばれた。彼はのしかかるように倒れ込んできた。

「僕はシホを嘘つきにはしたくない」

ホルヘはキャミソールを脱がせながら、外れたままの受話器に目をやり、本体に戻した。

「シホを驚かそうと思って、下のパン屋で電話を借りたんだ。受話器はおじさんに渡してきたからもう切れてるよ」

ホルヘの逞《たくま》しい腕に抱き締められた。しばらく優しい抱擁《ほうよう》に身を委《ゆだ》ねた。

「……なあ、シホ」ホルヘは唐突に言った。「マリベルやルイサならやり直せるよ。幸福は遅く来ても歓迎されるからね」

志穂はホルヘに身を預けたまま目を閉じ、彼の体の熱を——鼓動を感じながら訊いた。

「本当にそう思う？」

「取り返せない絆はない」

「私と父のように？」

「僕と父さんのようにもね」

ホルヘの言葉を嚙み締め、黙っていると、彼は静かに言った。

「そして僕たちのように——ね」

「私たちのように?」

「……改めて言うよ。結婚しよう」

志穂は彼の腕の中から抜け出ると、向き直った。ホルへは真剣な目をしたまま続けた。

「〝悪いベッドは夜を長くする〟――。不幸は当事者には常に実際より大きく見えるって意味さ。でも、二人一緒なら夜は短くなる。どんな不幸も苦しみも、二人一緒なら乗り越えられる。結婚しよう」

黒曜石《こくようせき》を彷彿《ほうふつ》とさせる彼の瞳を見つめた。

今なら素直になれる。家族の絆を信じられる。胸の中には温かな思いが広がっていた。

アニータの残した言葉が浮かび上がる。

――あんたが代わりに家族を作っておくれ。幸せな家族を、さ。あんたならできるよ。

「ええ」志穂は満面の笑みを返した。「結婚して子供も作りましょ。バルセロナにサグラダ・ファミリアの鐘の音が降るころ、私たちは聖家族になるのよ」

三十年後が見えるようだった。

バルセロナの街全体に――聖家族たちの上に、罪を洗い流す鐘の音が鳴り響いている。静かに、厳《おごそ》かに、神が大きな手で優しく撫でるように――。

二〇一三年、サグラダ・ファミリアがガウディ没後百年である二〇二六年に完成予定であることが公表されたものの、世界に広まったコロナ禍による観光収入の激減により、予定は白紙に帰した——。

（了）

参考文献

長尾智子『わたしとバスク』マガジンハウス
武田 修『スペイン人と日本人』読売新聞社
ブルーガイド編集部編『ブルーガイドわがまま歩き17 スペイン』実業之日本社
色摩力夫『フランコ スペイン現代史の迷路』中央公論新社
リチャード・ライト著／石塚秀雄訳『異教のスペイン』彩流社
コンスタンシア・デ・ラ・モーラ著／中 理子訳『栄光にかわりて―女性の自伝的スペイン内戦史』東邦出版社
中岡省治・伊藤太吾・福嶌教隆・出口厚実・西川 喬著『中級スペイン文法』白水社
寿里順平『対訳スペイン語詳解』東洋書店
寿里順平『応用スペイン語文法』東洋書店
下宮忠雄著／バチ・アルトゥナ監修『バスク語入門 言語・民族・文化―知られざるバスクの全貌』大修館書店
『トラベルストーリー42 バルセロナ』昭文社
「地球の歩き方」編集室編『バルセロナ 2005〜2006年版』ダイヤモンドビッグ社
野々山真輝帆『スペイン内戦 老闘士たちとの対話』講談社現代新書
J・ソペーニャ『スペイン フランコの四〇年』講談社現代新書
ピエール・ヴィラール著／立石博高・中塚次郎訳『スペイン内戦』白水社
渡部哲郎『バスクとバスク人』平凡社新書
ジャック・アリエール著／萩尾 生訳『バスク人』白水社
森枝雄司『ガウディになれなかった男 歿後、不遇の天才に屈したバルセロナ建築界のドン』徳間書店
森枝雄司『ガウディの影武者だった男 天才の陰で忘れ去られたバルセロナ建築界の奇才』徳間書店
細江英公『サグラダ・ファミリア ガウディの宇宙I』集英社
外尾悦郎『バルセロナ石彫り修業』筑摩書房
北川圭子『ガウディの奇跡 評伝・建築家の愛と苦悩』アートダイジェスト
まるたすすむ『ガウディの街に雪が降る ドラマちっくな一人旅』新風舎
フィリップ・ティエボー著／千足伸行監修『ガウディ 建築家の見た夢』創元社
赤地経夫・田澤 耕『ガウディ建築入門』新潮社

松倉保夫『ガウディの装飾論　20世紀に見失われたガウディの思想』南風舎
ファン・パセゴダ・ノネル著／岡村多佳夫訳『ガウディ』美術公論社
ヘイスファン・ヘンスベルヘン著／野中邦子訳『伝記　ガウディ』文藝春秋
田澤　耕『カタルーニャ語辞典』大学書林
狩野美智子『バスクとスペイン内戦』彩流社
マリア・テレサ・ロペス・ベルトラン著／芝　修身・芝　紘子訳『近世初期スペインの売春』晃洋書房
田澤　耕『カタルーニャ50のQ&A』新潮選書
A・ケストラー著／平田次三郎訳・解説『スペインの遺書』新泉社
大泉光一『バスク民族の抵抗』新潮選書
はやしよしこ『バルセロナ＋バルセロナ　好きなふうに暮らす旅』新風舎
ミゲル・ガルシア著／亀井紀昭・今井義典訳『フランコの囚人　スペイン政治犯の獄中記』サイマル出版会
やなぎもとなお『毎日がバルセロナ　暮らしてみた普段着の街』東京創元社
原　誠・小池和良『新版　スペイン人が日本人によく聞く１００の質問（＋ＣＤ）』三修社
石川義久『バルセロナ紀行』批評社
山道佳子・森枝雄司『バルセローナ　地中海のざわめき』洋泉社

初出
本書は、月刊文庫「文蔵」二〇二一年四月号～二〇二二年三月号の連載に加筆・修正したものです。

装丁　片岡忠彦（ニジソラ）
装画　Getty Images

〈著者略歴〉
下村敦史（しもむら　あつし）
1981年、京都府生まれ。2014年に『闇に香る嘘』で第60回江戸川乱歩賞を受賞しデビュー。同作は「週刊文春ミステリーベスト10 2014年」国内部門2位、「このミステリーがすごい！ 2015年版」国内編3位と高い評価を受ける。著書に『生還者』『難民調査官』『真実の檻』『失踪者』『告白の余白』『緑の窓口　樹木トラブル解決します』『サハラの薔薇』『法の雨』『黙過』『同姓同名』『ヴィクトリアン・ホテル』『悲願花』『白医』『刑事の慟哭』『アルテミスの涙』『絶声』『情熱の砂を踏む女』『コープス・ハント』『ロスト・スピーシーズ』などがある。

ガウディの遺言

2023年2月27日　第1版第1刷発行

著　者　下　村　敦　史
発行者　永　田　貴　之
発行所　株式会社PHP研究所
東京本部　〒135-8137　江東区豊洲5-6-52
文化事業部　☎03-3520-9620（編集）
普及部　☎03-3520-9630（販売）
京都本部　〒601-8411　京都市南区西九条北ノ内町11
PHP INTERFACE　https://www.php.co.jp/
組　版　朝日メディアインターナショナル株式会社
印刷所
製本所　図書印刷株式会社

ISBN978-4-569-85391-8

PHPの本

ガラスの海を渡る舟

寺地はるな 著

「みんな」と同じ事ができない兄と、何もかも平均的な妹。ガラス工房を営む二人の10年間の軌跡を描いた傑作長編。

PHPの本

赤と青とエスキース

青山美智子 著

1枚の「絵画（エスキース）」をめぐる、5つの「愛」の物語。彼らの想いが繋がる時、奇跡のような真実が現れる――。著者新境地の傑作連作短編集。2022年本屋大賞第2位作品。